KUAYUE
跨越

改革开放中的中国少数民族自治区

主　编/// 邓长宇　宋海航

副主编/// 王　树　武翠英　钟志刚

海风出版社
HAIFENG PUBLISHING HOUSE

《跨越——改革开放中的中国少数民族自治区》

大型采访报道活动主办单位 // 主创人员

主办单位　国家民族事务委员会 // 中华文化发展促进会
　　　　　中国华艺广播公司 // 海峡之声广播电台

顾　问　邢运明　辛旗　丹珠昂奔　李文亮

主　编　邓长宇　宋海航

副主编　王树　武翠英　钟志刚

策　划　石永奇 // 朱明奇 // 沈永峰 // 钟庭雄 // 陈　飞

采　写　郑　永 // 何　进 // 王　清 // 吴辉锋 // 蔡亿锋
　　　　邹志伟 // 赵　新 // 曹兴豫 // 孟　威 // 崔　泾
　　　　刘圆曦 // 梁希毅 // 李　强 // 吴　勇 // 陶宁薇
　　　　易绍杰 // 黄加法 // 张春荣 // 谭　明 // 黄蕙英
　　　　王　琛 // 图　门 // 孙家斌 // 王纪言 // 宋士敬
　　　　蓝建强 // 吴　衡 // 农如松 // 章日政

责任编辑　窦胜龙 // 胡立昀

书籍设计　窦胜龙 // 林巧玲

跨越

截止2008年底，全国共建立了155个民族自治地方，包括5个自治区、30个自治州、120个自治县（旗），此外，还建立了1100多个民族乡，作为民族区域自治制度的补充。60年来，它们从落后走向进步、从贫穷走向富裕、从封闭走向开放，实现了政治、经济、社会、文化上的大跨越、大繁荣、大发展。

序

　　我国是一个统一的多民族国家。新中国的成立，翻开了中华民族发展史上的崭新一页，开辟了各民族共同繁荣的广阔道路。60年来，特别是改革开放以来，在中国共产党的领导下，各族人民团结奋斗，共同谱写了中华民族自强不息、顽强奋进的壮丽史诗，社会主义祖国取得了盛况空前、举世瞩目的辉煌成就。我国的经济社会发展从来没有像今天这样欣欣向荣、蒸蒸日上，中国特色社会主义事业从来没有像今天这样生机勃勃、充满活力，中华民族从来没有像今天这样扬眉吐气、傲立东方。

　　新中国成立以来，在党的民族政策的光辉照耀下，我国少数民族和民族地区经历了从贫穷到较为富裕、从封闭到逐步开放、从落后到不断进步的历史巨变。各族人民共同走上社会主义道路，实现了中华民族发展史上最广泛最深刻的社会变革；实行民族区域自治，实现了民族自治地方在国家统一领导下自主管理本地区内部事务的权利；大力发展生产力，实现了少数民族群众生产方式和发展水平的历史性飞跃；大力改善基础设施建设，民族地区城乡面貌焕然一新；不断促进城乡居民收入增加，各族群众生活基本实现了从大面积贫困到总体小康的跨越；大力发展社会文化事业，切实保障和改善民生，实现了少数民族群众思想道德素质、科学文化素质和健康素质的全面提高。新中国的60年，是少数民族的面貌、民族地区的面貌、民族关系的面貌发生沧桑巨变的60年，是各族人民在统一的祖国大家庭中和睦相处、和衷共济、和谐发展的60年。

60年的辉煌成就催人奋进，60年的跨越发展振奋人心。归根到底，这是全国各族人民共同团结奋斗的重大成果，是中国特色社会主义事业的伟大胜利，也是党的民族政策和民族工作的巨大成功。正是因为确立了民族平等、民族团结、民族区域自治、各民族共同繁荣的基本原则和基本政策，少数民族和民族地区发展才有了可靠保障；正是因为实施了对口支援、西部大开发、兴边富民、扶持人口较少民族发展等重大战略举措，少数民族和民族地区发展才有了强大动力；正是因为出台了扶持民族地区发展的一系列政策措施，少数民族和民族地区发展才有了更为便利的条件。60年的伟大实践充分证明，党的民族政策是成功的、行之有效的，经受住了各个时期各个方面的检验和考验，促进了各民族的平等团

结、发展进步和共同繁荣，给各族群众带来了摸得着、看得见的实惠，得到了各族群众的真心拥护，在国际上也受到了广泛的认可和好评。

60年的历程波澜壮阔，60年的经验弥足珍贵。为了全面反映60年来我国民族地区特别是5个自治区经济社会发展的巨大成就，国家民委、中华文化发展促进会和中国华艺广播公司等单位联合主办了"跨越——改革开放中的中国少数民族自治区"

大型采访报道活动。从雪域高原到蒙古草原，从天山脚下到黄河岸边，从二连浩特到桂林漓江……采访组不辞劳苦，行程2万多公里，历时4个多月，对内蒙古、广西、西藏、宁夏、新疆等5个自治区的21个地市、350多位各界人士进行了专访，播发广播专题150多篇，发回记者连线报道120多篇，推出2个网站专栏，拍摄图片15000多幅。这些报道细腻生动，图文并茂，集中展现了5个自治区60年来的沧桑历程，展示了民族地区60年来的跨越发展，展示了民族区域自治的生机活力。作为采访活动的结晶，这个册子内容全面而厚重，成果丰硕而珍贵。相信该书的出版，对于读者更为深入地了解党的民族政策和民族区域自治制度，激发各族干部群众对发展成就的自豪感，增强实现民族地区又好又快发展的使命感，开创全国民族工作的新局面，必将起到积极的促进作用。

当前，党和国家的民族工作面临新的历史机遇，少数民族和民族地区的发展站在一个新的历史起点。我

们一定要按照中央关于支持少数民族和民族地区发展的一贯方针，按照中央关于民族工作的重大决策部署，深刻认识少数民族和民族地区加快发展的紧迫性、艰巨性，深刻认识促进民族团结、实现共同进步的重要性、长期性，把握好新形势下的民族问题，扎扎实实做好民族工作，奋力开创民族地区繁荣发展的新局面。坚定不移地坚持和贯彻党的民族政策和民族区域自治制度，不断巩固和发展平等团结互助和谐的社会主义民族关系，为少数民族和民族地区加快发展创造良好的社会基础。认真贯彻落实国务院关于促进西藏、新疆、广西、宁夏、青海等省藏区、云南边境地区加快发展的一系列政策措施，为少数民族和民族地区发展争取和创造良好的条件。全面贯彻落实科学发展观，加快转变经济发展方式，努力推动少数民族和民族地区又好又快发展。在全社会广泛开展民族团结宣传教育和民族团结进步创建活动，不断巩固和发展民族团结社会稳

定的良好局面。把培养、选拔少数民族干部作为管根本、管长远的大事，加大各级各类人才培养力度，为民族地区发展提供可靠的人才保证。进一步加强和改进党对民族工作的领导，进一步完善民族工作的体制机制，不断形成新形势下加快民族地区发展的强大合力。

总结过去是为了更好地开辟未来。回顾60年峥嵘岁月，我们感到无比骄傲和自豪。展望明天，我们充满期待和信心。我们坚信，在党中央、国务院的坚强领导下，各民族共同团结奋斗、共同繁荣发展，一定能够不断夺取全面建设小康社会的新胜利，一定能够谱写各族人民美好生活的新篇章！

国家民族事务委员会主任

杨晶

目 录

Contents

序

新疆维吾尔自治区

广西壮族自治区

后记

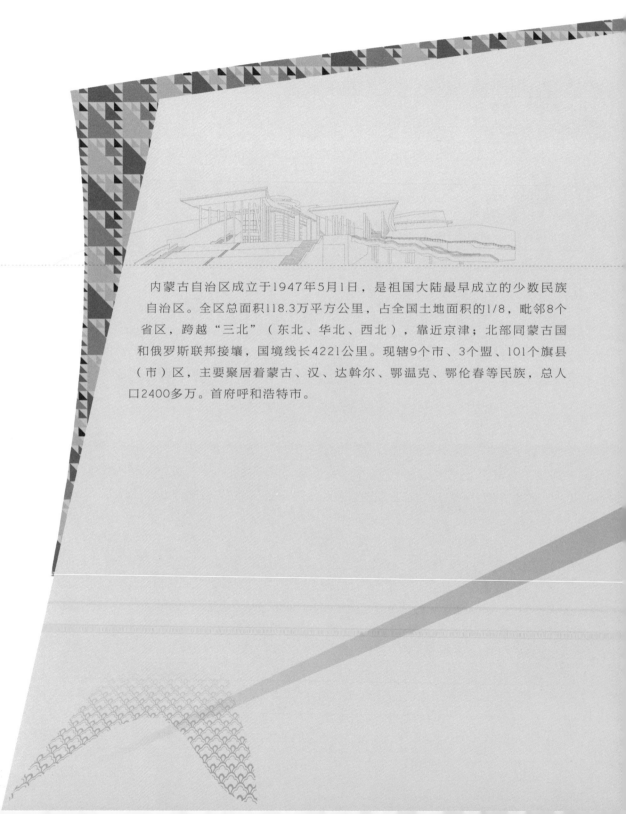

　　内蒙古自治区成立于1947年5月1日，是祖国大陆最早成立的少数民族自治区。全区总面积118.3万平方公里，占全国土地面积的1/8，毗邻8个省区，跨越"三北"（东北、华北、西北），靠近京津；北部同蒙古国和俄罗斯联邦接壤，国境线长4221公里。现辖9个市、3个盟、101个旗县（市）区，主要聚居着蒙古、汉、达斡尔、鄂温克、鄂伦春等民族，总人口2400多万。首府呼和浩特市。

内蒙古自治区

跨越

↑ 锡林郭勒草原

美丽的草原我的家

内蒙古自治区成立于1947年5月1日，是祖国大陆最早成立的少数民族自治区。全区总面积118.3万平方公里，占全国土地面积的1/8，毗邻8个省区，跨越"三北"（东北、华北、西北），靠近京津；北部同蒙古国和俄罗斯联邦接壤，国境线长4221公里。现辖9个市、3个盟、101个旗县（市）区，主要聚居着蒙古、汉、达斡尔、鄂温克、鄂伦春等民族，总人口2400多万。首府呼和浩特市。

富饶多彩的土地

内蒙古物产丰富，是一个富饶的"聚宝盆"。人们形象地把内蒙古的富饶概括为："东林西铁、南粮北牧，遍地资源"。"东林"是指坐落在内蒙古东部的被誉为"绿色宝库"的大兴安岭，这里层峦叠嶂，林海万顷，是国家重要的林业生产基地。内蒙古现有1406.6万公顷的森林面积，居全国第一位。"西铁"是指以著名的包头钢铁集团公司为龙头的工业体系，目前，该集团公司已具备年产钢、铁各750万吨的生产能力。"南粮"是指阴山山脉以南的河套平原、西辽河平原和大兴安岭岭南地区，盛产多种粮食和经济作物，是著名的塞上"粮仓"，又是全国甜菜、油料等糖油作物以及马铃薯的重要产区。"北牧"是指分布在内蒙古北部的国家重要的畜牧业基地。内蒙古有8666.7万公顷草原，居全国5大牧场之首，其中有驰名中外的呼伦贝尔草原和锡林郭勒草原。每到夏秋之季，草原上绿草如茵，百花争艳，呈现出一派诗情画意般的草原景观。"遍地资源"是说内蒙古蕴藏着极其丰富的矿产资源，现已发现各类矿产128种，矿产地4100多处，其中56种矿产保有量居全国前10位，22种居全国前3位。据测算，全区矿产资源的潜在经济价值达13万亿人民币，居全国第三。全区已发现含油气盆地12个，天然气资源量1万亿立方米，苏里格气田是我国目前最大的世界级整装气田；煤炭储量2253亿吨，预测资源量1万亿吨以上，均居全国第二；稀土资源储量占全国储量的90%，占世界储量的76%。内蒙古现有耕地549万公顷，人均占有耕地0.24公顷，是全国人均耕地的3倍，实际可利用的耕地面积超过800万公顷，人均耕地面积居全国首位。

内蒙古风光旖旎，是块绚丽多姿、极富魅力的土地。从东到西，有大兴安岭莽莽林海，有呼伦贝尔森林草原和草甸草原，有乌拉特荒漠草原，有阿拉善大戈壁；有巴丹吉林沙漠、腾格里沙漠、乌兰布和沙漠、库布其沙漠；有呼伦湖、贝尔湖、达里诺尔湖、乌梁素海、哈素海、居延海。高原壮美，山脉雄浑，草原秀丽，大漠浩瀚。

↑ 多彩的内蒙古大地

　　内蒙古历史悠久，是中华文明的发祥地之一。在内蒙古大地上，遍布着从旧石器时代开始的文化遗存，大窑文化、河套文化、红山文化、夏家店文化等举世闻名，旧石器时代的石器制造场、中国最早的石筑围墙、阴山岩画等先人们活动的遗迹数不胜数。在漫漫的历史长河中，匈奴、东胡、鲜卑、乌桓、敕勒、突厥、党项、契丹、女真、蒙古、汉等民族先后繁衍生息于这片土地上，他们用勤劳和智慧，共同创造了丰富多彩的灿烂文化。特别是13世纪以来，成吉思汗统一蒙古各部，使蒙古民族登上了历史舞台，为中华民族灿烂辉煌的历史文化添加了浓墨重彩的一笔。

　　内蒙古有着独特的民族风情。每年夏、秋季节举行的"那达慕"大会，是居住在内蒙古自治区等地的蒙古、鄂温克、达斡尔等少数民族人民的盛大集会。"那达慕"是蒙古语的音译，意思是"娱乐"或"游戏"。大会期间将进行射箭、赛马和摔跤比赛，各地农牧民骑着马，赶着车，带着皮毛、药材等农牧产品，成群结队地汇集于大会的广场，并在会场周围的绿色草原上搭起白色蒙古包。祭敖包是蒙古民族盛大的祭祀活动之一。敖包通常设在高山或丘陵上，用石头堆成一座圆锥形的实心塔，顶端插着一根长杆，杆头上系着牲畜毛角和经文布条，四面放着烧柏香的垫石；在敖包旁还插满树枝，供有整

↑　水岸边的蒙古包

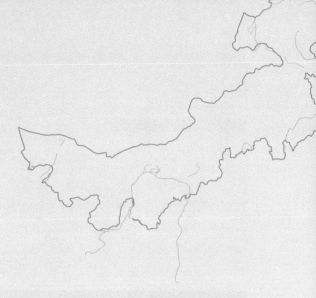

羊、马奶酒、黄油和奶酪等等。祭敖包时，在古代，由萨满教巫师击鼓念咒，膜拜祈祷；在近代，由喇嘛焚香点火，颂词念经。牧民们都围绕着敖包，从左向右转三圈，求神降福。蒙古族牧民沿袭祖先的原始宗教信仰，认为山的高大雄伟，拥有通往天堂的道路；高山又是幻想中神灵居住的地方，便以祭敖包的形式来表达对高山的崇拜，对神灵的祈祷。随着社会的发展、科学的进步、牧民观念的更新，今天的祭敖包，在其内容、形式方面都有了变化。如果你到蒙古人家做客，人们将为你献上象征最高礼仪的哈达。哈达是一种生丝织巾，颜色很多，一般多用白色、蓝色和黄色。长度通常为1.5米，最长的有4米，宽度不等。两端有穗，约6厘米。哈达上绣有佛像或云纹、八宝、寿字等吉祥图案。哈达最初是喇嘛教寺庙中一种祭神的用品。随着喇嘛教的传入，献哈达的意识很快被蒙古族人民接受。蒙古族人民每逢贵客来临、敬神祭祖、拜见尊长、婚嫁节庆、祝贺生日、远行送别、盛大庆典等重要场合，都要

献哈达来表达自己的诚心和美好的祝愿。

内蒙古是歌的海洋、舞的故乡，是文化的沃土。广袤的草原，浩瀚的林海，多彩的民族，蒙古族艺术很早就被人们熟知喜爱，从上世纪五六十年代红遍大江南北的《美丽的草原我的家》、《草原上升起不落的太阳》，到今天的《吉祥三宝》、《月亮之上》，总能勾起人们对草原的无限向往。蓝天、绿草、白云、洁白的哈达，静谧的羊群，草香、花香和奶茶飘香，毡包前悠扬的马头琴，述说着草原无限风光，欢快的舞蹈释放出马背民族的热情豪迈，天籁般的长调吟唱着牧人绸子般的柔软心肠。60年来，这些蒙古族艺术的文化瑰宝都得到了很好地传承和保护，蒙古族长调、马头琴、蒙古博克、呼麦等17项民族文化艺术还入选了首批国家级非物质文化遗产名录。在马头琴大师齐宝力高、长调歌唱家宝音德力格尔、女中音歌唱

家德德玛、笛子演奏家李镇、著名表演艺术家斯琴高娃等民族艺术家的推动下，这些蒙古族的艺术瑰宝已经走出草原，走向世界舞台。

经济发展的高地

内蒙古地跨"三北"，东部地区靠近东三省，融入东北经济圈；西部"呼和浩特、包头、鄂尔多斯"金三角地区面向京津唐，依托京包、包兰铁路，被列入国家规划的西部开发重点区域西陇海兰新经济带；北部与俄罗斯和蒙古接壤，有4200多公里的边境线，拥有满洲里、二连浩特等18个边境口岸，是我国对外开放的前沿阵地。有利的区位优势加上丰富的资源优势，使内蒙古的经济发展有了厚实的基础。六十多年来，特别是改革开放30年来，内蒙古以强劲动力，实现了经济的跨

越式发展，创造了"内蒙古现象"，成为北部隆起的新经济高地。

自治区成立前，内蒙古是典型的牧区，人口较少，生产极端落后，经济种类单一，工业几乎是空白，仅呼和浩特和包头有一些手工业。1947年内蒙古自治区成立时，全区粮食产量只有18.45亿公斤，牲畜不足780万头（只），工业增加值只有0.37亿元。改革开放以来，内蒙古较早地在农村推行了家庭联产承包责任制，在牧区率先实行"草畜双承包"责任制和草牧场有偿使用制度，极大地解放和发展了农村牧区生产力。近年来，内蒙古自治区抓住西部大开发等历史机遇，积极推动资源

↑ 草原牧马

优势向经济优势转变。2008年，全区粮食产量达到210亿公斤，人均粮食总产量居全国第三位。牲畜总头数达到11051.15万头（只），全区工业增加值达到3620亿元。

自治区成立以后，内蒙古在大力发展农牧业经济的同时，不断加快工业发展步伐，在"一五"期间建成了包钢等一批大型工业企业。改革开放以来，内蒙古积极促进工业结构进一步优化，使能源、冶金、化工、农畜产品加工、装备制造业和高新技术六大优势特色产业，成为拉动全区经济快速增长的主要动力。国有经济布局战略性调整取得重大进展，国有企业的发展活力和市场竞争力明显增强。目前，内蒙古拥有鄂尔多斯、伊利、蒙牛等32个驰名商标和14个名牌产品，全区非公有制经济占国民经济的比重达40%。

除了一、二产业，近些年来以草原特色旅游为代表的第三产业也在内蒙古悄然兴起，呈现快速发展势头。呼伦贝尔、锡林郭勒、科尔沁、乌兰察布、鄂尔多斯和乌拉特等大草原闻名遐迩，全区草原面积占全国近1/4。草原类型多样，有草甸草原、典型草原、半荒漠草原和荒漠草原等。近年来，一条全长2500多公里的高等级公路，把呼伦贝尔、兴安、通辽、赤峰、锡林郭勒、乌兰察布、呼和浩特、鄂尔多斯等8个盟市的41个旗县一线贯通。内蒙古至北京的高速公路，也于2005年开通。连接全区主要旅游城市的高等级公路网络已基本形成。目

前，内蒙古各机场已开通国内国际航线59条，国内所有航空公司都参与了内蒙古航线的运营。截至2006年末，内蒙古全区旅游业直接从业人员突破15万人，为相关行业间接提供就业岗位72万个。旅游业已成为第三产业的龙头。

在对外贸易上，内蒙古充分利用两个市场、两种资源，大力实施互利共赢开放战略。满洲里、二连浩特这两个口岸城市折射出的是自治区开放格局中的无限活力。自古以来，二连浩特没有石头不产砖，就是用水也要从60公里以外引进，能在两年间引进70家企业在这里安营扎寨，在于二连浩特把小口岸变成了大通道，作出了大贸易。如今，二连浩特在欧亚大陆桥上所起的龙头作用日益扩大，除了与蒙古国有进出口贸易，每年还有3000多个集装箱、1000多个火车皮、30多种商品，从这里走向天津港，销往德国、法国等十几个国家。据统计，每天住在满洲里的俄罗斯和蒙古国客人就有两万人。满洲里海关已实现了24小时通关，这个承担着中俄贸易60%以上的陆路运输任务的百年老口岸，稳坐我国陆路口岸龙头老大的位置。目前，内蒙古已同100多个国家和地区建立了贸易往来和经济技术合作关系，尤其是与毗邻的俄罗斯、蒙古等国。外贸进出口总额由1978年的0.16亿美元增加到2008年的90亿美元，2008年满洲里口岸过货量达到2200万吨，二连浩特过货量达到610万吨。

2009年，内蒙古自治区完成生产总值9725.78亿元，按可比价格计算，比2008年增长16.9%，增速比全国平均水平高8.2个百分点，连续8年保持全国第一。按常住人口计算，全区人均生产总值突破40000元，达40225元，按年均汇率折合5888美元，同比增长16.5%。一批重点建设项目在2009年"集中"启动实施。中广核宏基30万千瓦大型风电项目，呼和浩特500万吨炼油厂扩建、神华鄂尔多斯20万立方米煤制天然气等化工项目，中国重汽包头1.5万辆专用车、盾安控股2兆瓦风电整机装备制造项目，呼和浩特至北京快速客运铁路项目等，都取得了重大进展。

↑ 二连浩特夜色

内蒙古跨越式发展的突出特色就是提高经济社会发展的可持续性，实现发展观念、发展模式、发展机制的同步跨越，实现绿色发展。2005年以来，内蒙古原有的1310处地方煤矿已压缩至498处，目前内蒙古80%的煤炭产自30户国家和自治区重点煤炭企业。未来一两年内，内蒙古地方煤矿平均回采率将提高15%左右，仅此一项每年即可节约资源约4000万吨。包钢集团公司、包头铝业公司、乌兰水泥集团、蒙西高新技术工业园已经列入国家首批循环经济试点，分别成为全国钢铁、有色、建材行业和工业园区的循环经济试点单位。内蒙古自治区始终高度重视生态环境的保护与建设，着力打造北方重要的生态屏障。在国家的大力支持下，自治区相继启动了草原生态建设与保护、天然林保护、京津风沙源治理等九项重点工程。"十五"以来，全区用于生态建设投资累计达300多亿元，治理荒漠化、沙化土地面积2.5亿亩，生态移民45万人，增加水土保持治理面积4189万亩，生态恶化趋势得到有效遏制，实现了"整体遏制、局部好转"的历史性转变。

　　在自治区62年的发展历程中，全区生产总值达到第一个千亿元用了50年，第二个千亿元用了6年，第三、第四个千亿元均只用了1年。如今，内蒙古的经济总量已由早先的全国第24、25位前移到第16位，在西部12个省区中仅次于四川，这使得内蒙古进入全国中等发展行列。

民族团结的模范区

　　1947年内蒙古自治区建立，作为我国第一个建立的民族自治区，内蒙古坚持和完善民族区域自治制度，创造了具有民族特点、地区特点的一系列经验，为我国以民族区域自治解决国内民族问题开辟了道路，树立了榜样，上世纪50年代曾被周恩来总理誉为"模范自治区"。六十多年来，内蒙古人民像爱护自己的眼睛一样珍惜民族团结，一直保持着民族团结、边疆安宁、社会稳定的局面。在上个世纪60年代初的经济困难时期，内蒙古草原牧民收养上海3000孤儿成为可歌可泣的佳话。新时期的内蒙古，续写着各民族群众平等、团结、互助、和谐、亲如一家的动人篇章。

作为我国第一个建立的民族自治区，内蒙古自治区坚持和完善民族区域自治制度，用足、用活、用好国家赋予民族地区的自主权和各项优惠政策，不断完善民族区域自治法的配套法规体系。近年来，全区各级人民代表大会共制定和批准四百多部地方性法规，出台了一系列加强民族工作、加快人口较少民族地区发展、加快边境旗市发展、学习使用蒙古语言文字、对少数民族和民族聚居区照顾倾斜的政策措施。六十多年来，内蒙古先后建立了3个自治旗（鄂温克自治旗、鄂伦春自治旗、达斡尔自治旗）和19个民族乡。

内蒙古坚持把培养和使用少数民族干部作为坚持和完善民族区域自治制度的重要工作来抓，不断加大对少数民族干部的培养、选拔和使用力度。目前，全区少数民族干部在干部队伍中所占的比例和少数民族专业技术人才在全区专业技术人才中所占的比例，均明显高于少数民族人口在全区总人口中所占的比例。

自治区成立之前，全区80%以上的人口是文盲，没有一所大学，各类在校生总数不足总人口的3%。到2008年末，全区已拥有高等院校39所，在校大学生31.67万人，其中少数民族在校大学生9.81万人。目前，全区共有科技研究与开发机构39个，各类专业技术人员53.49万人。"十五"期间，全区用于科技投入经费达102.2亿元，取得各项科研成果460项，比"九五"时期增长44%。

到2008年，全区共有卫生机构7966个，改善了80%以上的疾病预防控制、医疗救治、卫生监督机构和苏木乡镇卫生院条件；新型农村牧区合作医疗农牧业人口覆盖率达到100%，参合率达到84.4%；自治区每4年举办一次全区少数民族传统体育运动会；"十五"期间，全区累计新增就业岗位101万个，其中安置下岗失业人员再就业54万人，城镇登记失业率控制在4.3%以内；在全区范围内推行农村牧区低保制度；2008年新开工建设廉租房65万平方米，发放廉租住房补贴5.1亿元，使9.6万户中低收入家庭受益。2003年以来，

↑　中央人民政府赠送的民族团结宝鼎

自治区财政用于发展教育、医疗、卫生和改善城乡居民居住条件的投入超过1000亿元。

自治区成立以来，民族民间文化传统艺术得到了较好的保护和发扬。近年来，内蒙古明确提出"建设民族文化大区"的战略目标，民族文化建设进入了新的发展时期。全区先后有多部文化艺术作品获得全国"五个一工程奖"，一批作品荣获"华表奖"、"飞天奖"、"星光奖"等全国大奖。一些文化精品在国内外享有盛誉：无伴奏合唱在国际合唱比赛中多次获奖，马头琴齐奏创造了吉尼斯世界纪录，蒙古族长调艺术被联合国教科文组织评为"人类口头和非物质遗产代表作"。文化基础设施建设也得到长足发展，乌兰恰特大剧院、内蒙古博物馆等一大批重点项目相继建成并投入使用。

在本世纪第一个十年结束的时候，一个综合实力较强、经济结构合理、地区特色鲜明、社会稳定和谐、充满生机活力的内蒙古自治区正崛起在祖国北疆。

↑ 内蒙古自治区成立60周年庆典

呼和浩特:
在历史与现代中穿越前行

　　在内蒙古呼和浩特市东二环路与新华东街交汇处,有一组由内蒙古博物院与内蒙古乌兰恰特(蒙语"红色剧场"的意思)组成的雄伟建筑群,设计构思以博大深邃的蒙古族文化为基石,融入现代的设计手法,表现出腾飞的内蒙古自治区的未来。内蒙古博物院是人们领略内蒙古的历史与草原文化的重要"驿站",而内蒙古乌兰恰特,是人们欣赏现代艺术演出和电影的重要场所。这一处历史与现代融合的建筑群醒目地屹立在城市中心,似乎在向世人召告:呼和浩特是一座历史与现代融合的城市。

青城　召城

　　"美丽的草原我的家,风吹绿草遍地花,彩蝶纷飞百鸟儿唱,一弯碧水映晚霞,骏马好似彩云朵,牛羊好似珍珠撒……"德德玛浑厚醇美的歌声犹如天籁,引人无限遐想,仿佛眼前就是绿色的大草原,你似乎都可以闻到奶茶的芳香。听着这迷人的歌声,带着这无限的遐想,我来到了素有"青城"之称的呼和浩特。

　　"呼和浩特"是蒙古语,意为青色的城市。公元16世纪,当地的王府与

↑　内蒙古博物院

民宅常用青砖筑就，远远望去，一片青色，故有"青城"之称。它位于华北北部，内蒙古自治区中部，是华夏文明的发祥地之一。在汉唐时期，这里就是中原地区开展对外交往的重要通道，是"草原丝绸之路"的重要枢纽。无论是远古时期的"大窑文化"遗址，还是战国时期的云中古城遗址，或是明清时期的召庙艺术等，都真实地记录了呼和浩特的悠久历史，显示了塞外名城的古老神韵。

除了"青城"之外，呼和浩特还有"召城"之称，这是因为在历史发展中呼和浩特形成了独具特色的"召庙文化"。呼和浩特的召庙文化中以大召最为著名。大召建于公元1587年，是内蒙古地区的第一座喇嘛寺庙。大召融合了汉、藏、蒙三个民族的建筑风格，布局严谨，均衡对称。近年来，政府投巨资对大召进行了大规模修缮，拆除了寺院周围的危旧民宅和临街商业建筑，这样大召就与席力图召隔街相望，两寺金碧辉煌，古色古香，重现了明清年代"召城"的风采。大召西侧是保留完好的明清一条街，青砖灰瓦，飞檐斗拱。近年来为影视导演所青睐，成为古装片拍摄的外景地。这里的历朝古玩、字画、玉器及蒙古族皮画、铜具等手工艺品闻名遐尔。

穿过大召广场往南走便是大召九久街，如果说前面的喇嘛寺庙还让你没回过神来，那么，在大召九久街，耳边充斥的商家叫卖声足以让你清醒过来，与大召的庄严肃穆相比，这里的商业气氛实在活跃。

↑ 呼和浩特的大召

大召九久街于2009年6月开街，以明清古建为建筑风格，这条商业街融合了民俗活动、民间艺术展示和文艺演出等多种商业经营，形成四大特色区块，即茶叶批发、民族工艺品、古玩鉴赏、高档皮草销售。在这个内蒙古最大的茶叶批发市场里，有不少来自沿海的商人，我们在采访中恰好碰到一对来自福建的夫妇——耿美兰和她的丈夫林先

生，他们在1999年从福建来到呼和浩特从事茶叶买卖，如今夫妻俩在这个城市已经开了四家茶叶店。据林先生介绍，大召九久街的茶叶批发市场就是福清人投资开发的，除了经营茶叶之外，还有不少福建商人在呼和浩特经营建材、海鲜以及房地产生意。

穿越闹市的喧嚣，我们来到了位于呼和浩特城南的昭君博物院，中国古代四大美女之一王昭君就安息在这里。

在民间百姓心目中，昭君是美的化身、和平的使者。数千年来，有关她的传说和故事在中国民间广为流传，家喻户晓。自唐、宋以来，历代文人咏唱昭君、抒发情感的诗文、歌词、绘画、戏曲更是数不胜数，这些都形成了独具特色的"昭君文化"，如"画图省识春风面，环佩空归月夜魂。千载琵琶作胡语，分明怨恨曲中论。""汉家秦地月，流影照明妃。一上玉关道，天涯去不归。"我们似乎可以想象二千多年前，黄沙漫漫，衰草连天，一位柔弱的女子在夕阳下孤独远去的背影……

时光的画面切换到1947年，在同一块土地上，第一个省级少数民族自治地方——内蒙古自治区在一片锣鼓喧天和欢歌笑语声中宣告成立，六十多年来，这片土地上的各民族人民和睦相处，共同进步；内蒙古自治区各项事业蒸蒸日上，始终葆有"模范自治区"的风范。我想这一切如果昭君泉下有知，必当欣慰，这也是所有为促进民族团结作出过贡献的人们所愿意看到的。

从依靠汉匈之间的和亲政策到今天的民族区域自治政策，可以说，民族

↑　呼和浩特市的九久商业街

团结从过去依靠个人的力量到今天整体的融合完全迈上了一个大台阶。民族区域自治在内蒙古的实践也引来美国、俄罗斯、日本、挪威等十几个国家的学者前来调研、取经。

历史在前行，然而我们不能忘记历史，王昭君作为和亲政策的代表人物，已成为民族团结的象征。正如现代史学家翦伯赞所赞美："王昭君已经不是一个人物，而是一个象征，一个民族友好的象征；昭君墓也不是一个坟墓，而是一座民族友好的历史纪念塔。"我们更不能抹煞和亲政策在特定的历史时期所发挥的积极作用。对于昭君出塞那段历史，中华文化发展促进会秘书长辛旗是这样评价的："和亲政策应该说是中国农耕文明和游牧民族政权之间互相交往的一种方式，虽然在文学作品中描写的是悲悲切切，但我们看到的更多的是农耕文明给草原文明增加了活力，同时草原文明又给农耕文明增加了新的要素，我想这种和亲政策在历朝历代都发挥了民族融合的作用。"

中国乳都

从昭君博物院出发，沿着209国道，再往南不到40公里就到了和林格尔盛乐经济园区，蒙牛集团总部就设在这里。在蒙牛2007年投入使用的六期工厂，讲解员带领我们参观了蒙牛现代化的生产线。在这里从收奶到产品出库，全部由中央控制系统设定程序，指令机器操作完成。眼前的情景不由让我想起了一首北朝民歌，"敕勒川，阴山下，天似穹庐，笼盖四野。天苍苍，野茫茫，风吹草低见牛羊"，这首民歌唱出了草原的过去，也唱出了它的优势所在，然而游牧民族那种原始的放牧等生产方式早已成为历史，取代它的是眼前这种现代化的流水线生产。

成立于1999年初的蒙牛集团，现拥有总资产超过80亿元，职工近3万人，20多个生产基地，乳制品年生产能力高达500万吨，十年间创造出了举世瞩目的"蒙牛速度"和"蒙牛奇迹"。内蒙古自治区发展研究中心研究员包思勤说："蒙牛的发展速度是非常快的，是一种跳跃式发展。蒙牛刚开始生产的时候，一没场地，二没资金，三没设备，四没市场，五没品牌，但是蒙牛的企业战略、市场营销策略都高人一等，最后蒙牛利用别人的资金、生产线和设备来生产，打造出蒙牛品牌。"

↑ 内蒙古博物院里的"和亲"蜡像

除了蒙牛之外，乳品业领头羊之一的伊利集团总部也在呼和浩特。呼和浩特现如今又被称为"中国乳都"，它是世界上公认的最佳天然养牛带，发展乳业有着优越的自然地理条件和区位优势。"中国乳都"这张黄金名片，使得呼和浩特在国内乃至国际乳业市场上拥有了更大的发展空间，从而也为中国乳制品行业的发展、为中国乳制品走向世界作出了新的贡献。

其实，呼和浩特不仅有乳品业，还有众多蓬勃发展的产业，像电子信息产品制造业、硅产业、光伏产业等等。包思勤说："呼和浩特的主攻方向不是工业，是第三产业，它毕竟是全内蒙的政治、经济、文化中心，它有条件发展第三产业，搞服务业。"他强调说，作为一个省会城市来讲少发展工业也是对的，因为发展工业就必定会带来一定的污染，所以呼和浩特的发展以第三产业为主，发展一些新型的第三产业，像金融业、旅游业和物流业等等。

呼和浩特是一座奇特的城市，走在这里，仿佛是在历史与现代的光影中穿梭行走；走在这里，历史书卷的浓厚气氛与现代工商的繁荣景况常常让人迷失自我；在这个拥有400年历史的塞外名城，遐想常常不期而至，绿色的草原、疾驰的骏马、成群的牛羊……就是这份遐想让呼和浩特蒙上了一层朦胧的面纱，让人充满了憧憬与期待。

↑ 蒙牛集团的乳品生产线

歌舞殿堂 草原名片

"它们融入了大自然的魅力，十分迷人，充满了表现力和生命力！我太喜欢它们了！在我心中，它们是世界艺术中独特的调味品，融入到恰当的艺术形式，就成了最佳的美味。"董方思（Don Frantz）在第五届草原文化百家论坛上这样说道。

Don Frantz（中文名字，董方思）是美国百老汇著名音乐制作人、北京东方百老汇国际剧院管理有限公司首席执行官兼总经理，曾负责迪斯尼戏剧制作公司纽约办事处的管理工作，并且担任迪斯尼公司《美女与野兽》、《狮子王》等影片的制作，著有《百老汇音乐剧巅峰之作：美女与野兽》一书。董先生口中的"它们"指的就是我国蒙古民族的音乐与舞蹈。

从马背唱到全世界

说到内蒙古，人们眼前会出现蓝天、白云以及"风吹草低见牛羊"的辽阔草原，这时你的耳边也一定会有歌声，那歌声时远时近，时粗犷时绵长，中间还夹杂着"的的"的马蹄声和扬鞭的脆响。

作为一个"马背上民族"历史与文化的记录，作为一个曾经创造伟大荣光的民族生生不息的证明，蒙古族歌舞成为丰富多元的中华文化的艺术瑰宝，成为草原文化的活名片。新中国成立60年来，中国的文艺大舞台上，从来都少不了蒙古歌舞这一独特的艺术形式。而蒙古歌舞得以传承、发展，内蒙古民族歌舞剧院功不可没。歌王哈扎布、舞蹈家贾作光、作曲家玛拉沁夫、马头琴大师齐宝力高、长调歌唱家宝音德力格尔、女中音歌唱家德德玛、笛子演奏家李镇、著名表演艺术家斯琴高娃……这些中国乃至世界闻名的艺术家们正是从内蒙古民族歌舞剧院走出来的。

1946年成立的内蒙古民族歌舞剧院前身是内蒙古歌舞团，歌舞团曾有过辉煌的历史。然而，随着时代的变迁和社会的发展，新的艺术形式层出不穷，蒙古歌舞与其他传统的艺术形式一样都面临着生存与发展的时代课题。

"社会不断发展进步，人们的欣赏习惯和理念也在进步。如果用老的一套演绎，穿着粗布衣服，搬到舞台上去，说这是原生态，观众就会接受不了。"内蒙古民族歌舞剧院院长李强说。

2001年歌舞团进行改革，与原内蒙古民族剧团合并成立内蒙古民族歌舞剧院，通过优化资源结构，在传统中融入现代元素推陈出新，创造性地走出一条传承与弘扬民族歌舞艺术的康庄大
道。如今，剧院已成为内蒙古自治区规模最大的使用蒙汉两种语言从事创作演出的综合性民族艺术表演团体。剧院内设歌舞团、蒙古剧团、蒙古族青年合唱团、民族交响乐团、蒙古乐团五个表演团体，承担着传承、繁荣、发展民族歌舞乐和蒙古族非物质文化遗产发掘保护的重任。

剧院成立八年来，立足内蒙古、面向全国、面向世界，演出足迹遍及内蒙古城乡村落，遍及长城内外、大江南北，先后出访亚、欧、非、美、大洋洲等五十多个国家和地区，传播了蒙古民族歌舞艺术，增进了全国各族人民以及与世界各国人民之间的友谊，促进了民族文化交流。2008年，在自治区的全力支持下，歌舞剧院与蒙古国合作，成功举办了《蒙古风·草原情》大型爵士交响音乐会，深受两国人民的喜爱；同年10月，剧院还参加了在国家大剧院举办的国际民歌博览周，其无伴奏合唱团进行了单场演出。2009年，在国家文化部的安排下，剧院安达组合，随同胡锦涛主席出访俄罗斯，参加中俄建交60周年重大文化交流活动。

草原歌声飘过海峡

2008年，在国家民委和内蒙古自治区民委组织下，歌舞剧院赴台湾参加了"2008海峡两岸中秋联欢会"，受到台湾同胞的热烈欢迎。这是内蒙古草原人民和台湾人民第一次手拉手在一起中秋联欢。歌舞剧院的88人带去了独具民族特色的"天堂草原"晚会，让台湾同胞充分感受到了草原文化的魅力。每一套舞蹈、每一种音乐，都让台湾观众身临其境地享受到草原吹来的春风。

↑ 内蒙古歌舞剧院演员在排练

剧院院长李强谈到这次台湾之行，感慨万千："我们虽然是第一次组织这么大的队伍去台湾演出，但感觉跟回家一样，十分亲切。在这二十多天里，从台南到台北，台湾同胞对我们都特别热情。我们有演员生病了，他们主动嘘寒问暖，并提供各种帮助。在台湾的街上，人们听说我们是大陆来的，也都非常热情。最让我高兴的是，我们这次带去的表演，台湾同胞十分喜欢！很多人看完演出都不愿意离开，围着我们的演员签名合影，拉着我们的成员询问各种有关内蒙古、有关大陆的情况。包括连战、吴伯雄在内的台湾高层，也都去看了我们的演出，给出了很高的评价。这次赴台活动，让我们真正感受到了中华民族大家庭中各民族之间深深的爱戴之情、骨肉之情！"

虽然这是内蒙古民族歌舞剧院第一次带着马背上的歌声飘过海峡，但说起两岸的草原情，说到内蒙古民族歌舞剧院的艺术家与台湾同胞相知相亲，还有一个更加感人的故事，这个故事发生在蒙古族女中音歌唱家德德玛与席慕容这两位蒙古族女儿之间，是一段与故乡、与歌声有关的故事。

"席慕容先生曾经来到内蒙古，到她的家乡克什克腾草原和西拉沐伦河

2008

海峽兩岸各民族

中秋

一場融合兩岸少數民族特殊文化的精采事典

聯歡晚會

屏東市千禧公園

Pingtung City
Mellennium
Park

主辦單位 中華海峽兩岸原住民暨少數民族交流協會‧中華民族團結進步協會

指導單位 原住民族委員會‧蒙藏委員會大陸工作委員會‧文化建設委員會‧屏東縣議會　承辦單位 萬世國際公司‧屏東市市公所

協辦單位 立法委員廖東明服務處‧台北市政府原住民事務委員會‧原住民族委員會文化園區管理局‧瑪家鄉公所‧三地門鄉

那儿走走，内蒙古电视台给她拍了个叫做《草原往事》的节目，她在节目中一边哭，一边诉说她家乡的样子。我看完后也跟着她哭，她在电视上哭，我在家里哭。"谈起这段往事，德德玛总抑制不住自己的感情。

席慕容的蒙古族名字全称为穆伦席连勃，意思是浩荡的大河。席慕容在一个传统的蒙古族家庭中长大，由于处在动荡不安的战乱年代，孩提时代就随父母辗转重庆、上海、南京，最后到了台湾，这样一走便是46年。草原、故乡便成为46年的期待与守候。在她的诗中和画布上，"故乡的面貌"始终"是一种模糊的怅望"。

1989年台湾开放公职人员回大陆探亲的限制开放，46岁的席慕容终于踏上了父亲描绘的辽阔草原，见到了母亲常常提起的浩荡大河。

在父亲的草原上，在母亲的河畔上，席慕容一路走一路流泪，电视机前的德德玛也陪着哭了一路。德德玛知道这位闻名遐迩的台湾诗人也有着和自己相同的对草原的爱，便希望认识这位旅居台湾的蒙古族女儿。

"席慕容是台湾的蒙古族人，她在完成这次回乡之旅后，我们也成为朋友。当时我邀请她写一首歌词，因为我觉得她所说的父亲的草原和母亲的河就是一首歌。后来她就写一首歌叫《父亲的草原母亲的河》：父亲曾经形容草原的清香\让他在天涯海角也从不能相忘\母亲总爱描摹那大河浩荡\奔流在蒙古高原我遥远的家乡\如今终于见到辽阔大地\站在这芬芳的草原上我泪落如雨……"德德玛哽咽了。她说，每次唱起《父亲的草原母亲的河》的时候，心情与席慕容是一样的，在外漂泊的时候，都会非常想念自己的家乡——内蒙古，内蒙古就像一块磁铁一样吸着她。"沧桑了二十年后\我们的魂魄却夜夜归来"，德德玛说，蒙古族的音乐让她无法离开家乡这片草原。她希望能有更多的台湾同胞来到内蒙古，看看辽阔的草原，听听蒙古族的歌。

很多时候，文艺比语言更容易让老百姓理解、接受。六十多年来，从内蒙古民族歌舞剧院传出的歌声在丰富当地人民群众精神文化生活的同时，也承担起了传承并弘扬民族优秀文化艺术的重任。内蒙古歌舞剧院的发展与成功，让人看到民族优秀特色文化艺术强大的生命力，更折射出当代中国各民族文化的发展与繁荣。

如今，内蒙古民族歌舞剧院已是蜚声海内外的著名艺术团体，成为内蒙古歌舞的艺术殿堂、蒙古草原的文化名片。美国肯尼迪艺术中心副总在看完剧院的演出后，不禁赞叹道："假如上帝长了眼睛，他看到你们的演出也会感动得落泪的。"

二人台的前世今生

简单的吹拉弹唱，简单的乐器组合，简单的戏台与服饰，男女同腔，二人一台戏，这就是流行于内蒙古中西部地区的地方戏 ——"二人台"。

2009年7月，记者带着对二人台艺术的向往，拜访了内蒙古包头市土默特右旗艺术馆副馆长张毅。那天下午，他正带领着二人台艺术团进行演出前的排练表演，当琴声响起，内蒙古草原的奔放伴着黄土高原的乡土气息扑面而来，记者霎时被这浓烈地方风味的艺术震撼了。

张毅介绍说，作为一个地方戏曲剧种，二人台源于民歌和民间社火的表演，在吸收民间小曲、社火舞蹈、打坐腔演唱方法的基础上，与地区方言融合，形成了自己独特的演出风格，并逐步从中发展演变而来。它融当地民俗、民风为一体，承载着地方厚重的文化底蕴，呈现出鲜明的个性色彩，具有独特的历史和文化价值，"如果你仔细听，你会发现二人台有很多戏剧的成份，它的曲调中有民歌、爬山调、蒙古族的长调与短调；二人台没有自己的打击乐器，而是沿用晋剧和京剧的；吹拉乐器用的是扬琴、笛子，还有蒙古族特有的乐器 —— 四胡；另外，像京剧的小放牛、川剧的顶灯，都能在二人台中找到痕迹。"

二人台是地方戏，但它绝不是一个地方的戏。在一百五十多年的发展历程中，二人台融合了蒙汉两个民族的文化，而它的产生则根植于内蒙古、山西、陕西、河北等地蒙汉两族的融合。

二人台孕育和诞生的土默川古称丰州滩，远在阿拉担汗和三娘子统治这一地区时期，就有数万内地人民流入，开垦农

↑　根植大草原的二人台艺术

田，经营商业或手工业，可以说是这一地区蒙汉聚居的良好开端，至清代光绪年间，涌入内蒙古西部地区的内地移民就多达数十万。几百年来，蒙汉两族人民共同生活在这块土地上，并肩劳动生产，携手开发建设，使得土默川的农牧业、手工业和商业日益兴盛，而经济的繁荣和内地文化的流入又必然促进这一地区文化艺术的发展。正是在这样的地域和历史条件下，二人台诞生了。也正因为民族的大融合，二人台从它一诞生开始，便是一种综合艺术。

诞生于民间并融合众家之长，二人台展现了生机勃勃的乡土特色，深受当地百姓喜爱，尤其是在农村更是家喻户晓，上到九十九，下到刚会走，几乎人人都能唱上几句。有这样一个流传很广的故事，形象地描写了当地百姓对于二人台的喜爱：有一个村子过年闹社火，大街上唱起了二人台，戏台前人山人海挤得水泄不通，一些妇女挤不上去，就站到房上去看。有个年轻妇女也抱着孩子上房去看戏，她怕孩子摔下来就一手抱着孩子，一手攀着烟囱，不料看出了神，结果孩子掉下去了，她还抱着烟囱以为是孩子。

这个故事的真伪虽然难以考证，但却生动地反映了群众对二人台的喜爱。土默特右旗二人台艺术团青年演员张蓓这样告诉记者："土默特右旗人就是喜欢二人台的土腔土调。我要唱到四五十岁，到那个时候就扮个老娘娘，向那个老艺人学习。"

张蓓所说的老艺人就是土默特右旗二人台坐腔的第五代传人、今年已经72岁的郭威。郭威八岁学艺，后拜土默特右旗二人台坐腔第四代传人霍龙为师，得其真传。为了传承、弘扬二人台坐腔艺术，上世纪80年代，他甚至卖掉自己家的货运汽车，自费创办了二人台坐腔艺术团。四十多岁的时候，他不断走访民间艺人，收集二人台曲目，记录二人台唱腔以及表演形式。经过26年的收集、整理，与别人合作编撰出版了两百多万字的《二人台山曲经典》，他本人也因此被誉为"二人台的活字典"。

因为多年来对二人台艺术所做的特殊贡献，2008年9月，郭威被批准为第一批内蒙古非物质文化遗产项目代表性传承人。2006年，二人台被国务院列入首批国家非物质文化遗产名录，内蒙古自治区包头市土默特右旗被中国乡土艺术协会命名为"中国二人台文化艺术之乡"，二人台艺术家们更加活跃地出现在田间地头、文化大院。

郭威一生致力于二人台艺术的整理与传承。对于二人台的前世今生，他的总结就显得更为专业。他向记者介绍说，二人台是内蒙

西部地区民间音乐、民间舞蹈和民间文学相融合的产物。它的音乐源于土默川地区的民间音乐，它的舞蹈源于这个地区的民间舞蹈，而它的唱词也是源于这一地区的民间文学，除民歌唱词和民间故事传说之外，本地很有特色的"串话"以及顺口溜、绕口令、歇后语等，无不为二人台所吸收。

二人台又是大量内地移民带来的内地文化同塞外文化相融合的产物。二人台的剧目和音乐大多是本地的"土产"，如《种洋烟》、《栽柳树》、《打后套》、《水刮西包头》、《压糕面》、《阿拉奔花》等等，但也有相当多的剧目源于内地民歌，如《画扇面》、《卖饺子》、《小放牛》等，唱词和曲调基本上是内地的。但二人台把它发展成化妆演唱，而且经过土默川这一方水土的长期滋润，经过同塞外文化的长期交融，经过土默川二人台艺人的加工、润色，它已经有了塞外艺术的韵味，有了土默川二人台的共性，"化为自身血肉"。

二人台更是蒙汉两族文化艺术长期交流，特别是蒙汉两族音乐长期交流融合的产物。两个民族的艺术长期交流融汇，使得产生于土默川的二人台具有极为独特的艺术特色，这是二人台特别值得珍视的艺术个性。音乐是演唱艺术和戏曲剧种的灵魂，如果单从音乐方面说，最初的阶段是原始的自由演唱；第二阶段是逢年过节"社火"活动中的"码头调"，"码头调"由秧歌或高跷艺人集体演唱，在间歇中加以简单的锣鼓伴奏；第三个阶段是"打坐腔"，也叫"丝弦坐唱"，即有丝弦伴奏的民歌坐唱；第四个阶段就是改"坐"为"舞"，化妆演唱，这就是二人台了。

二人台之所以获得广大百姓的喜爱是因为它直接来源于生活，表演的也是生活。田间地头，劳作间歇，大家拼凑一下，

↑ 二人台老艺术家郭威和青年演员张蓓　　　　　　　　↑ 土默特右旗艺术馆张毅副馆长

有人会唱，有人会乐器，随便什么顺手，即使铁锹拿起来，用石头敲击，也可以算是一件乐器，所以，二人台其实就是土默川百姓血液里流淌的流行音乐。

与其他传统艺术一样，二人台也面临着现代流行音乐及其他流行文化的巨大冲击。"很多青年人开始不喜欢本土的艺术，但青年人又是本土艺术传承和发展的希望"，谈起二人台现状，郭威脸上流露出一丝担忧，"二人台艺术要培养优秀接班人，就是要重视从小对孩子的培养，把他们逐步培养成为优秀合格的二人台艺术工作者。只有这样才能既保持二人台艺术自身的发展，又能给市场带来好的作品，从而实现艺术价值和社会价值双丰收。"

令人欣慰的是，在国家和二人台艺术工作者的努力下，二人台的保护与传承如今已取得了一定的成绩和收获。如著名二人台表演艺术家武利平创办了二人台艺术剧团，集培养、演出为一体。另外，内蒙古大学艺术学院在2006年开始招收二人台表演方向的本科大学生，这就为二人台的发展提升到了一个质的平台，更为二人台的接班人提供了发展的舞台。

当记者采访结束的时候，土默特右旗艺术馆张毅副馆长已经带领年轻的演员们坐上了车，他们将前往一个展示二人台艺术魅力的舞台，或者说，他们又将去浇灌一朵绽放了150年的艺术奇葩。

↑ 二人台艺术团在排练

飞逝的时光　不变的情怀

　　在内蒙古自治区生活着二百多位台胞，陈晓先生就是其中的一位。他曾任内蒙古自治区台湾同胞联谊会会长，今年64岁的他刚从工作岗位上退下来，虽然已年过花甲，仍精神矍铄，记忆惊人。谈起自己的过去和工作，老人显得很兴奋，记忆的闸门由此缓缓打开……

　　陈晓的父亲祖籍台北，五十多年前，作为一名技术人员，来到包头跟众多热血沸腾的建设者一道投身支援包头钢铁工业的建设工作，由此开启了一段崭新的生活。陈

晓说："我父亲是日据时代从台北到北平投靠亲友的，抗日战争胜利后，他就在北平成家，成了交通部下属一家企业的技术员。上世纪50年代中央从全国各地抽调技术人员到内蒙古参加建设，很多厂子被整体迁过来，我父亲那个企业在50年代末从天津整体搬迁过来，就这样，父亲带着我们一家人来到了内蒙古。"

　　当年年幼的陈晓随着家人来到包头，1965年参加工作，开始在包头的一所学校当老师。1983年全国落实台胞台属政策，因为他本身台籍的身份，被调到包头市台办工作。1993年，到自治区台湾同胞联谊会工作，相继担任过副会长、秘书长、会长，一

直到2008年6月退休。

25年为台胞服务的经历让陈晓对当地台胞情况了如指掌："内蒙古的台胞，主要包括这么三个部分：一部分是1952年从日本归国的台湾省籍同胞，他们回国先到天津，到北京，后来由于支援边疆建设到内蒙古；第二部分来自当时的华东军区台湾干训团，准备解放台湾的，这部分人由于朝鲜战争爆发，最后转业到了内蒙古；还有一部分是"一五"计划期间支援边疆从全国各地到内蒙古的。随着50年的变迁，大部分老台胞都已过世了，目前健在的只有八位，年龄都在80岁以上。不过，内蒙古现在已有二代台胞、三代台胞、四代台胞了，现有台胞二百多人。"

陈晓说，当年，这些来到内蒙古的台胞们都纷纷要求到最需要他们的地方去工作，他们中的有些人创建了呼伦贝尔的广播事业，有的重建了巴彦淖尔的水利事业，为内蒙古的经济建设、社会文化等各方面事业的发展作出了巨大贡献。说到这儿，老人的脸上洋溢着一种动情的光彩，一个个鲜活动人的故事通过他娓娓的诉说展现在我们的面前："有两个老台胞，一个叫邵金顺、一个叫陈标煌，他们就主动提出到呼伦贝尔去。此前他们都生活在热带、亚热带，到了冬季零下四十多度的呼伦贝尔草原，就是在这么艰苦的环境下，他们创建了呼伦贝尔的电力事业和广播事业。邵金顺前几年已经过世了，现在他的儿子是呼伦贝尔电力公司的老总。陈标煌是呼伦贝尔人民广播电台创建者之一，1952年他带着妻子从日本回国，响应中央的号召，来到呼伦贝尔大草原，参加创建呼伦贝尔人民广播电台。当时的内蒙古经济十分落后，当地缺乏资金为广播电台买设备，他就变卖自己珍珠领带上的珍珠，筹集经费买了呼伦贝尔广播电台的第一台10瓦的电台。在那里，他克服经济上、生活上的一切困难，为呼伦贝尔的广播事业无私奋斗了一生。"

"有一个老台胞叫翁明仁，上个世纪50年代到巴彦淖尔，就是河套地区。河套地区是内蒙古最重要的农业区，'黄河百害，惟富一套'，当时河套地区好多水利设施因为战争的原因都被破坏了。他们两口子来了，翁先生就担任巴盟水利工程队的队长。当年，设备运过来的时候，都没有机械设备，我们这个老台胞带着人人拉肩扛，从车站上往下卸这些水利设备。当时当地人看了都很惊叹，哎呀！台湾人真不容易啊！他是个技术人员，他完全可以不做这些事情嘛。如今他的女儿也在黄河灌溉总局工作，是高级工程师。子承父业，连他们的子女都奉献给水利事业。"

讲述这些故事时，老人的言谈中满怀着一种自豪和敬佩之情，那是作为华夏子孙的一员，能为祖国的建设奉献出自己青春年华，奉献出自己全部力量的一种自豪感；同时也是对自己的同胞能够在那样艰苦恶劣的条件下克服种种困难，为祖国的建设发展作出杰出成绩的由衷敬佩之情。老人接着又提起一个人——内蒙古文联摄影家协会副秘书长谢慧君。"她高中毕业后从台湾来到大陆，参加了解放军的华东军区台湾干训团，转业后来到内蒙古呼和浩特。她家在台湾是个大家族，两岸开放后她完全可以回台湾定居，与亲戚团聚，享受大家族的富裕生活，然而她一直留在了呼和浩特。她说她已经在内蒙古生活了五六十年，已经是一名地地道道的内蒙古人，她是不会离开内蒙古的。"

对谢慧君的这种选择和追求，陈晓感慨万分："从上个世纪50年代到现在，内蒙古发生了翻天覆地的变化，生活在内蒙古的台湾同胞也见证了这个历史性的变化，也享受到了这个成果。这些台胞和他们的子女无论是在50年代、60年代，还是在改革开放的年代都作出了很大的贡献。"

是啊！如果说宝岛台湾是这些台湾同胞的第一故乡，是他们的祖籍地。那么，内蒙古草原就是他们的第二故乡，是他们成长、创业的热土。对第一故乡的魂牵梦绕，对第二故乡的难舍难离，倾注的感情一样炽热，一样深沉。中华民族自古以来就是一个重土重乡重情的民族，人生四喜之一就是他乡遇故知，哪怕只是一针一线，敝帚自珍，自有它特殊的涵义。陈晓给我们讲述了一个自己与一台缝纫机的真实故事："上个世纪80年代初，我在上海买到一台台湾生产的电动缝纫机。我记得很清楚，那个牌子叫万泰隆，当时父母亲都很高兴，能买到家乡的东

↑ 内蒙古自治区包头市街景

西，回不了家乡，见不到乡亲，看到台湾的东西都是亲切的。现在那个缝纫机已经是古董了，还在我家中，坏了，但是我不舍得扔掉它，一直在那放着。我想人们的思乡之情是隔不断的。"

两岸的隔绝隔断了音讯、隔断了交流，唯独隔不断的是血浓于水的亲情和乡情，能够从事促进两岸交流的工作，陈晓引以为豪并乐此不疲。

在25年的时间里，陈晓说他做的就是两项工作，一个是服务台湾乡亲，另外一个是拉近两岸同胞的距离。在交流大门打开之前，由于两岸隔绝太久，有很多事情大家都不能互相了解，经过多年的交流，隔阂减少了，了解增多了。陈晓说："当时我在台办工作，一开始台胞来的时候还不是带电器，而是带他们穿旧的衣服，他们认为，大陆人喝清菜汤，几个人穿一条裤子。他们想象内蒙古是大草原，住蒙古包，骑马，没有吃的，没有酒店。我的亲戚他们也不来内蒙古，后来还是我的堂弟因为有业务的事情来到内蒙。他回去给我们亲戚说，内蒙古不是你们想象的那个样子，他们才陆陆续续来了。"

从80年代后期开始，陈晓每年都组织台湾大学生夏令营活动，"夏令营使台湾学生了解祖国大陆的自然风光、风土人情，了解中华民族这56个不同民族的文化，了解大陆改革开放以来的经济发展、社会发展、文化教育事业等等一系列的情况。"

已经退休在家的陈晓，如今有更多的时间在家照顾近九十岁的老母亲和年幼的孙子，但他仍不忘为有意到内蒙投资的台商牵线搭桥。在接受我们采访的时候，他还在为两地的农牧业合作出力，他说"内蒙古有对台的优势，煤、油、天然气等能源化工资源特别多，还有这里的农牧业。我最近就想把台湾云林县（台湾第一大农林县）的人请过来到巴彦淖尔市搞农牧业合作，让他们尝尝内蒙的牛羊肉，看看这里的投资环境。"

↑ 包头市都市夜景

最后的恐龙王朝

　　风吹不停，光线猛烈。记者站在二连浩特恐龙地质博物馆门前，望着草地和天空交接处，绿色和蓝色慢慢地渗透、交融、模糊……那个最后的恐龙王朝忽然间复活了。距今8500万年以前，内蒙古大草原。吃草的，吃肉的，天上飞的，地面跑的，大大小小的恐龙，汇集其中。谁都没有注意到，在炎热夏季的某一天，在绿色草丛的某一处，静卧着一只椭圆形的蛋。草原湿润，草场丰美，阳光透过高大的蕨类植物，在地上落下斑驳的影子。突然，这蛋壳没有任何预警地动了一下，大地立刻警醒，这个小生命感知到大地母亲的呼唤，通过震颤表达了出世的愿望。它用小小的喙啄开了一个生命的出口，阳光就这样刺痛了它的眼睛。它欢快地叫了一声，于是，很多兄弟姐妹围拢过来，祝贺它的诞生。

　　生活快乐，时有忧伤。大自然的生存法则就是这样，选择吃草，或者吃肉，其实，在最开始时候就别无选择。既然这样，还不如就随它去吧，爱谁谁吧。这时候，它看上去更像是一个哲学家。

　　它就是这样，在这个恐龙的王朝，苗壮且自然地生长着。在它成长的过程里，有很多即使是哲学家也无法解释的困惑。比如说，它明明是一只龙，却长着鸟的喙、鸟的爪子、鸟的羽毛，虽然有着类似鸟的外形，它却不会飞，只能奔跑，因为它长了一双兽的脚。它的脊椎体内部有海绵状结构，这种构造既能使它身体坚固，又能减轻体重。它的腿骨纤细，小腿比大腿长，这让它成为这片广袤草原名副其实的短跑冠军、长跑健将。

　　又比如说，它的确长的太快了，7岁那年，就已经成熟了，它体长约8米，站立高度超

过5米，体重大约1400公斤，它甚至可以与世界著名的霸王龙相媲美。而它周围所有的看上去似鸟的恐龙兄弟，只有它个头的几百分之一。据说，身形巨大的动物，有三种不同的生长策略：一是活的时间长，二是生长速度快，三是兼顾前两者。它选择的是第二种。然而，快速的生长无可避免地带来了迅速的衰老，11岁那年，它已经再也跑不动了。它站在草原凸起的一个小山包上，默默地回望它出生的地方，轻轻地说了一句，我走了。这话说得，竟然有些悲壮。

再后来的事情，便是距今6000万年以前，因为某次的行星撞地球，或者某次的地球喷火山，或者因为某种不知所踪的说法，这个只剩下遗骨的奔跑健将，连同它曾经生活的恐龙王朝，被埋在了地下，它们的骨头，成为竖硬的石头。直到公元2005年4月，这些被埋在地下的恐龙化石被中国科学家徐星和他的团队发现，经过两年的研究，给它起名"巨盗龙"。2007年，它的倩影出现在世界顶尖的《自然》杂志网站首页头条的位置，引起了世界上几乎所有通讯社的轰动。有记者问："这项发现意味着什么？"中国科学院古脊椎动物与古人类研究所研究员徐星反问道："如果你发现一只老鼠长得像猪那么大，你是什么感觉？"

在此之前，学术界普遍接受的一个观点是：鸟是从恐龙演化来的。同一个家族的恐龙，个体越大，与鸟的亲缘关系越远，在形态上越不像鸟。然而巨盗龙却是个例外，它有1400多公斤的庞大身躯，却比小型的

窃蛋龙类拥有更多的鸟类特征，这是过去的理论无法解释的，也是巨盗龙重大的科研价值所在。

同年，这一发现被美国《时代》杂志评选为2007年世界自然科学十大发现之一，极大地提升了"恐龙之乡"在世界范围内的知名度。是的，化石被发现的地方，叫做二连浩特，一座崭新的边城。人们从四面八方涌来，为了一睹那个最后的恐龙王朝的风采。关于恐龙化石的保护和研究工作迅速地展开，修通市区通往恐龙遗址的公路，修建世界上最大的铜雕塑恐龙市门，建设亚洲最大的恐龙博物馆，所有的一切，令二连白垩纪恐龙遗址博物馆宁培杰馆长自豪不已："现在国家投入力量很大。咱们现在仅仅才两期工程啊，已经两千多万投进去了。成绩也很见效，不仅科研成果与资金投入成正比增长，而且吸引了更多的游客，可以说来二连的游客至少有30%是冲着恐龙来的。"

就是在记者采访的时候，博物馆大门口风依旧很大，光依旧很强。但是，再大的风，也只能吹走现实的尘埃，它永远也吹不走过去的化石；再强的光，也照不到地层下的化石，发现化石的，只能是高科技的探测手段和恐龙考古专家的智慧。最后的恐龙王朝，正在向全世界的人们张开它的双臂。张开的双臂，就在二连浩特市区南6公里处的208国道上。

二连浩特成为了世界闻名的"恐龙之乡"。在二连市区东北8公里处的二连盆地是亚洲最早发现恐龙化石的地区之一，也是最早发现恐龙蛋化石的地区之一。这里埋藏着丰富的古生物化石，是白垩纪恐龙化石集中埋藏区，在中国及中亚恐龙研究史上占有重要地位。为充分挖掘恐龙资源，大力弘扬恐龙文化，全面打造恐龙文化品牌，大力发展恐龙特色旅游业，二连浩特市在建城50周年之际，用两条巨型恐龙雕塑建造了独具二连特色的市门。所有乘车由

南向北进入二连的人们，还没有进入这个城市，就已经感受到她来自远古的气息。据说这堪称世界最大的钢结构恐龙雕塑，是"恐龙之乡"二连浩特的标志性建筑。曲首张颌的两只雌雄恐龙呈亲吻状造型，线条光滑优美，象征"和谐、友好、博爱、团结"的主题，喻意着二连浩特将以最诚挚的情感打动世界、拥抱世界。难以想象，就在远古的白垩纪晚期，这里湖泊密布，气候湿热，密林丛生，是恐龙生息繁衍的乐园。记者与宁馆长告别的时候，风还是未停，光依旧猛烈。绿色的草地，蓝色的天空，博物馆四处竖立起的恐龙骨架，似乎复活了远古的生机，而人们穿梭在这巨大的公园，时而仰望，时而低首，那幅景象，看上去是那么自然，那么和谐，这是二连浩特的荣光。

↑ 恐龙蛋化石

↑↑ 地质公园里的巨型恐龙化石雕塑

青冢不了情

中国历史上，"昭君出塞"的故事可谓家喻户晓。公元前33年，匈奴呼韩邪单于入朝求和亲。王昭君自愿远嫁匈奴，不仅促成了汉朝与匈奴间较长时期的和平相处，而且促进了民族文化的交流和融合。千百年来，昭君受到了各族人民的爱戴，她的墓也一直香火不断。2009年初夏的一个下午，我们《跨越》采访组一行特意来到位于呼和浩特市南大黑河畔的昭君墓，凭吊这位古今传颂的奇女子。

昭君千古墓犹新

昭君墓是中国最大的汉墓之一，始建于公元前西汉时期，距今已有两千余年的悠久历史，是内蒙古自治区的重点文物保护单位。进入昭君墓景区，20米宽的大道两旁静静的对称卧着12对石像生，有牛、羊、虎、鹿等，既反映出汉代墓葬的特色传统，又生动表现出北方的民族特色。沿着墓道往前走，一座高大的铜雕像映入眼帘，两匹相依的骏马上，匈奴呼韩邪单于深情地望着妻子，王昭君温柔地微笑着。因为这深情和微笑，我们有理由相信，"不惯胡沙远"的昭君是幸福的。走近雕像的底座，有蒙汉两种文字的"和亲"二字分外醒目。历史上曾经上演过多少"和亲"的故事？在这些故事中，何以独有昭君的故事穿越千年而不断？也许这样的疑问有许多人问过。雕像中昭君夫妇并骑的马头朝着西方，与昭君

出塞的路线相一致。公元前33年，昭君从长安出发向西行，至甘肃省庆阳县，然后经陕西榆林，内蒙东胜、杭锦旗、包头市，向漠北方向去了。从西安出发向西走，现在连雕像的马头也向西。一直向西，应该算九死而不悔的坚定与执著吧。

　　大道尽头的大土丘便是昭君墓了。昭君墓最早见于唐代杜甫诗篇的记载。唐代诗人杜甫曾在这里留下了"一去紫台连朔漠，独留青冢向黄昏"的名句。该墓占地面积约二十多亩，高约十丈，蒙古语称"特木尔乌尔琥"，意思为"铁垒"。它的墓体是人工堆积而成，每一铲土都代表了人们对王昭君无尽的思念。相传，昭君死后，汉匈人民都非常悲痛，纷纷赶来送葬，人们用衣裳襟包着土，一包一包地填在她的坟上；由于送葬的人成千上万，络绎不绝，每个人都想多捧几包土寄托自己的哀思，到最后竟垒成了一座形似小山的坟墓。昭君墓被覆芳草，碧绿如茵，每年秋季，附近的树都已枯黄，而这里四周却依然绿草青青，所以昭君墓又称"青冢"。青冢兀立、巍峨壮观，远远望去，显出一幅黛色朦胧、若泼浓墨的迷人景色，在历史上被文人誉为"青冢拥黛"。

　　2006年，昭君墓景区进行了扩建，景区面积从原来的95亩增加到200亩。景区内参观内容主要有汉代阙门、青冢牌坊、嫱云浮雕、董必武题诗碑、神道石像生、和亲铜像、匈奴文化博物馆、昭君纪念馆、和亲园、青冢藏墨、单于大帐、墓表、昭君出塞陈列、历代诗词碑廊等。那里栩栩如生的塑像、各式各样的名人题词、有着"单于和亲"、"长乐未央"、"天将单于"等字样的砖瓦等等，都表达了不同时期各族人民对这位伟大女性的敬佩与喜爱。

　　近年来，昭君墓景区以其优美的环境和独特的文化内涵，每年吸引着数以万计的游客前来参观游览。1999年由昭君墓景区发起的昭君文化节，现已成为呼和浩特市一年一次举办的文化节活动，进而成为全国十大文化节庆活动。

↑　昭君墓全景　　　　　　　　↑↑　王昭君和呼韩邪单于雕像

在中国历史上，王昭君是一位献身于中华民族友好事业的伟大女性。民间百姓更是把昭君看作是美的化身。数千年来，她的传说、故事在中国民间广为流传，脍炙人口。自唐、宋以来，历代文人咏唱昭君、抒发情感的诗文、歌词、绘画、戏曲数不胜数，形成了千古流传的"昭君文化"。然而在很长一段时间里，无数文人墨客都似乎误会昭君了。"千载琵琶作胡语，分明怨恨曲中论"、"昭君不惯胡沙远。但暗忆，江南江北。"总觉得那个远嫁大漠的女子，除了哀怨、思归、愁苦、孤独外，应该不会再有其他的感情。是啊！带着一种中原文化的优越感观照一个远嫁蛮荒的弱女子，怎么能发现她的刚强、她的感动、她的充实、她的成功。只有到了1963年，一位带有浓厚的诗人气质和革命气质的老人来到这里，才为我们揭开谜底。这个谜底如今被镌刻在一座石碑上，它就是董必武题诗碑。董老诗云："昭君自有千秋在，胡汉和亲识见高。词客各抒胸臆懑，舞文弄墨总徒劳。"也难怪每个导游在石碑前，解说得总是声情并茂："两千多年来，有一些文人对昭君出塞有消极的看法。面对众说纷纭，董必武认为，在当时的历史条件下，'和亲'是明智之举，它对于当时社会的发展和安定起到了决定性的作用，顺应了时代发展趋势。昭君的'千秋'不仅有存在的价值，而且影响范围越来越广，它符合了人类社会和平与发展的主题，使我们更加珍惜今天和平安定的环境。"

王昭君给人民带来和平，人民爱戴她，很多人都愿意她埋葬在自己的家乡；也有的人认为她是仙女下凡，叫她"昭君娘娘"，并相信在昭君墓前许愿是十分灵验的。因此在呼和浩特、包头、鄂尔多斯都有她的长眠之地，人们积土成墓，建造了诸如桃花昭君墓、八拜昭君墓、朱堡昭君墓、达拉特旗昭君墓等多处民间自发祭祀的青冢。古代北方少数民族贵族死后都采取秘密下葬的方式，墓不立碑，青冢也只是昭君的衣冠冢。其实，昭君埋葬在哪里并不重要，重要的是草原上那么多的北方民族后裔，都以与昭君同根、同宗、同脉、同乡为荣，她为人民的和平作出了贡献，她在各族人民心目中一直有着不可替代的崇高地位！正如现代史学家翦伯赞所言，"在大青山脚下，只有一个古迹是永远不会忘掉的，那就是被称为青冢的昭君墓。因为在内蒙古人民的心中，王昭君已经不是一个人物，而是一个象征，一个民族友好的象征；昭君墓也不是一个坟墓，而是一座民族友好的历史纪念塔。"

国门边的幸福生活

30岁之前不害怕，30岁之后不后悔。

当年，24岁的郭中离开了呼和浩特，以一个打破铁饭碗的有志青年的身份，奔向了他不可知的未来——二连浩特。他从此告别了稳定的收入、安定的生活，连同钢筋水泥的丛林。十年以后，他怀着感恩的心，感慨自己与这座国门边的小城市，保持了同样速度的进步。他像一个预言家一样告诉记者："明天会更好的。"

如今，二连浩特34岁的剑桥英语培训学校校长郭中，提起十年前他的选择，一点都没有后悔的意思，他的脸上满是自信的笑容，像极了二千年前庄子故事里善于解牛的庖丁。

1998年，就在很多人还在"相约九八"的时候，郭中已经是呼和浩特市某国有大银行的白领了。他的领子是真正的白，需要每个月3000元才能洗得那么白，但郭中负担得起。或许他天性注定不是忙得"惶惶然如丧家之犬"的孔子，而是梦中化蝶的庄子。虽然不至于有"鼓盆而歌"的气概，年轻的他心中至少还有不能磨灭的梦想。郭中说，他最喜欢歌手许巍的《完美生活》里面的两句歌词：青春的岁月我们身不由己，只因这胸中燃烧着梦想。就是因为这梦想，郭中毅然告别了稳定的收入、安定的生活，连同钢筋水泥的丛林，奔向了一个在别人看来不可信的未来：回到他的家乡二连浩特开始创业。

↑　郭中（右一）接受记者采访　　↑↑　郭中的剑桥英语培训学校

创业从英语教学开始

    "二连浩特"是蒙语的汉译音，"二连"原名"额仁"，沿用市郊"额仁达布散淖尔"（现译二连盐池）之名。"额仁"是牧人对荒漠戈壁景色的一种美好描述，有海市蜃楼的意思。它位于我国北方锡林郭勒草原深处，与蒙古国扎门乌德市隔界相望，是中国对蒙古国开放的最大的也是唯一的公路、铁路口岸。这里是距首都北京最近的陆路口岸，也是陆路连接欧亚最便捷的通道。因为得天独厚的地理位置，1966年国务院批准设立二连浩特市，1992年二连浩特市成为全国13个沿边开放城市之一。1994年8月9日，胡锦涛同志视察二连浩特时，作出了"在边字上做文章，在开放上下功夫，在内联上求发展"的重要指示。二连浩特市也意识到发展的机会来了，抢抓国家实施西部大开发战略和加入世贸组织机遇，着力完善过货通关、物流贸易和落地加工三大功能，经济社会得到快速发展，城市功能明显增强，通关环境得到进一步改善，为构筑欧亚国际大通道打下了坚实的基础。

    城市向前发展的脚步带来了郭中创业的希望。郭中相信，有了政府坚定发展的决心，未来的二连浩特绝不会是海市蜃楼，他的创业就是在这样的信心中开始的，他相信自己的判断，经济的发展，一定离不开教育，而他的创业，就从英语教学开始。他分析二连浩特的经济发展走向，认定英语教育培

训将有良好的市场发展前景。于是，他所创建的二连浩特第一所英语培训学校——剑桥英语培训学校诞生了，即使当时这座国门城市缺乏一些学习英语的氛围，即使当时学校只能招收到二十多个学生。

提倡寓教于乐的理念，提倡培训胜过考试的观念，经过11年的努力，郭中的英语教学事业迅速地发展起来。特别是在2003年，那一年，胡锦涛主席成功访问蒙古，确定了中蒙睦邻互信伙伴关系，提出发展互惠互利的经贸关系，为二连市在更宽领域、更深层次上开展对蒙俄经贸合作，扩大对外开放提供了难得的历史机遇，经济的迅速发展也带来了城市面貌的焕然一新和百姓生活的巨大变化。目前，出入境旅客由十年前的14万人次增加到70万人次。从户籍人口不到3万，到常住人口10万人，二连浩特市日渐成为我国与欧亚各国的贸易桥梁之一。经济的发展，人口的增加，再加上人们日益认识到英语学习的重要性，剑桥英语培训学校的学生也从二十多人发展到近千人。

"明天会更好的"

记者见到郭中的时候正是夏季的一个晚上，二连浩特市中心巨大的市民广场，到处是悠闲乘凉的人们。郭校长和他的学生们一起，为英语培训做宣传。他说，11年来，他亲身感受这个城市的脉动，体验她飞速的发展，感觉这个城市跟他融为一体，成为一只科尔沁草原上空飞翔的鹰。

听说我们是第一次到二连浩特来，他很热情地向我们介绍起这个城市的变化："城市面貌我觉得比呼和浩特、北京变化还要大。十年前，二连浩特哪里有这样的广场，当时如果下雨我们都很难出门，因为这里全是土路，而且没有排水设施，天上下多少雨地上就有多少泥。现在就完全不一样了，城市发展得非常不错，而且我们现在大部分人收入特别高。"

至于"特别高"究竟是多高，出于礼貌，我们没有询问，但是我们得到的一组数字是，早在2006年，二连口岸向国家上缴关税及海关代征税就已经达到了22.3亿元。口岸通关能力的增强，推动着二连浩特经贸的快速发展。蒙古国70%以上的果蔬和日用品由二连口岸运入，二连口岸年出口俄蒙建筑材料30多万吨，农副产品15万吨，机电产品3万多台。每天，都有数以千计来自蒙古国、俄罗斯的大商小贩来到二连浩特，打着手势洽谈生意、选购货物。

俗语说：船小好调头。蓬勃发展的经济，使得政府有更多的财力投入到改善民生

↑　二连浩特城市广场　　　　　　　　　　　　↑↑　庄严的国门

的工作中去。在城市基础设施建设方面，"十五"期间累计投资24亿元，改造旧城区40万平方米；新建恐龙博物馆等一批标志性建筑，建成五家星级酒店、五个大型专业市场和四个休闲广场，市区内道路扩展到51公里，形成8纵13横城市道路交通框架，路灯亮化率97%，已建成的城区绿化覆盖率达11.38%，"精、巧、美"的城市风格逐步形成。令郭中感到高兴的是，如今二连浩特已建立了家庭经济困难学生资助体系，进一步提高考入全日制大学牧民子女和城市低保家庭子女就学补助标准，在全区率先实行牧民子女15年免费教育，对现有的12214名在校生全部实行免书本费、学杂费的"两免"政策，这也意味着有更多的农牧民孩子有机会进行英语等课外"充电"。

所有关于民生条件的种种改善，从二连市民自信的脸上我们都可以看到，也催生了他们关于幸福的渴望。郭中说："每次跟学生说，我就希望他们乐观。觉得自己活得很幸福。不要自卑，也不要自负，但要自信。什么叫富有，自己的精神富有是最富有的，因为我现在就能明显体验到，1998年的时候我什么都没有，每月也就是3000块钱工资吧，现在什么都有了，感觉不到什么，但是当自己静下心来很理性去考虑这些事情，感觉过得非常幸福。"

郭中的幸福是难以掩饰的，也不需要掩饰。他其实只是再普通不过的二连浩特市民中的一个。他们明明生活在边境，远离中心的地方，却还能如此的辽阔、奔放、乐观、自信，你是否跟我一样，充满好奇，想要求知？每天，蒙古高原的风吹过这座边城，当年成吉思汗的铁骑曾经一路绝尘，向北向西。如今，边城的刀光剑影已经不在，那些锐利的冷兵器，已经进入了林林总总的边贸商店，成为挂在墙上的工艺品，或者进入了寻常百姓家，成为款待宾朋时切割牛羊肉的用具。发展自己，享受生活。郭中说，每年他都会给自己放两次假，去比较大的城市旅旅游。

"明天会更好的。"郭中跟我们告别，说最后这句话的时候，好像是一个预言家。

采访手记

草原之夜

到内蒙古的第二个夜晚是在草原上度过的。如果说，以前对草原的神往更多的是来自于对历史与小说的提炼，是一种仅仅局限于对它的神秘与粗犷的大致勾画，那么，在这样一个热闹的夜晚，当我来到草原上探寻历史的足迹时，这里的一切都打破了我的臆想。

自古以来，长城内外的战争似乎就没有停止过，诸如"大漠沙如雪，燕山月似钩"、"但使龙城飞将在，不教胡马度阴山"之类的诗句总是在向我们诉说着这里曾经的战事，历史的更迭变迁也总是在描绘着物是人非的沧桑。

然而在这里，我切身感受到的是草原的祥和气氛，是草原的繁荣与发展。

凉爽的空气氤氲在草原的夜色里，银光四溢的月儿远远地挂在天边，人们悠闲地骑着马在草原上转着圈儿，悠扬的马头琴，倾诉着一曲曲欢快的心声；近处，一簇簇篝火点燃起来，热情的敬酒歌、欢快的舞蹈、醇厚清香的马奶酒、香气扑鼻的烤全羊使人们在大块朵颐的同时大饱眼福。在这里，再也没有金戈铁马的恢宏场面，弯弓射雕的英雄们已退出了历史的舞台，正如毛泽东所说"数风流人物，还看今朝"，如今的草原呈现出前所未有的祥和，幸福的气息弥漫在草原的每一个人身上，如果让醉卧沙场的诗人们再来这里，恐怕他们诗句里再也找不到一丝一毫的悲凉味儿了。

一对来自河北石家庄的新婚夫妇，把内蒙古大草原作为他们蜜月的第一站，他们说，"刚结婚，这是度蜜月呢，到这里来感觉非常好。"简短的话语，欢快的笑声，看得出他们生活得非常幸福，绿色的大草原更是为他们的美满生活增添了新的色彩。

我想起白天在昭君墓遇到的一位来自台湾的何老先生，他也是第一次踏上内蒙古的土地，对于内蒙古，他有了与来之前不一样的感受。他说："以前觉得很偏僻的地方，现在来了以后，感觉很热

闹，很繁华，这里的老百姓很客气，草原的景色也相当美丽。"

　　草原的美丽是众所皆知的，然而，脱去"偏僻"外衣的草原与"繁华"、"热闹"之类的字眼联系在一起看起来似乎有点眼生。实际上，如果你来到草原，如果今夜的你就在草原，你一定不会这么想了。

　　记得内蒙古自治区台湾同胞联谊会原会长陈晓在接受采访时说："只有来到这片土地，才能感受到她的无穷魅力，也只有来到这片土地，才能感受到当地民众的热情。"今夜的我，在溢满皎洁月光和悠扬歌声的草原上，终于深刻领会了这句话的涵义。

　　夜色深沉，仰望着星光闪闪的天幕，我遥遥举杯，愿美丽的草原生生不息，更胜今朝！

| 吴辉锋 |

为内蒙古喝彩

飞跃八千里路云和月乘风而来，
近看草原大地青春焕发的光彩，
踏上我心爱的黑骏马踏歌而行，
奔向你的怀抱飞扬你的神采。
啊哈嗹咿！内蒙古，大中华为你齐声喝彩，
各族儿女心相连，走进壮美的时代。

跳起安代拉响马头琴纵情歌唱，
欢呼你丰收的喜悦开拓你豪迈，
畅饮金碗奶茶马奶酒香飘四海，
芬芳着你宽广无边的胸怀。
啊哈嗹咿！内蒙古，新世纪为你放声喝彩，
满怀激情赞美你飞腾的气派。

　　我第一次听到这首动听的歌曲，是初到内蒙古的时候。虽然来之前，我已经翻阅了不少资料，对内蒙古各地如今的面貌已经有所了解。然而，在歌声中亲眼见到内蒙古，我还是心神为之一颤。

一提到"内蒙古"，没有来过这里的朋友联想到的都是腾格尔歌中的景象：蓝蓝的天空，悠悠的白云，碧绿的草原，奔驰的骏马，洁白的羊群。台湾的或是国外的朋友也许会问，那里的蒙古人是不是都住蒙古包、穿蒙古袍、喝马奶酒？他们上班是不是都是骑马去的？来到内蒙古后，人们才发现，改革开放30年来，这里已经发生了翻天覆地的变化。内蒙古人民已经完全融入了现代文明。如今，他们喝的不但有奶茶、马奶酒，还有咖啡、威士忌；他们穿的也不仅是蒙古袍，还有洋裙、西服；他们住的不再是蒙古包，而是高楼、别墅；他们代步的也不再是马匹，而是汽车、火车、飞机。呼和浩特、包头等内蒙古的城市，已经像中国各地的大都市一样，不乏科学规范的基础设施和丰富多彩的城市文化。在这里，鳞次栉比的高楼、车水马龙的街道、多彩迷人的霓虹，处处都散发出现代化的气息，处处展现出"飞腾的气派"！

在去草原的途中，我再次听到了这首热情洋溢的歌曲，我的心情也随之跌宕起伏。呼伦贝尔、科尔沁、锡林郭勒、乌兰察布、鄂尔多斯、阿拉善等一片片世界著名的草原，广阔无垠、水草丰美、牛羊成群，养育了世世代代优秀的蒙古族儿女。过去，一代天骄成吉思汗就是在这里开始了波澜壮阔的征程；如今，英雄的蒙古族人民也是在这个草原，用他们的智慧和汗水创造着发展奇迹。想到这些，我怎能不为之激动、为之陶醉！在这里，我第一次沉醉于蒙古草原的无穷魅力，第一次亲身体验歌声中的草原、骏马、马头琴、马奶酒……然而，让我最为感动的还是草原人民的朴实和热情。无论你是谁，也无论你来自哪里，草原人民都会献给你最动听的歌、最香醇的酒、最肥美的羊肉、最圣洁的哈达。蓝天白云下，草原上每一个蒙古包中都洋溢着草原人民浓浓的手足情谊！

在离开内蒙古前，我终于知道了这首歌的名字——《为内蒙古喝彩》。多好的名字呀！一句喝彩凝结出我对内蒙古所有的感情。是的，我想为内蒙古喝彩，祝贺它的发展与进步，祝贺它的稳定与和谐！

陶宁薇

↑　草原上蓬勃发展的旅游产业

内蒙初印象

明明知道内蒙古的草原是辽阔无边的，但是，真正站在草原上，那种无穷无尽，无边无际，还是大大地震撼了我。

宽阔，是一望无际的宽阔。碧绿，是一望无际的碧绿。

宽的是天，阔的是地，碧绿的是青草，吃草的是牛羊。

极目远处，是天与地的交接。

天上的白云，是地上的羊群。地上的羊群，是天上的白云。

如果没有来内蒙，我们该如何体会"天似穹庐，笼盖四野"？我们该如何想象"天苍苍，野茫茫，风吹草低见牛羊"？

美学家告诉我们，最美的原来是看不见的。来到内蒙古大草原，我才发现，看见的就是最美的。

在这片神奇的土地上，在这片广阔的草原上，我们展开了20天的跨越之旅。在内蒙，我们到达的城市很有限，不过是呼和浩特、二连浩特和包头区区三个，但是，我们已经从内蒙古台联会原会长陈晓那里，听到了当年老台胞在那段激情燃烧的岁月里建设内蒙时全身心付出的故事，我们已经从内蒙古歌舞剧院院长李强那里，听到了几代艺术家为弘扬民族文化所作的艰辛努力，我们已经从包头市达茂旗希拉穆仁草原总经理达来那里，听到了草原旅游事业的蒸蒸日上，我们已经从二连浩特剑桥英语学校校长郭中那里，听到了人们对于英语教育培训的重视。当然，还有历史的荣光与久远，我们从大昭寺的一块石碑，看到1580年；我们从成吉思汗的长眠地，看到1206年；我们从王昭君的青冢，看到公元前33年；我们从二连盐池的恐龙化石，看到8500万年以前。

时光就是这样流转，人们的自信、乐观、勇敢、开阔，全是因为草原。或许他们每个人都相信，自己就是草原上奔跑的一匹骏马，或者天空中翱翔的一只雄鹰。所以，人们传唱的，是《美丽的草原我的家》，还有《父亲的草原母亲的河》；人们弹奏的，是低回婉转的马头琴，还有传说中消失又回来的胡笳。

听着这些乐，和着那些歌，我想，那思念，那歌颂，那抒怀，那表达，一定来自春秋时候的匈奴和东胡，来自战国时候的燕赵秦，来自东西两汉，来自隋唐宋元，来自民族的大融合，来自内蒙古自治区成立的1947年……

赵 新

↑↑ 呼和浩特夜景

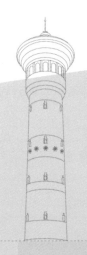

　　新疆维吾尔自治区成立于1955年10月1日。地处祖国大陆西北，总面积166.49万平方公里，占全国陆地总面积的1/6，与蒙古、俄罗斯、哈萨克斯坦等8个国家接壤，陆地边境线长5600多公里，是祖国大陆面积最大、毗邻国家最多、陆地边境线最长的省（区）。新疆是一个多民族聚居的地区，共居住着维吾尔、汉、哈萨克、回、蒙古等47个民族，总人口为2700万，其中少数民族人口约占60.7%。新疆生产建设兵团是新疆的重要组成部分，有14个师、175个农牧团场，总人口258万人。

新疆维吾尔自治区

专题

天山南北好地方

新疆维吾尔自治区成立于1955年10月1日。地处祖国大陆西北，总面积166.49万平方公里，占全国陆地总面积的1/6，与蒙古、俄罗斯、哈萨克斯坦等8个国家接壤，陆地边境线长5600多公里，是祖国大陆面积最大、毗邻国家最多、陆地边境线最长的省（区）。新疆是一个多民族聚居的地区，共居住着维吾尔、汉、哈萨克、回、蒙古等47个民族，总人口为2700万，其中少数民族人口约占60.7%。新疆生产建设兵团是新疆的重要组成部分，有14个师、175个农牧团场，总人口258万人。

美丽的西部疆域

新疆，古称"西域"，意思是中国西部的疆域，这一名称自汉代出现于史籍中，一直沿用至清朝统一新疆，才改称"新疆"。18世纪中叶，清朝先后平定了准噶尔贵族和大、小和卓的叛乱，统一了新疆，清政府在惠远古城设立了伊犁将军府。这对于我国西北疆域的最后界定、新疆各主要民族及其分布格局的形成产生了深远的影响。1771年，蒙古土尔扈特部落举行起义回归祖国，使其和锡伯族西迁、红军长征一道，被誉为中国历史

上三次最伟大的长征。

　　第一次鸦片战争以后，清朝日益衰败，新疆深受沙俄侵吞之害。光绪元年，陕甘总督左宗棠受令，以钦差大臣督办新疆军务。光绪七年，清政府与沙俄经过艰苦的谈判，签订了《中俄伊犁条约》。1882年，伊犁终于回到祖国怀抱。光绪十年，新疆军政中心由伊犁移到乌鲁木齐，新疆行政建置与内地趋于一致。1927年南京国民政府成立后，新疆历任军阀皆归顺中央政府。1944年，南京国民政府结束了新疆长期的割据状态，进一步加强了中央政府对新疆的管辖。

　　"万方乐奏有于阗"，1949年9月，新疆宣布和平解放。根据中央的民族区域自治政策，1955年10月1日，新疆维吾尔自治区正式成立，翻开了新疆历史发展的新篇章。

↑ 俯瞰新疆大地

　　不到新疆不知道祖国的版图有多大！新疆陆地总面积相当于西北陕、甘、宁、青四省面积的总和，也相当于46个台湾岛的面积。新疆境内同时拥有世界第二、第三大沙漠塔克拉玛干与古尔班通古特沙漠，新疆沙漠面积达到44万平方公里，相当于江苏、浙江、福建、台湾面积的总和。

　　新疆地貌总的轮廓是"三山夹两盆"，北面是阿尔泰山，南面是昆仑山，天山横亘中部，将新疆分为北疆、南疆。阿尔泰山和天山之间是准噶尔盆地，天山和昆仑山之间是塔里木盆地。在天山东部和西部，还有被称为"火洲"的吐鲁番盆地和被誉为"塞外江南"的伊犁谷地。新疆远离海洋，气候干燥少雨，全年平均降水量只有150毫升，而蒸发量却高达3000毫升，属于典型的大陆型干旱、半干旱气候区。由于新疆大部分地区春夏和秋冬之交日温差极大，故历来有"早穿皮袄午穿纱，围着火炉吃西瓜"之说。

新疆首府乌鲁木齐是世界上离海洋最远的内陆城市，它与海岸的最近距离为2250公里。新疆时间与北京时间有2小时的时差，人们一般在北京时间上午10点才上班，下午2点左右吃午饭，晚饭一般在八九点钟才开始。

新疆是一个非常是最大的内陆淡水有趣的地方，最大的沙漠塔克拉玛干沙漠旁就湖博斯腾湖，乔戈里峰是世界第二高峰，吐鲁番的艾丁湖是中国最低点，火焰山的高温可达82.3摄氏度，湖泊与戈壁为邻，冰峰与火洲竞秀，沙漠与绿洲并存，干旱与潮湿、最高与最低、最热与最冷相伴。

特殊的自然地理环境，使新疆拥有雪山、冰川、草原、森林、沙漠、荒原、盆地、河谷、绿洲、雅丹、石林等丰富的旅游资源，是祖国雄鸡版图最美的尾翎。

新疆位居东西交通要道，历史上频繁的民族迁徙和交往，使新疆自古以来就是一个多民族聚居的地区，主要民族有维吾尔、汉、哈萨克、回、蒙古、柯尔克孜、锡伯、塔吉克、乌兹别克、达斡尔、塔塔尔、俄罗斯等13个民族，少数民族人口占60%左右，其中维吾尔族占主体。

维吾尔族是我国古老的民族之一，意为"团结"或者"联合"。维吾尔族人口约923万人，约占新疆总人口的45%，遍布全疆，尤其以天山以南的喀什、和田、阿克苏等地为最多。行走在乌鲁木齐市的国际大巴扎，那些图案丰富的地毯、挂毯、丝绸衣料、刺绣、花帽、英吉沙小刀、民族乐器等各类民族工艺品让人们爱不释手、流连忘返。维吾尔族人信仰伊斯兰教，主要节日有肉孜节、古尔邦节，节日里不但唱歌跳舞，还经常举行叼羊、摔跤、滑雪、滑冰等传统活动。

新疆汉族人口约为570万，散居在全疆。虽然他们自身的生活习惯基本与内地汉人相同，但一般都很熟悉新疆各民族的风俗民情，许多人还能讲多种民族语言，所以长期以来能与各个民族和睦相处。

新疆有110万哈萨克族人，绝大多数过着逐水草而居，按季节转移牧场的游牧生活，并因此养成性情直率、热情好客的习惯，对前来拜访者，不论认识不认识，都会热情招待。

新疆回族人口大约68万，回族男子戴小白帽，穿白布衬衫、黑坎肩，妇女喜欢色彩鲜艳的服装，并有戴项链、耳环、戒指的习惯。回族食物以面食为主，羊肉粉汤独具风味。他们忌猪、狗、马和凶猛禽兽以及未经宰杀而死亡的牲畜。

新疆蒙古族人口约14万，他们部分是古代准噶尔部后代，也有从伏尔加河地区和内蒙古迁徙而来的，主要从事畜牧业。蒙古族男女都穿皮靴和毡靴，粗犷豪勇。蒙古族人主要节日是春节，最大型的娱乐活动是"那达慕"大会，要举行赛马、射箭、摔跤等活动。

柯尔克孜族总人口14万，柯尔克孜人除了过伊斯兰教规定的节日外，本民族特有的节日有"诺芬孜节"和"圣希曼节"，每逢节日来临，柯尔克孜男女老少一齐出动，弹唱民族乐器，举行叼羊、赛马、摔跤、枪法竞赛等娱乐活动。

尊重少数民族风俗习惯，是保护各民族平等权利的一项重要内容。国家和自治区各级政府在承认各民族都有保持或改革本民族风俗习惯自由的基础上，制定一系列政策、法规，尊重和照顾少数民族饮食、衣饰、年节、婚姻、丧葬等方面的习俗。自治区政府每年都要对少数民族生活必需的肉食和副食品的生产和供应作出专项安排，保证各民族特需食品的生产和供应，特别注意照顾10个普遍信仰伊斯兰教的民族。在新疆，每年的肉孜节和古尔邦节，信仰伊斯兰教的各族人民都可以享受节日的假期，俄罗斯族在圣诞节、复活节也有法定假期。

新疆多民族特色决定新疆自古就是一个多宗教并存的地区，早在伊斯兰教传入之前，袄教、佛教、道教、摩尼教、景教等多种宗教就相继沿着丝绸之路传播到新疆，与当地土生土长的原始宗教一起在各地流传。公元前1世纪到公元前9世纪，新疆各民族信仰主要以佛教为主，今天在吐鲁番高昌故城、交河故城的大佛寺以及柏孜克里克千佛洞就是当时佛教盛行的见证。14世纪中叶，伊斯兰教逐渐成为新疆的主要宗教。目前，新疆拥有2.39万座清真寺，占全世界清真寺数量的一半以上。

↑ 热情奔放的新疆歌舞　　　　　↑ 维吾尔族风情

全面跃升的社会经济

1949年以前的新疆，国民经济是以农牧业为主体的自然经济，农业落后，工业几乎空白。新疆和平解放50多年来，特别是改革开放以来，新疆各族人民，在经济和社会各项事业上取得了巨大成就，城乡面貌发生了巨大变化，民众生活有了巨大改善。经济快速发展，社会面貌发生深刻变化。新疆地区生产总值由1952年的7.91亿元，提高到2008年的4203.41亿元；人均国内生产总值由1952年的166元，提高到2008年的1.98万元。

在硬件环境改善方面，改革开放30年来，新疆全区社会固定资产投资累计达到1.26万亿元，年均增长18.6％。一大批水利、交通、通信、能源和石油化工等重大项目开工建设和建成投产。目前，新疆铁路运营里程已达2925公里，连通了全区主要地州和经济区域。公路总里程14.52万公里，已形成以乌鲁木齐为中心，以7条国道为主骨架，东联甘肃、青海，西出中亚、西亚各国，南通西藏，并与境内68条省道相连接，境内地市相通、县乡相连的公路交通运输网。全区现有在用民用运输机场12个，航线153条，形成了连接国内52个大中城市和国外43个城市的空运网，是全国拥有机场最多、航线最长的省区。油气管道总里程6793公里，其中西气东输管道、乌鲁木齐—兰州成品油管道等是国家陆上能源安全大通道的重要组成部分。

新疆的特色农产品发展方兴未艾，啤酒花、番茄、枸杞、甜瓜、葡萄等特色农产品享誉国内外，其中番茄酱出口量占国际贸易量的1/4，啤酒花产量占全国的70％以上，枸杞产量占全国的50％以上。目前，新疆已成为全国最

↑ 雪山映衬下的清真寺

主要的商品棉、啤酒花和番茄酱生产基地及全国重要的畜产品、甜菜糖和瓜果生产基地。

工业方面，新疆矿产资源丰富，近些年来已依托石油、天然气和煤炭资源开发建成了一批带动新疆经济发展的支柱产业。目前，新疆已发展成为我国重要的石油、天然气生产和石油化工基地，原油产量从2000年的1848.4万吨增至2008年的2715.1万吨，成为我国第二大原油产区；天然气产量从2000年的35.39亿立方米增加到2008年的235.89亿立方米，并且从2006年起跃居全国第一位。依托煤炭资源发展的煤电煤化工项目全面推进。

在新兴产业方面，旅游业已成为新疆第三产业的重要支撑。2007年，新疆旅游外汇收入达1.62亿美元，占全区生产总值的5.8%。新型流通业蓬勃发展，连锁经营网点达3000个，2007年实现社会消费品零售总额847.70亿元。房地产、交通运输、仓储及邮电通信、批发和零售、餐饮业规模继续扩大，金融、保险、信息和法律服务等现代服务业取得新进展。非公有制经济进入了改革开放以来最为活跃、最为迅猛的发展时期。2007年末，私营企业达6.89万户，注册资金913.6亿元，从业人员70.79万人；个体工商户达48.32万户，注册资金108.8亿元，从业人员78.9万人，非公有制经济已成为新疆国民经济的重要组成部分。

同时，新疆对外开放水平不断提高，成为中国西部开放的前沿。新疆现有一类口岸17个，二类口岸12个，是全国拥有口岸数量最多的省（区）之一。有乌鲁木齐经济技术开发区等3个国家级开发区，伊宁边境经济合作区等3个边境经济合作区，1个出口加工区以及中哈两国跨境经济贸易和投资合作区。全区已有75个县（市）对外开放，同140多个国家和地区建立了经贸

↑　新疆维吾尔自治区首府乌鲁木齐市全景

关系。自1992年起，新疆已成功举办16届乌鲁木齐对外经济贸易洽谈会，洽谈会已成为中国西部及周边国家颇具影响的经贸盛会。

生态环境不断改善。全区坚持保护与建设并举，全面推进天然林保护、平原绿化、荒漠植被保护和塔里木盆地、准噶尔盆地周边沙漠化治理、"三北"四期防护林等重点生态工程建设。截至2007年末，新疆共建成各类自然保护区28个，占新疆土地面积的12.9%。

民族团结高于天

新疆自古以来就是中国不可分割的一部分，维护国家统一和民族团结始终是新疆历史发展的主流。60年来，新疆各族人民相互尊重，相互信任，相互帮助，共同进步，形成、发展和巩固了平等团结互助和谐的民族关系，这既是新疆发展进步的重要内容，也是新疆发展进步的根本保证。

承认各民族的存在并保障其各方面的平等权利，是中国政府解决民族问题的基本原则和根本政策，也是中国各项民族政策的基础。20世纪50年代，新疆进行了民主改革，废除了旧制度，使世代受压迫的少数民族人民享受到基本人权，少数民族参与行使国家权力的权利受到特殊保障。历届全国人民代表大会，新疆各少数民族都有适当名额的代表。出席第十一届全国人民代表大会的新疆代表共计60名，由11个民族成分组成，其中60%是少数民族代表。目前，全国人大常委会和全国政协的领导成员中，都有来自新疆的少数民族人士。自治区第九届人民代表大会共有代表542名，有13个民族代表，其中少数民族代表占到65.5%，比少数民族人口在新疆总人口中的比重高出4个百分点。

在新疆，各民族间政治地位的平等主要通过民族区域自治制度得以实现。在国家统一领导下，在少数民族聚居地区实行民族区域自治，使少数民族自己管理本自治地方的内部事务，是中国解决民族问题的一项基本政策，也是中国的一项重要政治制度。成立于1955年的新疆维吾尔自治区，是以维吾尔族为主体的民族自治地方。在维吾尔族以外的新疆其他少数民族聚居地区，还成立了哈萨克、回、柯尔克孜、蒙古等4个民族的5个自治州，以及哈萨克、回、蒙古、塔吉克、锡伯等5个民族的6个自治县，还有43个民族乡。新疆是全国唯一的三级（区、州、县）自治地方俱全的自治区。各级自治机关在历届人民代表大会代表组成以及干部配备上，坚持各民族平等参与、共同管理的原则，保证各民族共同当家作主。

目前，自治区的政府主席、各自治州的州长、自治县的县长以及相应的人大常委会主任、人民法院院长、人民检察院检察长都由实行民族区域自治的民族的公民担任，绝大多数的地、州、市的专员、州长和市长以及县长、区长由少数民族干部担任。

在新疆，少数民族语言文字和风俗习惯得到充分尊重，少数民族的教育、文化事业有了很大发展。目前，在新疆各类教育中均有多种少数民族语言的教学。其中，基础教育阶段采用了维吾尔、汉、哈萨克、柯尔克孜、蒙古、锡伯、俄罗斯7种语言进行教学。新疆的报纸用维吾尔、汉、哈萨克、柯尔克孜、蒙古、锡伯6种文字出版发行，少

↑ 红山游泳场

数民族语言的报纸达134种、期刊206种。新疆人民广播电台实现了维吾尔、汉、哈萨克、柯尔克孜、蒙古5种语言播出，新疆电视台实现了维吾尔、汉、哈萨克3种语言播出。少数民族古代文学巨著《福乐智慧》、《突厥语大词典》等一批少数民族历史文化遗产得到了有效保护，并得以发扬光大。"中国新疆维吾尔木卡姆艺术"被联合国教科文组织批准为"世界人类口头和非物质遗产代表作"，14项非物质文化遗产被列入第一批国家级非物质文化遗产代表作名录。

1949年以前，新疆只有1所大学、9所中学、1355所小学，学龄儿童入学率只有19.8%，全疆文盲率高达90%以上。1949年以后，新疆教育事业取得历史性进步，基本普及九年制和基本扫除青壮年文盲。2008年，新疆所有中小学免收学杂费，小学学龄儿童入学率达99.6%以上。针对全疆1000多万少数民族人口中约70%尚未掌握或根本不懂汉语文字，对少数民族和自治区发展造成不利影响的情况，新疆自治区政府于2004年作出在少数民族学生中大力推进"双语"教学的决定，要求少数民族学生高中毕业达到"民汉兼通"的目标。

长期以来，新疆认真贯彻执行宗教信仰自由政策。宗教人士、宗教场所和群众正常的宗教活动受到尊重和保护。目前，全区有宗教活动场所近2.5万座，其中伊斯兰教清真寺2.39万座，宗教教职人员2.9万名，充分满足了信教群众的需要。目前，新疆经济发展、民族团结、宗教和顺、社会稳定、边防巩固、各族人民安居乐业，已进入历史上最好的发展时期。

↑ 维吾尔族用品商店　　　　　↑↑ 维吾尔族歌舞表演

乘着"双语"教育的翅膀飞翔

新疆是一个多民族聚居地，不同的民族语言也不尽相同，在多民族融合的社会中，少数民族群众工作、生活、学习都离不开与其他民族同胞的交流交往。那么，新疆又是怎样解决这一问题的呢？从2004年起，新疆维吾尔自治区在少数民族地区推广"双语"教育，也就是除母语之外，其他学科都采用汉语授课的教学模式。这样，许多少数民族儿童从小就通晓民汉两种语言。

我进了"双语"班感觉很好

热依娜·乌乌尔江和迪丽扎娃是来自克拉玛依第二中学"双语"班的两位维吾尔族女学生，她们学习汉语虽然不算很久，但已经足以顺畅地使用汉语与记者交谈。记者随手选了一篇汉语报纸上的文章，两位学生都能够流利地朗读，甚至有些汉族学生都容易读错的多音字也准确无误，让人不得不惊叹于"双语"教学在新疆的成果。

克拉玛依第二中学是一所具有悠久历史的民族重点中学，该校从2005年开始实行"双语"教学。为了更好地推进这项工作，学校方面在教学形式上不断拓展。为激发少数民族学生对于学习汉语的兴趣，学校还会经常组织汉语演讲比赛、汉语作文比赛，举办汉语墙报、"汉语周"等多种丰富多彩的教学活动，学生们在参与活动的过

↑　记者采访克拉玛依维族学生

程中提高了汉语水平和学习热情。

热依娜·乌乌尔江告诉记者，选择"双语"班是由她自己和父母商量后决定的，为的是在掌握母语的同时也掌握汉语，使自己在今后的发展中多一项本领。她说："我进了'双语'班之后感觉很好，不但能和汉族同学正常交流，也能看懂汉语新闻和资料。我觉得自己当初的选择是对的。"

除了学校教学方法得当之外，热依娜·乌乌尔江不错的汉语水平还和她的家庭教育有莫大的关系。热依娜·乌乌尔江的母亲努尔曼1980年通过"民考汉"进入技术学校，也曾经接受过系统的汉语教育。努尔曼深知学习"双语"给工作和生活带来的方便，所以在女儿很小的时候就同时教她学习母语和汉语，她说："我们在家里是母语与汉语混用，

什么方便就用什么语言。孩子喜欢看新闻、读报纸，懂得汉语就可以学习到更多知识，也可以交更多的朋友。"

热孜万·古丽老师是热依娜·乌乌尔江的班主任，她1995年从新疆大学中文系毕业后，就一直从事"双语"教学工作，并担任"双语"班的班主任。她说，并不是所有学生都像热依娜·乌乌尔江那样从小就开始接受"双语"教育，有些少数民族学生进入初中后才开始学习汉语，因为基础比较差，学习起来就比较吃力。她作为教师，对学习汉语的重要性体会更深，所以当儿子一到上学年龄，就把他送进了汉语学校。热孜万·古丽老师说，语言就是工具，现在社会发展日新月异，不懂汉语肯定不行。

从娃娃抓起

现在看来，"让孩子从小接受'双语'教学"已经成为越来越多少数民族学生家长的心愿，家长们送孩子学"双语"、说"双语"的热情超过了以往任何时期。但就在几年前，也就是新疆推广"双语"教育初期却曾经历了一番波折。

2004年，新疆维吾尔自治区在全区推广"双语"教学，从初中一年级开始，所有少数民族学生进入"双语"学校，除母语之外所有课程用汉语教学。但是很多少数民族学生没有汉语基础，很难听懂汉语授课。

克拉玛依市"双语"教学办公室负责人克尤木·库德热提回忆说，"双语"教学实施一年后陷入困境，不得不调整思路，决定从娃娃抓起，从小学开始推广"双语"教育。

"双语"教学实施阶段从初中提前到小学，情况又是怎么样呢？老问题没有解决，新的问题又出现了！原来，少数民族学生很少接受幼儿教育，仅克拉玛依市就有近40%的少数民族孩子没上过幼儿园而直接进入小学一年级，学生的汉语基础更加薄弱。要解决孩子汉语基础差的问题，还得从更小的娃娃抓起，也就是要普及幼儿园教育。

但是，要改变少数民族家长的习惯思维，让他们主动把孩子送进幼儿园也并不容易。克尤木·库德热提以自己的亲身经历道出了许多少数民族家长的担忧："因为民族习俗原因，有人担心太小的时候进了幼儿园，会导致娃娃接受本民族文化的时间变少，影响本民族文化的传承。"

刚开始，很多少数民族家长对幼儿教育并不积极，普遍处于观望状态。为了打消这些家长的顾虑，克拉玛依市在加强宣传的同时还出台了一系列鼓励幼儿教育的政策。比如对家庭困难的学生实行免费入园，两个孩子同时入园则对其中一个实行免费。而为了尊重少数民族饮食习惯，幼儿园用餐全部食用清真食品。包括克尤木·库德热提在内的一批少数民族家长在半信半疑中把孩子送进幼儿园。但他们很快就欣喜地发现，孩子进了幼儿园后确实和以前不一样了。孩子们很容易就适应了新的环境，而且汉语进步很快，更重要的是这样的幼儿教育完全不会影响孩子对本民族语言的学习。

越来越多的少数民族家长开始主动把孩子送进幼儿园。2009年，克拉玛依市幼儿园的入园率超过了95%。少数民族孩子与汉族孩子在幼儿园里一同学习一同玩耍，少数民族孩子的汉语水平也因此打下了坚实的基础，当他们小学进入"双语"学校时就如鱼得水，几乎没有语言障碍。

克尤木·库德热提介绍说，通过这些年的教学实践，现在"双语"教

↑ 克拉玛依市夜景

学在克拉玛依的开展几乎没有阻力，因为人们都意识到国家要求推进"双语"教学并不是要丢弃少数民族语言，而是要让少数民族群众在学好本民族语言的基础上掌握汉语，通过汉语这项语言工具，打开视野，从而获取更多最新的信息，多掌握几门语言就等于有了更大的生存和就业空间。克尤木·库德热提的孩子已经读中学了，他对孩子的未来充满信心："孩子要掌握最新的信息，就必须掌握汉语，否则永远都要落后。"

学好"双语" 共创和谐

"双语"教学要从娃娃抓起！这句话说的最多的是人称"双语主席"的新疆维吾尔自治区主席努尔·白克力，这位"60后"中国正省级官员在进入政坛前有十年的大学老师经历。在担任自治区主席之后，他开始力推"双语"教学，并且提出要从娃娃抓起。努尔·白克力每到各地调研考察，总要聊起"双语教学"，甚至亲自到幼儿园里听课，亲自用普通话与孩子们交流。努尔·白克力曾经这样说过："语言不仅是工具，也意味着对一种文化的认同。学好汉语，才能使少数民族群众更好地融入祖国大家庭里，稳边兴疆、共享和谐。"

"双语"教学在新疆大得民心，但少数民族堂堂正正学国语，却被一些国外舆论抹黑为"汉化"，指责新疆实施"双语"教学的目的是要弱化、取代甚至消灭少数民族的语言文字。对此，努尔·白克力曾经在接受境外媒体采访时强调说，在新疆不存在对母语的排斥，更不存在对母语所谓的消灭。他希望新疆各少数民族的学生、百姓都能在掌握本民族语言的前提下，熟练掌握汉语。努尔·白克力说："对单个的人而言，对整个的民族而言，这都是百利而无一害的好事。"

当记者结束在克拉玛依的采访时又得到一个振奋人心的消息，国家将投入巨资用于发展新疆喀什、和田等七地州、九县市的学前"双语"教育。到2012年，新疆在园"双语"幼儿将达到34万人，实现新疆学前"双语"教育全覆盖。国家的资金投入和各种扶持政策必将极大地推进新疆的"双语"教学工作，也将为培养民汉兼通人才奠定更加广泛和扎实的基础。

"天山雄鹰" 亚森·斯迪克

解放军新疆军区某陆航部队的维族特级飞行员亚森·斯迪克，是经新中国首任总理周恩来特批入伍的我国第一批少数民族飞行员。他在蓝天翱翔35载，飞行时间5500个小时，利用少数民族语言的便利，多次成功地在高原山区执行边疆维稳、运送人员的任务。

记者见到亚森·斯迪克时，他一身沙漠迷彩，身材魁梧、声音洪亮，那明显异于常人的深邃眼窝、挺直的鼻梁，那张刻录着荣耀和故事纹路的脸都令人生敬。由于飞行技术精湛，战友们称他为"亚师傅"。

中国第一代黑鹰直升机飞行员

出生于南疆喀什边城农村的亚森·斯迪克从小失去父亲，靠哥哥抚养。直到1974年，国家出台招收少数民族飞行员政策，亚森·斯迪克人生轨迹发生改变，他成为经周恩来总理特批入伍的我国第一批少数民族飞行员。

亚森·斯迪克从小说的是维语，几乎连一个汉字也不会认。来到航校以后，看到标有密密麻麻汉字的飞行教材，他惊呆了！就像看天书一样，无从下手。为此，学校专门从部队抽调既懂汉语又懂维语的老师给他当翻译。通过组织的帮助和教员耐心教导，亚森·斯迪克克服重重困难，第三年顺利毕业。

1977年从航校毕业后，亚森·斯迪克被分配到乌鲁木齐某空军运输团，驾驶中国第一代直升机——直-5型直升机；随后改装训练法国直升机；1984年中国购进美国"黑鹰"直

↑ 维族特级飞行员亚森·斯迪克

升机后，又成为中国第一代驾驶"黑鹰"直升机的飞行员；1988年，新疆军区组建陆航团，亚森·斯迪克又被抽调到陆航团，成为新疆军区陆航团唯一一名少数民族飞行员，1999年被评为特级飞行员。谈到自己的飞行经历，他非常自豪地说："我是中国第一批'黑鹰'直升机飞行员。一开始飞初教-6，然后是直-5（当时是中国最好的直升机），接下来就是'黑鹰'，总共改装了十多种机型。"

我们的"亚师傅"

亚森·斯迪克就像天山上的"雄鹰"，在蓝天上翱翔35载，安全飞行5500个小时。他所在的部队，从部队长到各个飞行大队的大队长等60多名飞行员都是他一手带出来的徒弟，大家都尊敬而亲切地称他"亚师傅"。

袁洪波，1995年航校毕业，现在是飞行大队的大队长，他说是"亚师傅"带教他掌握高原复杂气象飞行技术："我过来以后改飞'黑鹰'，'亚师傅'恨不得能把所有的经验技术都传授给我们。通过他二三年的培养，我成了能独立执行高原复杂气象任务的机长。"

刑春明，1997年航校毕业，现在是该部队作训科长，他是"亚师傅"带教的最系统的一批徒弟之一："从正常飞行到执行任务，都是'亚师傅'手把手把我教会。今天，我也成长为一名机长、教员，去带别人，这和'亚师傅'这么多年来对我的教育是分不开的。"

在徒弟们的眼中，"亚师傅"既是一位苛刻的教员，又是一位随和的兄长，他带教飞行时非常严格，对一些技术要领的讲评拉下脸不顾情面，常常让徒弟们下不了台，但在平时生活中，又有民族同胞的幽默、风趣，和大家打成一片，像长辈更像兄弟。

"亚师傅" 的飞行历险记

作为少数民族飞行员，亚森·斯迪克入校学习时遇到的最大障碍是语言，但在此后执行任务时，最大的优势也是语言。因为他懂维语，所以每次执行重大任务，他都是首选飞行员。有一次执行夜航任务时遭遇紧急情况，直升机在南疆少数民族村落迫降，迫降后却发现飞机降在了一块结冰的湖面上。当时，飞机窗外黑压压一片，聚满了维族村民，没有一个懂汉语。"亚师傅" 跳下飞机，用维语问："这是什么地方？"

有村民告诉他，"这是阿克苏附近的一个村庄。"

"亚师傅" 再问："这里有没有干部？"

人群中有人走出来："我是乡干部。"

"亚师傅"："飞机出故障了，你跟村民说，叫他们回家去，要看飞机的话，明天再来看。"维族村民纷纷离开飞机回到各自家中。

"亚师傅" 又问乡干部："这里有没有电话？"

乡干部："有，乡政府有电话，离这里有七八里路呢。"

乡干部用摩托车载着 "亚师傅" 去乡政府打电话。祸不单行，在黑漆漆的途中，摩托车不听使唤，连人带车翻进了山沟。

"亚师傅" 用并不标准的普通话回忆起十年前那次迫降经历，讲得非常轻松，听起来却惊心动魄，像一则探险故事，但这种故事，在 "亚师傅" 身上是经常发生。35年来，他先后100多次执行重大演习、抢险救灾等急难险重任务，21次勇闯喀喇昆仑飞行禁区。

战友们都说，和 "亚师傅" 一起执行任务很有安全感，因为他飞行技术好又懂民族语言。听到战友们表扬，久经沙场的亚森·斯迪克还显得不好意思，不停地用手挠头发。

守护祖国　守护新疆

　　新疆处于反恐一线，"亚师傅"还有一个称号——平暴专家。第一次参加平暴行动是在1981年，当时南疆叶城县的一座清真寺被不法分子烧毁，导致不明真相的群众上街游行闹事。在局势最紧张的时候，亚森·斯迪克驾驶直升机低空盘旋，最终使局势得以控制，避免了人员伤亡。1990年4月，亚森奉命驾机赴喀什，圆满完成了平息阿克陶暴乱的任务。1991年8月，亚森飞赴西藏阿里执行追剿恐怖分子任务，配合公安和武警官兵，成功将一伙企图越境出逃的恐怖分子抓捕归案。

　　他说，新疆自古以来就是中国的领土，谁都不能让新疆独立，也不可能让新疆独立："有可能的话，我想把那些不明真相的人用飞机载到边境上看一看，我们的边境多么辽阔！周边那么多国家，如果没有强大的国家，没有各民族的团结，就不可能守好新疆。"

　　2009年9月1日，"亚师傅"年满55岁正式停飞了，35年的飞行生涯在湛蓝的天空划出了完美的轨迹。在战友与徒弟们面前，他感慨地回顾起自己的人生历程，他说，是国家招收少数民族飞行员政策给了他飞翔的翅膀，是组织的培养让他的翅膀越来越硬，他还直率地告诫徒弟们："离地三尺，事关生命安危，千万不能骄傲！"

在新疆中部的低洼盆地上，有一个被称为"火洲"的地方，这里有盛产葡萄的葡萄沟，它就是被人们称为"葡萄之乡"的吐鲁番。吐鲁番古称高昌，是古代丝绸之路上的重镇，是中国与欧洲地中海经济交流的最大枢纽。今天，人们在吐鲁番境内依然能寻找到丝绸之路留下的历史痕迹，其境内的交河故城、高昌故城、柏孜克里克千佛洞等地球上完美的"废墟"，就像历史老人一样见证着丝绸之路的前世今生。

沧桑两千年的珍贵遗址

从汉朝以来，有一群白皮肤、蓝眼睛的商人骑着骆驼穿越塔克拉玛干与古尔班通古特沙漠，往来于长安与古罗马之间，把中国的丝绸、茶叶、瓷器带到古罗马等地。在黄沙漫漫、戈壁荒原的途中，突然出现一个绿意盎然、瓜果飘香的王国，这里有富庶的城池和金碧辉煌的寺院。惊喜之余，客商们卸下行装，到寺院敬上一柱香，短暂停留补充粮草之后，重新踏上西去的征程。

那个瓜果飘香的王国就是古代西域36国中的车师国，现位于新疆吐鲁番地区。这些古代客商用骆驼踏出的沙漠之路被人们称为古代丝绸之路。供他们短暂歇脚的高昌城、交河城如今已经成为"废墟"。曾经香火缭绕的柏孜克里克千佛洞更是风光不再。

乌布里·买买提艾力，维吾尔族，现任新疆维吾尔自治区文物局文物保护处处长，清华大学建筑学院博士。他告诉记者，交河故城、高昌故城等丝绸之路沿途"废墟"都是不可复制的文物景点，具有重要的历史价值，保存这些"废墟"对于研究丝绸之路具有重要的意义。

但是，这些"废墟"保护状况令人堪忧。展现在记者眼前的只有一片残垣断壁，寺院佛龛上的佛像以及壁画全无踪影。当地导游告诉记者，战火以及其他宗教的侵入使这些城池和佛教寺院遭到废弃，而在废弃后的

六百多年里，这里依然历经劫难：当地村民随意进入遗址取土肥田、挖土搭建、攀登践踏等行为也在破坏着遗址的原始风貌。

最可悲的浩劫发生在19世纪末至20世纪初，这里先后遭到俄、德、英、日等国"探险家"的猖狂盗掘，他们盗掘了高昌故城，大包小包地把高昌故城精美文物背回了自己的国家。站在高昌故城的"废墟"上，那些金发碧眼的"探险家"们挖掘的铲锯之声和欣喜的窃笑之声，仿佛依然在漫漫黄沙中回荡。

这些强盗们盗窃了高昌故城之后并没有罢手，而是继续来到离高昌故城15公里处的柏孜克里千佛洞，把魔爪伸向那些精美的壁画。

在柏孜克里克千佛洞，记者走进被导游称为最"富丽堂皇"的20号洞窟，洞窟里几乎见不到一片完整的壁画，只有一块块被切割的斑驳陆离的黄色墙体。导游马元介绍说，在100年前的那场洗劫里，德国"文物专家"勒柯克最先对壁画动起了刀子。他扮作生意人来到吐鲁番和当地人做生意，给当地人一些钱财后让他们引路来到千佛洞，开始以"保护"之名对壁画大肆"屠杀"。

勒柯克把壁画分成三四节用匕首切割下来，装进十几个木头箱子。经过20个月的艰苦跋涉运抵柏林。在柏林印度民俗博物馆，壁画经过重新拼合牢牢地固定在展厅的墙壁上。记者在20号洞窟里见到的几张精美的壁画图片，就是由中国留学生从德国翻拍回来的，从这几张图片能看到栩栩如生的佛教人物图像，脚趾头纹路清晰可见。

多国联合"申遗" "丝路"焕发新生机

1961年，新疆高昌故城、交河故城同时被国务院公布为第一批全国重点文物保护单位。1982年，柏孜克里克千佛洞入选全国第二批重点文物保护单位。"国

↑ 高昌故城

保"的身份使这些文物"废墟"的存在有了法律保障。

"国保"的身份带来了预想不到的效应，游客从全国乃至全世界纷至沓来，"废墟"迎来了久违的喧嚣。但由于基础设施落后、文物保护观念滞后，旅游与文物保护的矛盾逐渐凸显出来。旅游资源的过度开发与游客的攀爬拍摄使本已十分脆弱的文物"废墟"变得更加不堪一击。

记者在参观交河故城时碰上了来自乌鲁木齐市的玉梅女士，她因工作关系，每年都陪同客人来交河故城参观。她告诉记者："交河故城刚开放旅游的时候，经常有游客攀爬到建筑遗址上照相，几乎没人管理，加速了遗址的坍塌速度。和十年前相比，遗址墙体越来越矮了，有的全部坍塌，故城越来越模糊"。

如何找到旅游与文物保护的最佳结合点，使这些璀璨的古代文明保留得更加久远？文物、建筑与旅游界的专家展开了激烈的争论。2006年8月，中国国家文物局和联合国教科文组织在新疆吐鲁番展开世界文化遗产国际协商会议，来自中国、哈萨克斯坦、意大利等丝绸之路沿线国家的代表，围绕丝绸之路联合申遗展开实质性的讨论。会后，吐鲁番境内的交河故城、高昌故城、柏孜

克里克千佛洞和阿斯塔那古墓群、吐峪沟石窟、台藏塔等六个文物景点被列入丝绸之路跨国申报世界文化遗产预备名单。至此，丝绸之路这一古老而闻名的贸易通道的复兴正式拉开大幕。尘封几百年的故城寺院重新焕发出新的生机。

乌布里·买买提艾力对记者说，申请世界文化遗产的过程就是对文物进行全面保护的过程，无论从提高文物知名度、发展旅游还是加强文物保护来说，都是最好的办法。因为申报世界遗产意味着要向全世界展示健康的文物，而且还要按照申报世界文化遗产的规定，整治周边环境，设立管理机构，制定完整的管理制度。

确定申请世界文化遗产之后，国家启动了史上最大规模的"丝绸之路文物保护工程"，从文物本体的保护、周边环境的整治再到管理制度的建立与完善进行了科学系统的规划。

"丝路"古迹修旧如旧

在交河故城保护工程现场，记者见到了站在崖体上测量裂缝的工程人员赵海英。这位兰州大学崖体建筑工程女博士受聘于敦煌研究所从事工程技术工作。敦煌研究所因为在文物修复方面的独特专业优势成功竞标交河故城修复工程后，她毅然放弃兰州的舒适生活一头扎在交河故城，指导交河故城抢险加固。

长期在工地上暴晒加上风沙吹打，赵海英皮肤黝黑粗糙，笑起来牙齿显得特别洁白。她告诉记者，交河故城的崖体高出河谷30米，由于自然和人为因素，崖体有

严重的病害并出现裂缝，目前主要进行崖体加固。

吐鲁番常年刮风，沙石被吹进裂缝，崖体裂缝表面看不出来，赵海英用棍子轻轻敲打，判断裂缝长度与宽度。用鼓风机把裂缝中松软的沙石吹出。裂缝暴露出来以后，就采取锚固灌浆的办法修复裂缝稳固崖体。2009年7月8日晚上8点，东侧的一块崖体还没有等到修复就轰然倒下，这让从事文物修复工作的赵海英痛心不已："交河故城崖体裂缝面积非常大，而且都处于极限平衡的状态，某一个小小的外力作用就可以导致整块崖体的坍塌。"

除了崖体坍塌之外，交河故城文物

↑ 敦煌研究所赵海英博士接受采访

本体受风沙侵蚀每时每刻都在消失。吐鲁番地区常年干旱少雨，全年的降水量只有16毫升，记者正在采访的时候，天突然下起了毛毛雨，正当记者享受阵阵凉意的时候，赵海英却眉头紧锁："毛毛雨都是交河故城的不堪承受之重。"

前几年，敦煌研究所在交河故城做了表面防风化工程实验，在生土表面涂抹特殊的防风化材料。经过几年的观察发现，风化速度明显减缓。最近，敦煌研究所又对大佛寺、官署等重点遗迹进行防风化处理。

根据文物修旧如旧的原则，所有遗迹不能改变其原貌。在交河故城的加固过程中，几乎所有的墙体加固都用到了一种被称为PS的溶液。通过打点滴的方式，将PS溶液注入疏松的墙体实现墙体固化。实验显示，经过PS表面防风化技术处理过的墙体对风蚀和雨水的抗力是自然状态下的十倍。

记者沿着交河故城中心大街走向大佛寺，大佛寺呈方形，十几米高的墙体巍然耸立。走近可以清晰地看到四周内墙上排有佛龛，这里曾是一座颇具规模的佛寺。赵海英介绍说，交河故城大佛寺能保存下来真是万幸。像这种上圆下方，带有古代印度菩陀罗文化典型特点的古佛寺，不仅在中国不多见，就是在佛教

的故乡印度本土，能保存至今这样的古佛寺也寥寥无几。交河故城也因此被人们称为地球最完美的废墟。

"丝路"在我心中

尽管国家启动了历史上最大规模的文物保护工程，但新疆维吾尔自治区文物局文物保护处处长乌布里·买买提艾力告诉记者，对文物保护的最大力量还是来源于民众的心中。申请世界文化遗产是对丝绸之路文物景点价值的最好宣传，不用当地政府再费尽口舌解释，当地村民就能自觉地保护这些文物遗址，因为他们有发自内心的自豪感。

回族村民吐尔逊是高昌故城附近村庄的农民。过去，他家的西瓜地就在高昌古城的城墙脚下，经常看到城墙上的黄土坍塌下来。当时他并不觉得这一堆堆的黄土有什么特别之处，挥起锄头整平肥田。直到两年前，他家西瓜地被政府征用来改造高昌故城周边环境，他被当地政府安排到高昌故城景区，成为一名"驴的"师傅，每年的收入超过一万元人民币。他说，高昌故城是先辈们留下的遗址，他们就是靠这个遗址来挣钱生活，会自觉地对故城加以保护："作为高昌的后裔，祖辈们留下的古迹确实让我受益，希望有更多的游客来这里旅游，如果看到有人上城墙或是爬上遗址，我一定会阻止。"

农民吐尔逊用质朴的话语说明，"丝路"的价值不仅存在于文物本身，而且存在于老百姓的心中，只有民众用心去呵护，文物遗址才能长久保存！

↑ 高昌故城旅游区的"驴的"

新一代阿訇的摇篮
——走进新疆伊斯兰教经学院

　　在乌鲁木齐市延安路上，有一处伊斯兰风格的建筑群。每天晨曦初露，悠扬的古兰经诵经声已缭绕其间。这里就是新疆伊斯兰教经学院——新疆目前唯一的宗教高等院校，也是全国唯一用维吾尔族语授课的伊斯兰教经学院。

　　走进新疆伊斯兰教经学院大门，抬头可见气势壮观的综合教学楼，造型颇具维吾尔民族特色和阿拉伯建筑风格。教学楼的右侧，绿树掩映中，一条回廊通向一座绿色穹顶式建筑和一间砖石结构小屋。经学院副院长马延林介绍说，那是礼拜殿和水房，供学校学生教学实践和全体师生做礼拜使用。

　　马延林是一位回族汉子，态度和善，言语热情。他介绍说，新疆伊斯兰教经学院是1987年建成并开始招生的，目的就是为了培养伊斯兰教教职人员，服务信教群众，保障公民宗教信仰自由，落实民族宗教政策。为了实现这一目的，经学院在招生时有严格的程序：首先由新疆各地州、各区县市宗教

↑　新疆伊斯兰教经学院内的清真寺

部门推荐优秀的少数民族青年，推荐条件包括身体健康、年满18周岁以上、文化程度高中或者是相当高中学历；同时，因为伊斯兰教信教群众对宗教教职人员在相貌上有一定的要求，推荐条件还包括五官端正。推荐人选确定后，再由经学院组织文化和宗教知识考试，按照国家规定名额择优录取。由于经学院是用维吾尔语授课，因此，绝大部分招收的是维吾尔族学生。不过，根据各地州需要，也会招收部分的哈萨克族和克尔克孜族学生。新生在经学院就读的四年里，所有学习内容按3：7的比例进行划分，其中文化课占30%，内容包含民族政策等；宗教课占70%，内容包括阿拉伯语、经法等。

二十多年的耕耘，二十多年的收获。如今，新疆伊斯兰教经学院培养出了一批又一批具有较高伊斯兰教学识和现代文化水平的新一代宗教教职人才，毕业生总人数超过上千名。马延林介绍说，在每年招生时都有一个计划，就是哪里缺，就从哪里招，原则上是从哪里来，回哪里去。目前，经学院的毕业生基本上遍布全疆各地，有的成为清真寺的各种教职人员，有的担任各地州、各县市的人大代表或政协委员，伊斯兰教协会的会长、委员或者代表。他们有思想，有能力，在为信教群众服务，引导宗教与社会主义社会相适应方面，包括抗震救灾、扶贫帮困方面都做的不错，从而填补了新疆各地因年龄老化造成的教职人员空缺，受到了各地信教群众的认可。

虽然到新疆伊斯兰教经学院采访的时候，正是学校放暑假的时间，大部分学生都已经放假回家，但还是有几位学生留在学校里。记者一询问才知道，他们都是即将去国外留学的毕业生。近年来，新疆伊斯兰教经学院为了更好地拓宽学生视野，吸取优秀经验，为新疆培养出更多高水平的伊斯兰教职人员，每年都选派优秀毕业生前往阿拉伯国家著名的伊斯兰教学府深造。2001年以来，先后有28名应届毕业生被派往埃及、阿曼等国留学深造。来自喀什的阿不都赛米江是今年的一位幸运儿，他即将和另外10位同学一起，前往著名的埃及爱子哈尔大学留学。他告诉记者，如果护照办得顺利的话，他和同学们很快就可以出国留学。他说："我有做梦的感觉。我们出国以后，主要在埃及学习伊斯兰教的教法等等。现在的阿訇都老了，我们是新一代的，我们是伊斯兰教的接班人。这次留学埃及有很大帮助，这样的机会是学校和政府给我们的，我们会很珍惜。学成回来后，我会为新疆和全国的宗教事业做贡献。"

随着二十多年来的发展，新疆伊斯兰教经学院逐渐声名远播。现

在，不仅仅在新疆，在全国，甚至连一些阿拉伯国家都知道新疆伊斯兰教经学院，曾经有多位来自阿拉伯国家的重要贵宾到学院参观访问。随着新疆伊斯兰教经学院地位和影响不断提高，它在推进新疆经济发展和维护社会稳定，促进民族团结中的作用也越来越凸显，时刻受到各界人士的广泛关注。

2009年7月5日晚上，乌鲁木齐市发生"打砸抢烧严重暴力犯罪事件"，新疆伊斯兰教经学院所在的延安路，是当时打砸抢烧最严重的路段之一。但是，小小的经学院保持了它的庄严圣洁，成为一块净土。全校160名学生、30多名教职员工自发组织起护校队、巡逻队，严密监视校园的每个角落；面对暴徒们不堪入耳的谩骂和挑衅，大家横眉冷对。在极其危险的情况下，经学院师生连续救下了15名各族无辜群众。

在经学院的办公室里，记者见到了一面锦旗，上书八个烫金大字：民族一家 智勇双全。送锦旗的人叫徐达波，与锦旗一起送来的，还有一封感谢信："非常感谢你们在危急时刻及时保护了我们，使我们免于暴徒给我们造成的生命威胁……在新疆这个多民族的大家庭里，您们用实际行动树立了民族团结的楷模……"经学院办公室副主任木塔力甫介绍说："7月5日晚上，当徐达波怀抱四岁的侄女魏雨晨被暴徒追打，跑到经学院门前时，我们打开了铁门，保卫人员一把将她拉进大门，随后又迅速转移到房间。"当晚，先后有15名无辜的各族群众被救进了经学院，在民族兄弟整夜的守护下，一夜平安，直到6日上午才分别离开。

新疆伊斯兰教经学院在"7·5"期间的表现，受到了新疆维吾尔自治区宗教管理部门的好评，也受到了乌鲁木齐市广大市民的称赞。对此，马

↑ 群众写来的感谢信和赠送的锦旗

延林副院长表示：经学院7月5日晚上的表现，不是一瞬间的，是长期教育的结果。有一位学生就曾当面对他说，政府提供了这么好的学习环境，我们应该好好学习，倍加珍惜，我们不希望动乱，不希望打砸抢烧，那是罪恶。马延林认为，这些朴实的话语，代表了全体师生的心声。

每周一升国旗、唱国歌是新疆伊斯兰教经学院的惯例。7月6号星期一，新疆伊斯兰教经学院全体师生聚集在办公楼前的广场上，如期举行升国旗仪式。马延林说，"7·5事件"很快会过去，在全国的支持下，新疆一定会发展得更好。

↑ 宁静祥和的乌鲁木齐市　　　　　　　↑↑ 马延林副院长（左）接受记者采访

木卡姆的春天

在"歌舞之乡"新疆，随处可以看到各族同胞载歌载舞的场景。生活在这片土地上的人们，有着与生俱来的歌舞天赋。对他们来说，歌舞就像水、空气和食物一样，是他们生活中不可缺少的一部分。听说，正是在这种歌舞相伴的生活中，产生了被誉为"维吾尔音乐之母"的维吾尔木卡姆艺术——打开维吾尔族人民情感世界的"金钥匙"。

在新疆采访期间，记者慕名来到了中国新疆木卡姆艺术团。当跟随着充满维吾尔族韵味的音乐踏进排练大厅，第一次直面著名的维吾尔木卡姆表演时，记者被这项闻名已久的艺术形式深深地震撼了：二十多位弹奏演员，驾驭着各种形状的民族乐器，十多位歌唱演员，展示着穿透人心的天籁之音。悠扬的乐声中，维吾尔族同胞的喜怒哀乐展露得那样生动多情；优美的歌声中，古老悠远的西域文化图卷正徐徐展开……

↑ 排练中的木卡姆艺术团

什么是木卡姆

木卡姆，维吾尔语的意思是大曲、乐章。但作为木卡姆艺术来讲，这是一个专用名称，表示经过规范的、置于一定系统的、一整套大型音乐套曲。关于维吾尔木卡姆艺术的具体内容和分类，不同出处的资料中，有着不同的版本和说法。新疆木卡姆艺术团团长买买提明·买买提力介绍说，维吾尔木卡姆是目前新疆维吾尔族聚居区各种木卡姆的总称。其中，广泛流传于喀什、和田、阿克苏、伊犁等地区的12套木卡姆，因其艺术结构最完整、篇幅最宏大、流传最广泛、表现形式最精致而最具影响力，人们习惯称之为十二木卡姆。此外，还有结构比较简单，篇幅比较短小，流传地域有限但又极具地方特色的地方性木卡姆，如吐鲁番木卡姆、哈密木卡姆、刀朗木卡姆，等等。但不管哪种类型的维吾尔木卡姆，都是集音乐、诗歌、文学、舞蹈、历史、民俗为一体，具有系统化的音乐结构、丰富多彩的曲调、复杂的演奏技巧、多变的节奏。而且每套木卡姆均由三部分组成，分别是"穷乃额曼"（译为大曲）、"达斯坦"（译为叙事组曲）和"麦西来甫"（译

为歌舞组曲）。据说，在南疆的喀什，一旦广场上的木卡姆歌声响起后，男女老少都进入舞蹈状态。木卡姆是他们的呼吸、他们的血液，他们的身体就是木卡姆的组成部分。所有的人都是演员，同时也是观众，人们如痴如狂，跳舞与歌唱，不是为了取悦别人，而是自我的需要。在这里，木卡姆不是一种单纯的歌舞表演，而是原汁原味、此情此境的生命酣歌。

至于木卡姆的发展历程，各种资料在内容细节上略有不同，但可以肯定的是，维吾尔木卡姆历史非常悠久，它是古代西域乐舞中的"龟兹乐"、"高昌乐"、"疏勒

↑ 场面恢宏的木卡姆演出

乐"、"于阗乐"、"伊州乐"等优秀传统的继承和发展。特别是在公元16世纪，在位于新疆莎车地区的叶尔羌汗国，有一位名叫阿曼尼莎汗的农家女孩，不仅长得漂亮，而且歌声动人。国王慕名找到了这个女孩，立刻为她的美貌和才华着迷，把她娶回宫中封作王妃。后来，这位喜欢民间音乐的阿曼尼莎汗王妃，把全国最有名的木卡姆艺人集中到宫中，将民间流传的木卡姆音乐进行了系统的整理和规范，使维吾尔木卡姆终于成为集维吾尔古典音乐之大成的完整音乐系统。这是一个美丽的

故事。今天，在新疆喀什地区莎车县，占地1050平方米的阿曼尼莎汗纪念陵是每一位游客的必到之处，后人用"铭记"来纪念这位王妃的伟大功绩。

尽管维吾尔木卡姆艺术曾经是如此经典、如此辉煌，但由于缺乏记录文字和技术工具，这门艺术的传承一直以口传心授的方式为主。在历史上，随着社会变迁造成的动荡不安，维吾尔木卡姆艺术数度遭遇濒临失传的境地。1949年新疆和平解放的时候，真正能够完整演唱维吾尔木卡姆的民间艺人寥寥无几，而且年事已高。因此，周恩来总理亲自指示"要尽快全力抢救"。1951年，来自北京的专家带着老式钢丝录音机来到新疆，把能够演唱维吾尔木卡姆的民间艺人邀请到乌鲁木齐，对他们的现场演唱进行录音。1954年，有关部门又专门进口法国录音机，再次纪录下民间艺人现场演唱，把维吾尔木卡姆从濒临灭绝的边缘上拯救出来。正是在这两次抢救性录制的基础上，维吾尔木卡姆艺术不断地抢救、搜集、整理和研究，并最终重放异彩。

↑ 木卡姆演员　　　　　　　↑ 木卡姆入选"人类口头和非物质遗产代表作"

2005年11月25日，中国新疆维吾尔木卡姆艺术被联合国教科文组织正式公布为"人类口头和非物质遗产代表作"。

当得知这一振奋人心的消息的时候，很多人都流下了激动的泪水。这其中，就包括现任新疆维吾尔自治区文化厅厅长阿不力孜·阿不都热依木。作为维吾尔木卡姆艺术"申遗"的主要推动者，他深深地沉浸在这来之不易的幸福之中。那一刻，木卡姆申遗过程中所走过的一幕幕仿佛就在眼前。

1996年，任职于新疆维吾尔自治区广播电视部门的阿不力孜前往美国进行友好访问。为了体现对美国朋友的尊重，他带上了12套维吾尔木卡姆录音磁带。但没想到是，收到礼物的美国朋友并不高兴。经询问，才知道美国当时已经普遍使用了CD和VCD，磁带已经基本被淘汰。了解到这种情况以后，阿不力孜马上意识到，靠磁带已经无法很好实现对维吾尔木卡姆艺术的保护和传承了。回国之后，他立即向新疆维吾尔自治区领导汇报，提出制作出版维吾尔木卡姆CD和VCD的想法。自治区领导非常支持，加上时任全国人大常委会副委员长铁木尔·达瓦买提的关心，近500万人民币的启动资金迅速到位，出版维吾尔木卡姆CD和VCD的项目正式上马，后来又增加了DVD项目。阿不力孜厅长回忆说："在录制过程中，全国各界都给予了大力支持。当时，中央人民广播电台刚刚从国外进口一套录音设备，当得知我们需要录制维吾尔木卡姆的时候，二话没说，立刻贡献出这套当时国内最先进的设备，并提供录音场地，免费录制。"工夫不负有心人，经过近七年的努力，维吾尔木卡姆终于出版了24小时的CD、12小时的VCD和12小时的DVD。随后，在2003年一年时间里，中央电视台第三套节目播出53集的维吾尔木卡姆宣传专题片。同时，新疆自治区与国家文化部积极联系，启动维吾尔木卡姆申报"人类口头和非物质遗产"项目，并在2005年最终获得成功，这也标志着维吾尔木卡姆艺术的保护和传承工作已经进入一个原生态传承的崭新阶段：新疆维吾尔自治区规划建设了10个木卡姆传承中心，实行民间艺人就地传习、教学，既培养新的传承人，又扩大维吾尔木卡姆在原生地的群众性活动频率。同时，为保护好代表性传承人，各地采取经济补贴等措施，调动优秀民间艺人传承、教习的积极性。

以新疆木卡姆艺术团为代表的专业演出团体则承担着专业传承的任务，从事着整理、规范、展示等工作。2006年，新疆木卡姆艺术团投入180万元，排演了一台原生态的木卡姆大型晚会《木卡姆的春天》。近年来，这场晚会曾多次赴国内外演出，受到了广泛好评。

此外，还有文本传承、教育传承和媒体传承。目前，新疆维吾尔自治区文化部门不仅制作了有关维吾尔木卡姆的多种音像制品，还以多种文字，编撰出版了多种介绍维吾尔木卡姆的书籍。同时，新疆有关大专院校已经开办维吾尔木卡姆传承班，招收木卡姆专业研究生，文化部门也正在筹划编写维吾尔木卡姆的普及型乡土教材。阿瓦提、麦盖提等县已经使用《刀郎木卡姆》音乐和舞蹈动作，编成健身操在中小学校推广，受到当地群众的普遍欢迎。

维吾尔木卡姆"申遗"成功，不仅是木卡姆艺术保护传承的巨大成就，也是新疆各民族非物质文化遗产保护传承力度不断加大的标志。正如阿不力孜厅长说的那样，新疆民族多，历史悠久，文化底蕴深。但是，解放前新疆的主要问题，是吃的问题，穿的问题。现在不一样了，老百姓肚子饱了以后，想的是艺术享受的东西。如今，新疆各民族传统文化保护工作，正在迎来有史以来最好的发展时期。

↑　木卡姆艺术走向全国、走向世界

穿越时光隧道　感受历史脉动
——走进新疆维吾尔自治区博物馆

　　"欢迎您来到新疆博物馆，首先看到的是民族风情展……"2009年8月的一天，新疆维吾尔自治区博物馆讲解员娜地拉正在为大家讲解。娜地拉，一位美丽大方的维吾尔族姑娘，优雅的讲解姿态，加上一口流利的汉语，常常吸引众多参观者的驻目。

　　在成为讲解员之前，娜地拉是一名小学教师，尽管到博物馆工作时间不长，但她已经喜欢上这份工作："当小学老师只能给小学生讲课，而到了这里我能为全国的乃至世界各地的游客们讲解，而且，我还能从工作中学到好多东西，西域的、各个民族的历史啊、风情啊，我比较喜欢这份工作。"

　　娜地拉是新疆博物馆60多位少数民族员工中的一位。新疆博物馆总共有102名员工，少数民族员工就占到60%以上，这是新疆博物馆区别于内地博物馆的地方。而与内地博物馆的区别还不只这些，新疆博物馆副馆长侯世新介绍说："新疆馆和内地馆最大的区别就是，它是具有自己独特的文化特色的边疆少数民族地区的博物馆。新疆是丝绸之路上重要的一段，通过大量的出土文物文献研究发现新疆是多种文化、多种民族、多种宗教并存的地区，而且由于独特的地理气候环境，丝绸之路上大量的古代文化遗存，得到很好的保存。有中原的东西，有中亚西亚的东西，实际上是中原的文化和西方的文化，在我们这里得到交汇融合。"

　　新疆博物馆1959年建成，2005年9月新馆落成并开馆。新馆建筑平面基本呈"一"字型平面对称布局，

具有浓郁西域风格和新疆地方特色。新疆博物馆目前主要有五个陈列：《找回西域昨日辉煌——新疆历史文物陈列》、《新疆民族风情陈列》、《逝而不朽惊天下——新疆古代干尸展览》、《历史的丰碑——新疆革命史料展览》和《新疆地毯展览》。

沿着一段短短的由图片、声光构建的历史走廊，我们走进大漠深处。从倒伏但千年不朽的胡杨木，从草原上傲然屹立的石人石碑中，去寻找历史沧桑的情韵。《找回西域昨日辉煌——新疆历史文物陈列》，通过近千件文物、大量的图片，结合沙盘、互动装置等现代化陈列设计手段，较系统地反映了从两万年前的旧石器时代到清代的各个历史时期新疆的历史面貌，证明了新疆自古以来就是中国领土不可分割的一部分，同时也证明了新疆是古代丝绸之路的枢纽，是世界文明交融荟萃的地方。

新疆的历史遗迹遍布各地。米兰、楼兰、交河、高昌……历史上，天山南北散布着36个古国。面对这些历史遗迹的时候，你会想起出使西域的张骞、投笔从戎的班超、走向长安的漫漫驼队……

从古到今，新疆都是多个民族的共同家园。历史上一个又一个民族在这里扎根，在这里融合，在这里新生。在这片土地上的一个个民族，最后都融入到中华民族的洪流之中。

娜地拉介绍说，如今新疆境内生活着47个民族，其中包括维吾尔族、汉族、哈萨克族、蒙古族等13个世居民族。在全区近两千一百万人口中，维吾尔族最多，约占46%，汉族占40%。作为博物馆主体展区之一的《新疆民族风情陈列》，通过蜡像、民族生活场景复原等陈列设计手段，系统介绍新疆12个世居少数民族在服饰、起居、节庆娱乐、婚丧、礼仪、饮食、宗教及其他方面各具风姿的民情风俗。通过丰富的展品，一个多民族共同生活的家园展现在人们面前。

在新疆博物馆里，最独特，同时又最吸引人的应该是新疆古代干尸展览。一走进这个展厅，迎接人们的就是"楼兰美女"蜡像，旁边是她的原型——三千八百多年前一位中年妇女的干尸。这时，博物馆解说员娜地拉开始给我们介绍"楼兰美女"的迷人身世："现在我们看到的女尸是1980年出土的，去世时45岁左右。为什么会称之为'楼兰美女'呢？1992年在日本巡展时，曾用高科技手段恢复了脸部原型，发现她是一位非常美丽的中年女子，'楼兰美女'之名也由此而来。她出土的时候，席子盖在脸上，旁边有把小梳子，可能是她生前使用过的。她头上带着毡帽，旁边插着羽毛，身上用毛布裹起来，脚上穿的是鹿皮靴。她的血型是O型，属于古代欧罗巴人种。"

除了"楼兰美女"之外，新疆博物馆还有不少稀有文物，博物馆侯世新副馆长白豪地声称，这些文物件件都称得上镇馆之宝，"大多是实物，复制品很少，不到1%，很多国家一级文物。"

如今，新疆博物馆已经成为海内外游客了解新疆的一个窗口，到乌鲁木齐的人大多都要到此一游。采访的当天，我们就遇到了好几拨来参观的外国游客，来自法国的游客多米尼克说："新疆博物馆非常好，非常有意思，在

↑ 穿越时空的"楼兰美女"

这里了解到了新疆的民俗、新疆的历史，以及各个朝代对新疆的管理，从汉代、唐代，都了解到了。"

近年来，随着免费开放后参观者的增多，如何满足不同层次参观者的需求，如何向参观者提供更多的信息等成为博物馆亟待解决的问题，而博物馆也不断地在做新的尝试和探索。侯世新前馆长说："我们不断地在调整，免费开放后，一方面在展览手法上更加灵活，以适应各个层次参观者的需求；另一方面，我们加大了文物研究的力度，以期能为参观者解读更多的内容，提供更多的信息。"

走出新疆博物馆，穿梭在新疆首府乌鲁木齐如织的车流中，欣赏着街道两侧的高楼大厦，不由得想起电影《木乃伊》中的那句台词："尘归尘，土归土"。的确，西域的历史已经归于尘土。今天，一个现代化的新疆正处处发生着改变。

乌鲁木齐，在蒙古语里是指"美丽的牧场"。一名出租车司机对记者说，他曾经拉了一位首次来到新疆的外国客人，发现他在出租车里东张西望。原来，他想在这个"美丽的牧场"找到羊群与骆驼，想找到帐篷。但让他没想到的是，这里有的却是高楼大厦、宽阔的马路和奔流的汽车。

是啊，从羊群、骆驼、帐篷，到马路、汽车和高楼大厦，这个"美丽的牧场"正在发生着翻天覆地的变化。2007年国民党荣誉主席连战先生率团到新疆进行为期十多天的考察访问时由衷地感慨："新疆是新的热土、新的成就、新的希望。"乌鲁木齐，这个世界上离大海最远的大城市，正从历史深处走来，走进博物馆外灿烂的阳光里，走向更加美好的未来。

一座石油新城的五十年激情绽放

　　"没有草，没有水，连鸟儿也不飞"，歌词中这样描述五十多年前的克拉玛依，"荒漠戈壁，水比油贵"是它的真实写照。自1955年以新中国第一个大油田的身份被发现以来，克拉玛依这个神奇的地方，就再也没有离开过世人关注的目光。经过五十多年的发展，如今的克拉玛依已经成为一朵绽放在准噶尔盆地西北缘的奇葩。

荒漠戈壁崛起石油新城

　　"克拉玛依"是维吾尔语"黑油"的意思。1955年10月29日，由8个民族组成的1219青年钻井队钻探的克拉玛依1号井喷出工业油流，宣告了新中国第一个大油田——克拉玛依油田的诞生。1958年，国务院批准设立克拉玛依市。从此，克拉玛依市因"黑油"而诞生，因"黑油"而发展，因发展而美丽。

　　据新疆油田公司副总经理孙晓岗介绍，经过五十多年的发展，克拉玛依油田陆续开发建成克拉玛依、百口泉、火烧山等28个油气田，2002年建成了中国西部第一个千万吨大油田，2008年原油产量达到1220万吨，天然气产量34亿立方米，原油产量连续28年保持稳定增长；五十多年来，累计探明石油地质储量达到20.55亿吨，天然气地质储量2136亿立方米，累计生产原油2.6亿吨，天然气442.24亿立方米。

↑　石油新城克拉玛依市

如今的克拉玛依市已经成为一座现代化的石油化工重镇，基本建成集油气勘探开发、炼油化工、油气集输、石油工程服务和生产服务于一体的石油石化工业体系，并成为中国重要的能源生产加工基地之一，为国家能源安全供应和新疆的经济社会发展作出了巨大贡献。

随着准噶尔盆地系列大气田相继发现，克拉玛依正逐步从数字化大油田向智能化大油气田转变。"预计到2010年，克拉玛依将实现年产油气当量2000万吨，其中天然气年产50亿立方米以上，一个现代化大油气田的格局将基本形成。"新疆油田副总经理孙晓岗说。

水来了

漫步在克拉玛依市，清澈见底的克拉玛依河穿城而过，随处可见的林草花卉随风摇曳，恍惚间竟似置身于杏花春雨小桥流水的江南。这时的你又怎能想象，当初的克拉玛依，曾是一片"没有草、没有水，连鸟儿也不飞"的亘古荒原。

在克拉玛依市城市入口处，有一尊标志性大型景观雕塑《水来了》：一位高高举起双手的维吾尔少女，将手中石油帽里盛的水从头泼下，全身湿透，喜悦之情表露无遗。

这是一尊对于每一个克拉玛依人来说都具有重大意义的雕塑。她是饱受缺水之苦的几代克拉玛依人从寻水、送水到最终引水的坎坷历史的见证。

由于地处戈壁荒漠，蒸发量大，降水量小，克拉玛依曾是个严重缺水的城市。采访中，一位老油田工人的话向我们道出了当年的真实景象："过去的克拉玛依只有油，没有水，真的是水比油要贵。" 在上世纪50年代，克拉玛依的生活用水要靠马拉、靠骆驼驮，人们要从几十里外的咸水湖中把水运来，每一桶水都灌注了石油人艰辛的汗水，每一滴水都浸透着对生命对油城繁荣的渴望。

克拉玛依从诞生那天起，就盼望着早一天结束缺水的历史。世世代代的克拉玛依人心底都曾有一个梦想：什么时候能有一条河穿城而过呢？为解决克拉玛依的水源问题，保持这座城市长久的活力，1996年，国家批准建设克拉玛依引水工程。

2000年8月，克拉玛依人民期盼已久的清水终于奔腾而来，甘甜的河水从此为这座大漠中的城市带来了勃勃生机。克拉玛依恶劣的生态环境得到了极大的改善，这座城市也变得更加美丽、更加迷人。克拉玛依市副市长阿不都热合曼·克里木对记者深情地说："水来了，树绿了，花开了，鸟也就飞来了。"也就是从"水来了"的这一年开始，克拉玛依每年八月都要举办盛大的"水节"以纪念"水来了"这一伟大的时刻。这一天，是属于克拉玛依人自己的节日。

油城变"游城"

　　《卧虎藏龙》、《七剑下天山》等影片中那形状怪异、神妙莫测的雅丹地貌也许曾让你心驰神往，但你可知道这些电影场景的拍摄地正是位于克拉玛依的魔鬼城景区？

　　在大力发展石油工业的同时，克拉玛依近年来从零起步发展旅游业。依托雄厚的经济基础、独特的自然资源和遍布全市的石油工业旅游资源，克拉玛依旅游业迅速崛起，一座宜居宜游的城市现在已经展现在世人面前。

　　据介绍，克拉玛依是中国优秀旅游城市和首批全国工业旅游示范点。克拉玛依旅游资源丰富而独特，境内有高品位的自然和人文旅游资源45处，有世界典型的雅丹地貌景区——魔鬼城（中国最值得外国人去的50个地方和中国八大影视外景拍摄基地之一），世上罕见的神奇地质景观——黑油山，绵延百里的采油树密集群，气势恢宏的大型石化工业炼塔群，独具特色的千米文化步行街，国际标准的大漠高尔夫球场，以及方圆555平方公里的荒漠生态农业开发区和造林减排基地等独具魅力的自然和人文景观。

深夜，克拉玛依河波光粼粼，沿河而建的世纪公园里五彩的霓虹灯、悠扬的音乐、神秘的水幕电影，勾勒出了这座小城充满诗意的夜生活。克拉玛依河作为新疆首个夜景旅游文化景区，它的夜景逐渐成为克拉玛依旅游的亮点。近年来，克拉玛依市着力打造"亲水"之城，依托水资源，强力推荐克拉玛依河夜景中的九龙潭、"水来了"广场、水幕电影、音乐喷泉、西月潭和世纪公园等景点。以前游客一般不会在克拉玛依市留宿，只是把这里当作旅游的中转站，而现在越来越多的人愿意住在克拉玛依市，为的就是欣赏这个城市的美丽夜景和克拉玛依河的醉人夜色。

"地下有石油，地上有旅游"的动人场景在克拉玛依成为了现实。

油城人的幸福生活

克拉玛依人来自全国各地和全疆各地，在这座38个民族共居的城市里，各民族和谐共处，各种文化习俗相互交融。在克拉玛依的大街小巷，随处可见的是川菜、湘菜、粤菜、肯德基、西式快餐等全国乃至世界各地的餐饮风味，这也充分展示了这座城市的吸纳力和包容力。

克拉玛依每年还要举办上千场次的文艺演出和文化艺术交流活动，每年都有大量的国内外艺术家应邀前来

↑ 克拉玛依市夜景

献艺。如每年8月举办的"水节"庆祝活动，就将高雅艺术与群众文化、经贸洽谈与旅游推介融合在一起，给广大市民带来了极大的欢乐和艺术享受。一位克拉玛依市民自豪地告诉记者："虽然我们身处遥远的北疆，但是这么多的活动足以满足我们对高雅文化的追求。"

在克拉玛依的城市道路上，众多的私家车川流不息；在书店和图书馆，购书、看书的市民络绎不绝；在新建成的公园广场内，各民族同胞惬意休闲；在博物馆中，参观展览的人群扶老携幼……记者看到的这些景象真实展现了克拉玛依人丰富的物质文化生活。克拉玛依人对于高品质生活的追求一点也不亚于任何大城市的市民，他们在文化、艺术、教育、保健、保险、旅游、住房、汽车、信息通讯等方面的消费投入越来越大。据2008年的统计资料显示，克拉玛依人均购书达11册，每百户城市居民家庭拥有家用汽车13.3辆，电脑67.5台。

如今的克拉玛依是一座富有朝气和充满希望的城市，它就如一朵奇葩在准噶尔盆地的西北缘激情而大气地绽放。

"克拉玛依，我多么喜爱你，你那油井像森林红旗像鲜花歌声像海洋，你这样鲜艳这样雄伟这样美丽，我要歌唱你，我要靠近你，你是大西北的宝石……"《克拉玛依之歌》在耳边久久回荡。带着对克拉玛依的无限依恋和向往，我们结束了这里的采访行程。然而，对克拉玛依的思念才刚刚开始。

↑　新疆油田公司

石河子
——让沙漠沸腾的城市

　　石河子市位于古尔班通古特沙漠腹地，曾是一片荒漠戈壁。60年前，数万名新疆生产建设兵团的官兵在这里安营扎寨，肩扛手扒，使这片河里流淌的石头比水还多的沙漠地带变成一片生机盎然的"戈壁明珠"。记者在新疆采访期间，特地赴石河子市探访这座由军人选址、军人设计、军人建造的年轻城市。

台湾诗人眼中的"驼铃梦坡"

曾经有多少梦驻扎在这里
冰雪封冻的沙丘连绵着，想说什么
我隐隐听见，有新芽欲裂的声音
偶然行过一队骆驼，悠悠的
有铃铛在风中摇曳，许多新开的花
大声呼喊着：啊！莫索湾的春天……

1992年，台湾著名诗人徐望云参观新疆生产建设兵团石河子市150团时，被这里沙漠的粗犷和兵团人的热情感染，酒过三巡，触景生情，他写下了这首《驼铃梦坡组曲》，并把这片沙漠称为"驼铃梦坡"。

2009年8月26日，由徐望云取名的新疆驼铃梦坡生态旅游景区正式建成并试营业，来自新疆内外的五千多名游客慕名来到他们心中的驼铃梦坡，人声鼎沸，歌声阵阵，整个沙漠都沸腾起来。

也许，徐望云先生自己都没有预测到，这片因他而闻名的沙漠，十

几年之后竟成为旅游者的天堂。在这里可以爬沙丘，涉沙海，进行徒步探险，也可以借助沙漠之舟，一边听着悦耳的驼铃声，一边饱赏大漠风光。这里还有滑沙、打靶、观沙漠日出、篝火晚会等项目。一天的旅行结束后，住在景区的毡房里，继续梦回"驼铃坡"。

徐望云的驼铃梦坡也许只能是石河子城市发展进程中一段温柔的插曲、绮丽的片断。新中国成立初期，兵团人用人拉肩挑背扛的方式，在茫茫戈壁冒着雨雪风霜战天斗地，拉开了中国历史上规模最大的屯垦戍边的帷幕。要感受几代兵团人"戈壁惊开新世界，天山常涌大波涛"的壮美画卷，就必须走进这座年轻城市的昨日今天，走进兵团人丰富多彩的内心世界。

美国卫星图片中的"沙漠绿洲"

记者从乌鲁木齐市出发，沿着天山脚下的高速公路往西行驶，一边是光秃秃的天山峭壁，一边是茫茫的戈壁以及大片灰白色的盐碱地。

汽车大概行驶了三小时，看到前面一大片金黄色的向日葵，在太

阳的照射下，散发出金色的光芒。继续向前就是成片的西瓜地和防沙林。同行的朋友告诉记者，我们已经进入了新疆生产建设兵团农八师的所在地——石河子市了。汽车在农八师水泥公路上疾驰，路边整齐的胡杨一闪而过。半个小时候后，来到农八师150团场。

150团场位于古尔班通古特沙漠边缘，但呈现在记者眼前的并不是一望无际的沙丘，而是成片的绿色植被，有胡杨、沙枣、红柳、梭梭林。150团林业站站长郭新对记者说，这些绿色植物大部分由人工种植，其中梭梭林的根茎长达几十米，可以牢牢锁住沙丘，梭梭林的根部还可以种植被称为大芸的"沙漠人参"肉苁蓉，既有生态效益又有经济效益。

沙漠地带常年干旱，绿色植物如何存活？兵团职工采用了新疆天业集团发明的新型农业灌溉技术——膜下滴灌技术。这项技术最重要特点就是在地表铺上一层塑料膜，塑料膜底下再铺上滴水塑料管，直接把水和肥料输送到植物根部。这项看似简单的技术可以节省50%的水资源，这对于严重缺水的中国沙漠地区是一个福音，被称为中国农业技术的一场革命。

1998年，中国曾从以色列和美国引起农业节水技术，但每亩投入的成本高达2400元人民币，中国农民根本无力承受。因此，新疆天业集团主动承担技术改造的任务，成功解决了十多项技术难题，把投入的成本由每亩2400元降低到每亩350元人民币，同时可以节水50%，节肥30%，真正把以色列的贵族农业变成中国的平民农业。新疆天业集团人力资源总监张宝民说："膜下滴灌技术研制成功后，迅速在新疆和全国各地推广，仅新疆就有900万亩以上的农田采用这种滴水灌溉技术。"

如果说新疆生产建设兵团膜下滴灌技术是中国农业一场革命的话，那么，利用这项技术在沙漠种植水稻则是世界农业的奇迹了。新疆天业农业研究所经过将近七年的探索实验，2009年终于在沙地里种出了亩产500公斤的水稻，这项连水稻专家袁隆平都曾认为不可能的技术在新疆这片沙地上变成了现实。或许，这就是石河子人执著奋进永不言败的又一个鲜活例证吧。

每个城市都有自己的性格。石河子这座军垦人铸剑为犁建设起来的城

↑ 梭梭林木

市，她的性格就像沙漠中的胡杨林：美丽、顽强、骄傲，处处透射出军垦人的智慧和傲岸。

前些年，美国一颗卫星发现中国准格尔盆地南缘古尔班通古特沙漠茫茫沙海中有一条绿色长廊，引起世界各国的关注。随后，美国、意大利、日本、秘鲁、利比里亚、赞比利亚等几十个国家的生态专家纷纷来到这里探奇、考察。不知他们是否也能从这"绿色"中领悟到这座年轻城市的平凡和伟大。

从"地窝子"到"农家小院"

在石河子市军垦博物馆陈列室里，记者见到了当时军垦战士们穿过的军用棉衣和军用单衣，讲解员介绍说这件军用单衣上有补丁128处。

由于当时新疆工农业非常落后，王震将军号召指战员把一年发一套的军装改为五年发一套，衣服上的口袋也由四个改为两个，连衣领都全部省掉，省下的钱都用在新疆的生产建设上。

一件单衣就要补128个补丁，这就是第一代兵团人穿衣的条件，而他们居住的是更为简陋的"地窝子"。现在，在农八师152团的军垦第一连还保留了几座完整的"地窝子"。在地面以下挖一米深的四方形坑，面积约十几平米，四周用土坯或者砖瓦垒起半米的矮墙，墙顶上放几根木缘，搭上树枝编成的筏

改革开放中的中国少数民族自治区 — 新疆 — 127

子，再用草叶、泥巴盖顶，一座"地窝子"就完成了。那时，住"地窝子"点的是煤油灯，吃的是窝窝头，喝的是涝坝水，但军垦战士们没有退却、气馁、埋怨和后悔，他们战天斗地，屯垦戍边，从"地窝子"到干打垒再到土坯房最后到住上红砖房、住上现在的楼房。

农八师职工伏世芳大姐现在住的是一个农家小院。听说我们要来采访，穿着粉红色短袖、身材高大的她早早就在门口等我们，她古铜色的皮肤，看起来有点腼腆，但毫不掩饰她的热情。

在伏世芳的指引下，我们走进这座独门独户的农家小院。放眼一看，就像一片瓜果园。两亩半的院子种满瓜果蔬菜，有葡萄、苹果、辣椒、玉米、茄子、西瓜、西红柿还有夜来香与美人蕉。伏世芳说，这些瓜果没有使用农药化肥，都是纯绿色食品。见到如此漂亮的农家小院，很难想象正处在古尔班通古特沙漠边缘，倒像置身于江南。

伏世芳一家居住的这个农家小院，当地称为"小康房"，2002年由农场统一规划设计建设。屋内虽然不能用豪华来形容，但设计和家俱配套绝不亚于城市套房。液晶电视、冰箱、茶几摆置整洁，地板干净得可以照出人影。

↑↑ 建设兵团拓边图　　　　　　　　　↑ 农八师职工伏世芳

女主人伏世芳1986年从甘肃省天水市嫁到农场，如今，女儿已经大学毕业，在乌鲁木齐市工作，儿子正在石河子市区读高中。现在她和丈夫承包了一百四十多亩棉花地，家里还投资十几万元购置了两台棉花播种机车，每年有十多万元的收入。

谈话间，伏世芳拿出刚刚摘下的西红柿、葡萄、西瓜给我们品尝。看到鲜红的西红柿、水汪汪的葡萄和红透了的西瓜，我们垂涎三尺，每人端起一盘水果，站在女主人身边一字排开，让摄影师留下这珍贵的瞬间。采访结束后，伏世芳还从葡萄架上摘下两大串新鲜的葡萄，让我们带上车吃。真是一位纯朴热情的女主人！

兵团职工的住房功能已经由遮风挡雨的地方，发展到水电暖气设备齐全的多功能住宅。石河子市还被联合国命名为"人类环境改善良好范例"城市。农八师副政委兼石河子市市委副书记王希科先生是兵团的第二代，他说，是几代军垦人的艰苦创业，使这里的沙漠沸腾，成为老年人的天堂、中年人的战场、青年人的乐园。

在位于石河子市的艾青博物馆里，记者见到了著名诗人艾青对这座年轻城市的赞美："我到过许多地方，数这个城市最年轻，它是这样漂亮，令人一见倾心。不是瀚海蜃楼，不是蓬莱仙境，它的一草一木，都由血汗凝成……"

新疆生产建设兵团秘书长、兵团新闻发言人赵广勇说：石河子市只是新疆生产建设兵团的一个缩影，兵团遍布新疆维吾尔族自治区全境。建设初期大多处在渺无人烟的沙漠最边沿和祖国的最边疆，兵团战士靠着"献了青春献终身，献了终身献子孙"的不屈精神，建起了石河子、五家渠、阿拉尔、图木舒克等四座军垦新城和上百座现代化小城镇，像繁星一样在亘古荒原中闪烁。

采访手记

遗憾是为了再聚

2009年8月上旬，我作为《跨越》报道组的一员第一次踏上新疆这片神奇的土地，沿着天山北麓奔赴乌鲁木齐、石河子、克拉玛依、吐鲁番四地采访。由于紧张的采访安排和行程，没来得及细细品味新疆各地的民族风情，算是这次新疆之行的一大遗憾。

在乌鲁木齐，没能去成世界上最大的巴扎——新疆国际大巴扎，错失了购买具有浓郁民族风格的英吉沙小刀的机会；在柏孜克里克千佛洞，听到当地维族老人弹奏热瓦普，自己沉醉于热瓦普的优美旋律中，却没有同这位老人聊聊千佛洞的变迁；在地球上最完美"废墟"交河故城"练兵台"，没能和两位穿着漂亮民族服装、美丽动人的维族姑娘合一张影；还有，在新疆自治区博物馆，我见到了传说中的"楼兰美女"，真想亲身去楼兰古国，对楼兰古国神秘消失的"旷世之憾"来一个"蔡式"猜想；从小就梦想骑着骆驼行走沙漠，但在兵团农八师150团沙漠公园"驼铃梦坡"采访期间却没有时间跨上驼背做一回沙漠侠客……

还有，人们通常会用"像火焰山一样的热情、像坎儿井一样的纯情、像艾丁湖一样的深情"来形容新疆吐鲁番。我们感受到了火焰山的热情和坎儿井的纯情，唯独没有时间感受艾丁湖的深情，能不遗憾吗？

还有，"不到喀什，就不算到新疆"。这次采访集中在新疆中部地区，没有涉足神秘广袤的南北疆地区。对于南疆的喀什，我神往已久。喀什保留了唐代以前西域的建筑风格，是中国建筑的活化石。从军事影片《冰山上的来客》可以窥见，喀什城有迷宫式的街巷，形态各异的过街楼，风格不一的清真寺，形形色色的民居，独具伊斯兰文化特色。新疆之行缺了喀什，能不遗憾吗？

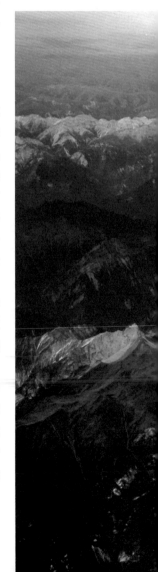

还有，"不到伊犁不知新疆之美"，那里有西域名城阿拉力马力遗址，唐代弓月城遗址，有乾隆皇帝御书的格登山记功碑和伊犁将军府、林则徐纪念馆等众多的人文景观，是领略民族风情的理想之地。但终因路途遥远，伊犁之行未付诸实施，能不遗憾吗？

　　还有，拿着新疆的地图，发现在北疆阿尔泰西北部峡谷中，有一弯月牙形的湖泊——喀纳斯，那里是中国最深的高山淡水湖，湖水会随着季节和天气的变化而变换颜色，被称为"人类最后的净土"。但因没有列入采访行程，只能是望图兴叹，能不遗憾吗？

　　不过，采访本身就是一门遗憾的艺术，不是说遗憾也是一种美吗？有机会，我将再次背起行囊，奔赴那遥远的地方，再聚新疆！　　｜**蔡亿锋**｜

新疆印象

著名电影导演张艺谋是个"印象"高手，从桂林印象到西湖印象，再到大红袍印象，一路印象下来，也给大家留下一个印象，张大导演应该是赚得盆满钵满了吧。

印象是个好东西。印象由心生，所以大可以主观些、个性些。既然主观，就可以有自己的偏好；正因个性，就容易彰显个人的风格。我不知道张大导演会如何来"印象"新疆，从我二〇〇九年七月到十月三入新疆的经验来说，我的新疆印象诚如那首歌所唱——我们新疆好地方！

印象一：人说新疆好风光。单是5A级风景名胜区，新疆就有三个：喀纳斯湖、天山天池、吐鲁番葡萄沟。喀纳斯湖没去，根据各种介绍和道听途说得到的印象，那是一个像九寨沟一样的人间天堂。天池和葡萄沟去了。天池以湖光山色称绝。湖水碧蓝深邃，湖面上泊着雪山，山尖上挂着白云，山影、云影又倒影湖中，给人一种"千载空悠悠"的神往。葡萄沟以人文风情名世。马奶子、无核白、赤霞珠、绿的、紫的……到处是葡萄，数不胜数，让人垂涎。而葡萄架下能歌善舞的维族少女，让人不由想起古楼兰悠远的传说。

印象二：楼兰美女今胜昔。在新疆维吾尔族自治区博物馆，我们瞻仰了闻名于世的"楼兰美女"的真身，这是一具距今四千余年的干尸。干尸何美？你见了就会知道。新疆的干尸与埃及的木乃伊不同。木乃伊是经过人工特殊处理而来，而新疆的干尸是人死下葬后自然风干而成。木乃伊是浓妆艳抹的，新疆的干尸是素面朝天的。因此，我们可以从她的现在很轻易的就穿越数千年的时空，触摸她的过去。在天山和吐鲁番，我们采访组拜托接待单位请导游，他们都颇为善解人意，不约而同给我们请了美女。天山美女小叶，是兵团人。吐鲁番的美女小马，是回族。她们活泼可爱，能说会道，讨人喜欢。不仅填补了我们一行的性别空白，更为我们的行程增添了不少欢声笑语。小叶是在大街上逛街被临时抓差来的，高跟鞋都来不及换。一到天池景区，就忙着把自己的导游证从脖子上摘下来，说一旦给熟人撞见自己居然穿高跟鞋导游上天池，那就糗大了。一个下午下来，大家颇有些难分难舍。我们一行中恰有位吴姓记者未婚，于是有好事者便从中大力撮合，欲把我们的小叶同志引诱到东南沿海。但终究是时间仓促，好事未果。小马也未婚，因为回族，我们的记者一路上都在打听回族通婚的事。表面上看是采访，背后有无想法就不得而知了。

印象三：戈壁瓜果甜如蜜。在吐鲁番，我们住的是平房，门口就是葡萄架，架上的葡萄有无核白和马奶子，每天早上一起床，先到架下摘几颗葡萄，擦擦塞进嘴里，又无子，吃起来那叫一个畅快。除了葡萄，其他像香梨、哈密瓜、石榴等，只要在新疆吃了鲜热的，一定甜得让你三月不知果味。就是普普通通的番茄、玉米，也别有一番香甜。我们在石河子150团场的一个兵团职工家采访时，女主人热情地从自家后院的菜园子里摘来了番茄和玉米棒子。那番茄大而多汁，吃在嘴里，感觉不到酸味。那玉米棒子一出锅，满室盈香。为了记录下这个难忘的时刻，我们采访组每个人特意手捧一盘香甜可口的瓜果，虔诚地留下了一张全家福。这张全家福里，不仅增加了女主人质朴热情的笑脸，也留下了戈壁滩上瓜果飘香的无穷想象。

沈永峰

改革开放中的中国少数民族自治区 | 新 疆 | 135

你好，新疆！

2009年7月底，生平第一次来到了美丽的新疆，行走在天山南北，行走在戈壁滩上，我感受到了新疆的神奇，感受到了新疆的发展，也感受到了新疆人的热情。在短短的十几天里，我们先后到过乌鲁木齐、石河子、克拉玛依和吐鲁番四个地方，短暂的停留却让我留下了永久的记忆，以致回到福州后耳边还时时萦绕着那首《新疆好》的歌曲： 我们新疆好地方啊，天山南北好牧场，戈壁沙滩变良田，积雪溶化灌农庄……

乌鲁木齐是新疆维吾尔自治区的首府，"乌鲁木齐"是蒙古语，意思是"优美的牧场"。曾经的牧场，如今已建成现代化的都市，林立的高楼，熙攘的人群让人很难想象出这里曾有过"天苍苍，野茫茫，风吹草低见牛羊"的壮丽景色。在乌鲁木齐东边可以看到远处高耸的博格达雪峰，雪峰下面就是美丽的天池。

在天山南北，军垦战士用双手开垦出一片片美丽的绿洲，"戈壁明珠"石河子就是其中最耀眼的一颗，走在石河子的大街上，林立的高楼和满眼的绿色，很难想象在五十多年前这里还是一片荒漠戈壁。而漫步在克拉玛依这座石油之城的街头，穿城而过的河水，随风摇曳的花草，不敢想象五十多年前的克拉玛依，只是一片"没有草、没有水，连鸟儿也不飞"的万古荒原。

吐鲁番盛产葡萄、甜瓜，是著名的瓜果之乡。不说满是葡萄的葡萄沟，就在我们住的招待所，只要一走出招待所的大门，伸手就能摘到马奶子葡萄，咬在嘴里的那种感觉，不仅仅是甜甜的，更是舒心惬意。

在我的相机里，拍下了许多笑脸，有新疆维吾尔自治区博物馆维族讲解员娜地拉工作时热情优雅的笑脸、新疆生产建设兵团农八师150团职工伏世芳面对丰收时喜气洋洋的笑脸、克拉玛依油田维族技术干部阿合买提·买买提技术革新成功后开怀的笑脸，以及退休职工刘瑞森抚今忆昔时满意的笑脸，还有吐鲁番热情大方的回族导游小马和豪爽的赶毛驴车的维族老大爷吐尔逊真诚的笑脸。他们的笑脸里都包含着为新疆的建设和发展作出贡献的自豪，以及见证新疆发展变化的喜悦，他们的笑都很美很甜，一如吐鲁番的葡萄一样醉人。

十几天的时间实在短暂，带着几分留恋，带着几分不舍，我们踏上了返程的飞机。飞机在飞越天山的时候特意降低高度，白皑皑的峰峦、银光闪耀的冰雪呈现出一幅奇特壮观的美景，在深深震撼的同时，我在心里默默地说：再见，新疆，我会永远记住你，记住这个美丽的地方。

| 吴辉锋 |

到新疆去

城市因人而存在，人的品行，决定了城市的品质。

到新疆之前，我曾经设想到气候无常、环境荒凉、经济落后、民风强悍……但是，在新疆的半个月里，我所接触的新朋老友、采访对象、路边行人，每一位都是如此坦荡；甚至天气也总是妥协：在乌鲁木齐的夜晚，窗外的阵阵凉风让我和空调无缘相对；来到石河子、克拉玛依、吐鲁番，总有阵阵细雨相伴，让我感觉不到炎热，甚至感觉不到干燥。

走在乌鲁木齐的大街上，有很多的对比：汉族同胞和维吾尔族同胞擦肩而过，摩天高楼与低矮平房错落相依，时尚氛围和原始气息相互萦绕……但这些差别只是身外，内心的包容却处处自然流露，无论是听汉族采访对象畅谈他的维吾尔族朋友，还是听维吾尔族同胞介绍他的汉族同事，语气中所透露出的关切与共荣都如溪水般流淌着。

石河子是一座年轻的城，但却被赋予了一种传统精神——拼搏。尽管横向来比，这个城市还不够繁华，但纵向来看一个城市的发展，她无愧是一颗明星。所以，生活在这里的每一个人在交谈中都非常骄傲地开场：我是兵团的第几代。他们是该骄傲的，因为他们曾经面对的是自然条件恶劣的荒漠、高山。没有拼搏，何来今天沙漠边缘的绿阴重重。骄傲是一种姿态，是对困难的蔑视，和自信相关，但是更粗线条的。所以，我在当地购买T恤衫时，最终选择了一句口号：我们战斗在广阔的天地中。

克拉玛依同样年轻，成绩似乎更为突出。和新疆首府乌鲁木齐并肩，成为仅有的两个地级市，体现了它在整个新疆的经济地位。不过，越是富有，越是低调，所以看不出这座城市的骄傲。这里也曾经面对着

改革开放中的中国少数民族自治区 | 新疆 | 135

恶劣的自然环境：缺水、风沙，如果没有一种舍我其谁的自信，整个城市也许已经不复存在。幸好，一代又一代的创业者没有放弃，千里引水，"水来了！"维吾尔族少女高举双手，将石油帽里盛着的清水从头浇下，全身湿透，脸上洋溢着喜悦。在这里，人们来自五湖四海，不论民族，不论相貌，人人都笑得合不拢嘴，如果这不是和谐，还有什么能叫和谐呢？

吐鲁番是一个商贾之城。这里旅游业非常发达成熟，不少人都要依靠外地游客养家糊口。可能是见过太多旅游城市的"精明"，初到吐鲁番，精神有些紧张。但沿途碰到的导游很真诚，政府官员很真诚，连十里葡萄长廊下的店主也是那么真诚。看着每一位游客都开心地把钱掏出来，送进导游和店主的口袋，我不知不觉放松下来，整个新疆之行，带给朋友的小礼物，就是几袋葡萄干，全部来自吐鲁番；我甚至还记得，同行数人几乎把整个店里的货清了三分之一还要多。

在新疆的半个月里，我所看到的是一种粗犷的美，那是一种胸怀的广阔，是一种人与自然的和谐。但是，这才仅仅是恋爱的初始阶段，新娘掀起了盖头的一角，而最美丽的部分还没有看到，那是喀纳斯、喀什噶尔、帕米尔高原、胡杨林……

这是我眼中的新疆，原始和现代的完美结合，历史与现实的巧妙连体。读你千遍也不懂，读你千遍也不厌倦。借别人一句话结尾：人一生不得不来，来了还想来，来了甚至不想离开。

| 曹兴豫

大漠戈壁上的那一曲生命礼赞

在中国版图的西北部，有一片占陆地国土面积约六分之一的广阔疆域，这就是新疆。在新疆各族人民的团结努力下，现在新疆已再也不是以前穷困落后的面貌，它变得富饶而且美丽。新疆以其深厚的历史、独特的风景、优美的歌舞、甘甜的水果和好客的风俗深深地吸引着南来北往的人们。

可是在这片广袤的土地上有一群"老黄牛"却并不为世人所熟知，他们扎根在大漠戈壁的边缘，数十年如一日默默耕耘无私奉献，为开发和守卫边疆作出了巨大贡献，这就是新疆生产建设兵团。我一直以来都对新疆兵团这样一个

西北大漠上的不朽传奇充满了好奇。当得知要到兵团农八师所在地、被誉为"戈壁明珠"的石河子市采访时，我着实激动了一把。

"我到过许多地方，数这个城市最年轻，它是这样漂亮，令人一见倾心……"诗人艾青曾这样写诗颂扬石河子。如果没有亲自来过石河子，也许你会认为这样的溢美之辞不过是诗人的妙笔生花。而当我来到石河子，徜徉在绿树成荫的街道，漫步于繁花似锦的公园，满眼的绿色让我时常会忘记城市的周围竟是茫茫的荒漠戈壁。

美丽城市并不是一夜之间建成的，没有来自大江南北的一代代兵团人的辛勤开垦，没有他们抛洒的热血和青春，就不会有现在眼前的一切。石河子军垦博物馆的一张老照片令我深感震撼：一群身穿破旧棉衣的人把绳子套在肩头，用尽所有的力气拉着犁开垦荒地。这就是兵团人创业之初的真实情景，他们就是以这种原始的方式硬是在戈壁荒漠中开拓出一片生存的绿洲。

从兵团领导和最基层职工的口中，我们知道了许多兵团人的感人故事，从石河子国家级经济开发区到基层团场普通职工的家中，我们看到了兵团多年来建设的具体成果。我们在石河子了解了军垦儿女艰苦创业的辉煌历程，更真实感受了兵团人如今的满怀豪情。

两天实在过于短暂，但在采访中的所见所闻都让我们感慨不已。对于石河子，对于新疆兵团，记者的感受显然还是太肤浅，但是石河子在征服自然、改造自然、创造宜居环境方面的显著成就让我们印象深刻，以热爱祖国、无私奉献、艰苦奋斗、开拓进取为内涵的伟大的兵团精神也在这里展露无遗。

在浩瀚的沙漠中，生长着一种生命力极其顽强的树种——胡杨。它因"生而一千年不死，死而一千年不倒，倒而一千年不朽"而被人称为"英雄树"。与沙漠顽强斗争的兵团人不就像那坚韧不拔的胡杨吗？

一代代军垦儿女用他们的青春和汗水书写着生命的赞歌，他们还将在这片沙漠中建起来的绿洲上创造怎样的奇迹，我们充满了期待。

| 吴 勇 |

广西壮族自治区成立于1958年3月5日。地处祖国南疆，陆地区域面积23.67万平方公里，是祖国大陆人口最多的少数民族自治区。全自治区现辖14个市、111个县（市）区，主要聚居着壮、汉、瑶、苗、侗、回、仫佬、毛南、京、水、彝和仡佬等民族，总人口5000多万。首府南宁是东盟十国和中国团结合作的聚会地点，素有"绿城"之美称。

广西壮族自治区

专题

绿色壮乡新跨越

广西壮族自治区成立于1958年3月5日。地处祖国南疆，陆地区域面积23.67万平方公里，是祖国大陆人口最多的少数民族自治区。全自治区现辖14个市、111个县（市）区，主要聚居着壮、汉、瑶、苗、侗、回、仫佬、毛南、京、水、彝和仡佬等民族，总人口5000多万。首府南宁是东盟十国和中国团结合作的聚会地点，素有"绿城"之美称。

物产富南国　山水甲天下

广西地处祖国南部，南临北部湾，与海南省隔海相望，东连广东，东北接湖南，西北靠贵州，西邻云南，西南与越南毗邻。陆地区域面积23.67万平方公里，占全国国土总面积的2.5%，居各省区市第9位。广西属沿海地区，北部湾海域面积约12.93万平方公里，海岸线东起粤桂交界处的洗米河口，西至中越边境的北仑河口，大陆海岸线长1500多公里。沿海岛屿有697个，岛屿岸线长600余公里，岛屿总面积66.9平方公里。

广西地处亚热带湿润季风气候区域的南部，气温高、热量丰富、夏长冬暖、雨量充沛。农作物资源十分丰富，主要有水稻、玉米、木薯、花生等，是中国蔗糖生产的主要基地。在广西，还可以品尝到许多亚热带水果，如罗汉果、沙田柚、荔枝等。

广西矿产资源种类繁多，储量较大。其中，以有色金属矿藏最富有，是中国10个重点有色金属产区之一。储量居全国首位的有锰、锡、砷、膨润土等12个矿种。广西境内河流众多，水量充沛，落差大，这为水电开发提供了丰富的能源。此外，海洋能源包括潮汐能、潮流能、波浪能等也较丰富。

广西是全国著名的旅游大省，属于资源型的旅游地。分布广泛的喀斯特地貌，占广西总面积的37.8%，发育类型之多为世界少见。广西河流众多，清澈娟秀，在地域上多与奇峰相配，形成一派山环水绕、山水相依的秀丽景色。其中，以桂林山水最具代表性。桂林山水甲天下，桂林的美是多方面的，有些很难用语言描绘：漓江的清秀脱俗，阳朔的悠闲自在，龙胜美景的万种风情，靖江王陵与灵渠的辉煌神秘，象山水月的造化奇观！游漓江，一路江岸的山丘、原野和农家村舍，形成自然的田园风光。此外，广西各地还分布着众多自然和社会旅游资源，比较著名的有宁明花山壁画、太平天国的发祥地桂平金田村等。

广西历史悠久，在四五万年前旧石器时代晚期，就有"柳江人"和"麒

↑ 广西梧州长洲水利枢纽

麟山人”在此劳作生息。秦始皇统一岭南后，开凿灵渠，把长江与珠江两条水系连接起来，促进了广西与中原经济和文化的交流。汉代，苍梧、布山、合浦就有了商贸集市，合浦成为海外贸易港口、海上丝绸之路的始发港之一；唐代，桂州、柳州、邕州、容州城乡出现定期圩市；宋代，出现与交趾商人展开货物交换的博易场；明清时，广西采矿业有了很大发展，主要是金、银、铜、铝、锡、铁等矿。据统计，清顺治六年至十八年报开的矿场达127处，居全国第3位。广西是我国近现代一些重大历史事件如金田起义、黑旗军抗法、镇南关战役等的策源地和发生地，涌现了洪秀全、刘永福、冯子材等一批杰出人物。

悠久的历史，形成了广西绚丽多彩、独具特色的民族文化。春秋战国时期广西先民在左江沿岸创作的崖壁画，汉代前创造的大铜鼓以及古朴典雅、可避湿热、防蛇兽侵害的干栏建筑等，成为广西当时的文化代表；明代的真武阁及三江侗族程阳风雨桥均具有很高的科学、艺术价值。广西素有“歌海”之

称，主要有壮族的三月三歌圩、瑶族的达努节、苗族的踩花山和芦笙节、仫佬族的走坡节、侗族的花炮节以及别具风味的打油茶等，其中农历三月三的壮族传统歌节，最为隆重。1985年，自治区政府把“三月三”歌节定为文化艺术节，后演化为广西国际民歌节，1999年改为南宁国际民歌节，每年11月在南宁市举行，吸引了众多中外民歌艺术爱好者。广西绝大多数人和地区（包括少数民族中的许多人）讲汉语方言，有广东话、西南官话、客家话、平话、湖南话、闽方言等6种，为我国汉语方言种类最多的省份之一，少数民族中以讲壮语居多。地方曲艺主要有桂剧、壮剧、彩调剧、粤剧、邕剧、广西鱼鼓、铜鼓音乐等。

建设西南大通道　助推经济大发展

60年来，特别是改革开放30年来，广西紧紧抓住西部大开发的机遇，相继建成并投产了一批重大基础设施建设项目，西南地区出海大通道框架基本形成，经济发展取得显著成效。

航运方面：以南宁、北海、钦州和防城港四市为主体的港口

↑　广西红瑶

经济开发区成为继珠三角、长三角和环渤海经济圈之后中国的第四大经济增长极。全区沿海港口拥有万吨级以上泊位40个，货物年吞吐能力已超过8100万吨，与世界上100多个国家和地区的200多个港口有贸易往来，特别是加强了与越南等东盟国家港口的交流合作，形成面向东盟、连接西南、通达珠三角的高效便捷低成本物流服务体系。未来五年，广西将投入170亿元，全力推进沿海港口水运交通建设，争取到2012年实现沿海总吞吐能力超过1.5亿吨，努力把广西建设成为连接东盟的区域性国际交通枢纽。

航空方面：广西已建成南宁、桂林、北海、柳州、梧州、百色6个民用机场，24家航空公司经营航线150条。从广西到东亚和东南亚去旅游十分方便，4小时直航可覆盖东亚和东南亚所有国家首都。此外，2009年8月31日，桂林两江国际机场又正式开通了桂林—台北（桃园）定期直航航班，更好地满足广西与台湾经贸和旅游业日益发展的需要。在未来几年，广西还将投入数十亿元打造航空网络，主要连接国内主要城市和东盟、日韩、欧美等国家重要城市，而南宁吴圩国际机场扩建后将成为这个航空网络的重要组成部分。

铁路方面：已建成湘桂、黔桂、黎湛、枝柳、南昆5条与自治区外相通的铁路干线，将广西与东部、中部发达地区紧密联系起来，形成人员便捷往来、物资快速流通、经贸密切合作的桥梁纽带。建成了南防、钦北、钦防等7条地方铁路线和一批专用铁路线。打造以南宁为中心的区内主要城市"1小时交通圈"和相邻省会城市"3小时交通圈"。铁路与越南铁路连接，火车可直通河内。

公路方面：至2007年底，广西高速公路总里程达到1879公里，一级公路734公里，二级公路7326公里。农村地区交通同步发展。全自治区95%的县通二级公路，基本实现所有少数民族乡和91%的乡通柏油路，81.51%的行政村通公路，100%的乡镇和79.74%的行政村通班车，实现了公路交通建设量和质的历史性跨越。基本实现高速公路连接各市、连通周边省和出海、出边、出国的网络化目标，形成了东部沿海省区"西进"和云南、贵州、四川、重庆等西南省市"东进"必经的高速公路网。广西作为西南出海大通道的优势已跃升为中国连接东盟的国际大通道的优势。

广西经济发展还有着独特的政策优势。

边境贸易优惠政策：广西同时享有西部大开发、北部湾经济区、民族区域自治、沿海和边境地区税收、投资等优惠政策，多种政策叠加在一起，使广西有着明显的政策优势。政策优势是广西经济实现跨越式发展的重要保障。其中，边境贸易优惠政策促进了边民互市贸易的发展，也使得边民互市成为广西一道独特的风景。边境贸易优惠政策规定，对边境小额贸易企业通过边境口岸进口原产于毗邻国家的商品，除极少数商品外，进口关税和进口环节税按法定的税率减半征收；边民通过互市贸易进口的商品（仅限生活用品），每人每天价值在人民币3000元以下的，免征进口关税和进口环节增值税；所以每天清晨，在边境口岸有一批壮观的出境队伍。这些边民会拿一些生活用品到越南芒街去卖，或者在那开店。作为中国—东盟自贸区的前沿地区，根据中国—东盟《服务贸易协议》和《货物贸易协定》，广西还将逐

↑　南宁会展中心夜景

步享有这些相应的特殊政策。

少数民族地区优惠政策：我国实行民族区域自治制度，广西作为我国的少数民族省份之一，享有相应的少数民族自治区优惠政策。依照法律规定，民族自治地区的自治机关除行使地方国家机关的职权外，可以依照法律规定行使自治权，可以根据本地实际，在不违背宪法和法律的原则下，有权采取特殊政策和灵活措施，加快民族自治地区经济和社会发展。

沿海开放政策：广西作为西部省区中唯一沿海的自治区，享有国家施行的各种沿海开放优惠政策。北海市、防城港市港口区、南宁市享受沿海开放城市优惠政策，钦州市、苍梧县、合浦县和防城区拥有沿海经济开放区的优惠政策，北海市执行国家旅游度假区的政策，南宁高新技术产业开发区实施高新技术产业开发的特殊政策。

得天独厚的区位优势和优越的政策优势，助推了广西经济的跨越式发展。在现代农业的引领下，农林牧渔业总产值由1958年的18.3亿元提高到2007年的2026.2亿元。粮食产量由1958年的586.1万吨提高到2007年的1551.4万吨。2007年农业机械总动力达到2127.2万千瓦。到2007年，广西桑

蚕种植面积和蚕茧产量、香料种植面积和产量、奶牛养殖等连续3年名列全国第一。2007年至2008年，全自治区糖料甘蔗产量达到7900万吨，蔗糖产量达到910万吨，占全国蔗糖总产量的60％以上，连续15年居于全国首位。

60年来，广西工业投资规模不断扩大，工业对经济增长的贡献率不断上升，一批重大项目相继建成投产，已形成了以电力、冶金、机械、建材、汽车、制糖、医药等为主的具有市场竞争力的特色优势产业。在工业化发展进程中，广西培育出了一批技术水平高、规模效益好、竞争能力强的大型骨干企业和企业集团。上汽通用五菱微型车、柳工机械轮式装载机、玉柴柴油发动机等产品的市场占有率名列全国第一。截至2007年，柳钢、玉柴、卷烟总厂等4家企业跨入中国500强企业行列。主营业务收入超过30亿元的企业达到17家，其中超100亿元的企业有5家。

随着广西对外开放的不断扩大，对外贸易额随之持续增长。2007年广西外贸进出口总值达92.77亿美元，比1958年增长了180倍，年均增长10.5％。其中出口51.13亿美元，比1958年增长99倍，年均增长9.2％；进口41.63亿美元，比1964年增长1053倍，年均增长17.6％。至2007年底，广西已与205个国家和地区建立了直接贸易往来，出口商品超过4600种。共批准外商投资企业9521家，实际利用外资95亿美元。已有75个国家或地区在广西投资，其中包括30多家跨国公司和世界500强企业。广西实际

↑　南宁市的会展经济为城市发展助飞

利用外资金额在西部地区排名第一。

　　值得一提的是，2003年以来，广西进入了一个"多区域经济联动、合作共赢"的发展新阶段。"百企入桂"活动取得丰硕成果，广西承接东部产业转移工作取得显著成效。此后，广西还成功举办了四届中国—东盟博览会和中国—东盟商务与投资峰会，与东盟各国贸易成交额达49.2亿美元，签约国际合作项目投资额222.6亿美元，签约国内合作项目投资额达人民币2203亿元。

民族多样　风情万种

　　广西因为地理上的特点，文化包容性十分强，中原文化和岭南文化、汉文化和地方民族文化、中华文化与东南亚文化在广西都有它们遗留的痕迹。再加上广西自治区境内有壮、瑶、苗、侗、仫佬、毛南、回、京、彝、水、仡佬等12个世居少数民族，另外还居住有蒙、朝鲜、土家、布依、维吾尔、藏、满等民族人口，各民族在社会发展过程中，创造了具有本民族独特形式和风格的民族文化。

　　而这些少数民族同胞酷爱唱山歌。山歌的种类繁多，曲调轻快优美，具有山乡特点和浓郁的民族特色，所以广西被冠以"歌海"的美名。广西各少数民族的舞蹈戏剧也很有特色。

↑　节日中的少数民族歌舞表演

瑶族有许多优美的舞蹈是反映生产、生活和各种祭祀活动的，最具代表性的是《长鼓舞》、《铜鼓舞》和《三元舞》。苗族也是能歌善舞的民族，其音乐、舞蹈和戏剧具有悠久的历史，每逢过节，苗族人民都会吹芦笙，跳踩堂舞，共同度过美好的时光。游客可以与苗族同胞一起载歌载舞，感受他们独特的民族文化。

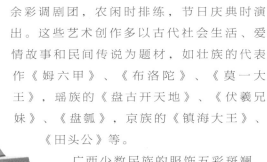

仫佬族人民喜欢彩调剧，在人口较为集中的村寨都有业余彩调剧团，农闲时排练，节日庆典时演出。这些艺术创作多以古代社会生活、爱情故事和民间传说为题材，如壮族的代表作《姆六甲》、《布洛陀》、《莫一大王》，瑶族的《盘古开天地》、《伏羲兄妹》、《盘瓠》，京族的《镇海大王》、《田头公》等。

广西少数民族的服饰五彩斑斓，异彩纷呈。壮族以黑为贵，在过新年、出嫁、访亲、饮喜酒时都要穿黑衣。而白裤瑶的服饰则以青、白为基本色调，在妇女穿的裙子和男人穿的裤子膝盖上，皆绘以图案花纹和红线条，式样多种，美观大方。瑶族妇女还喜欢银饰制品如银制头钗、项圈、耳环等。此外，少数民族的居所也是形态多样，各具特色，如壮族的"干栏"，侗族的"吊脚楼"、鼓楼、风雨桥、风雨亭等。

广西的民间工艺种类繁多，其中，铜鼓就是一个代表。现在，铜鼓在广西各族人民生活中扮演着重要的角色，甚至成为广西的一个标志。到广西随处可见以铜鼓为样式的展览物。对于广西少数民族而言，铜鼓不仅仅是乐器，也是神器和重器。对于铜鼓的来历，人们往往借助想像和幻想去理解，而这也说明了广西

↑ 广西铜鼓

少数民族娱神娱人的生活信仰。

此外，民间工艺中还有壮族的壮锦，苗族的挑花、刺绣、织锦、蜡染、剪纸等工艺美术也是瑰丽多彩，风格独特，一向享有盛誉。毛南族的雕刻和纺织品形象生动逼真。回族艺人的刺绣、灯彩、地毯等传统工艺，手工精细，图案大方。除此之外，瑶族的挑绣、桂林市五通镇的"三皮画"等也是广西独特的民间工艺品。广西各少数民族都有本民族的传统节庆，如瑶族的盘王节、壮族的三月三歌节、京族哈节等都是盛大的节日，对歌、演戏、走亲访友、商品交易等丰富内容为传统的民族节庆增添了许多新时代的内容。各少数民族的风俗也因生活环境、历史的不同而迥异。壮族逢年过节会以灿米、粳米、糯米为主料，配以野花、瓜果、肉类等不同辅料，制成黄花饭、菜包饭、五色饭等。侗族则有"侗不离酸"的习俗，侗族的"酸"，制法独特、种类丰富，有荤酸、素酸、煮酸等，除此之外，侗族的油茶也是地方一绝。在婚俗方面，各少数民族更是各有情趣。壮族青年通过赶歌圩对歌、抛绣球、碰红蛋等形式建立感情。苗族未婚青年在"抢鸡蛋"、"坐寨"等社交活动中相识、恋爱。"行歌坐夜"则是侗族青年男女的一种社交活动，通过对歌、弹唱，加深了解。

广西各少数民族历史悠久，留下来许多有价值的历史文物和人文景观。如分布在左江两岸全长200多公里的崖壁画，是壮族的原始艺术精品，规模宏大、内容丰富，在中国乃至世界都极为罕见。

龙胜：世纪梯田变成"致富天梯"

　　"桂林山水甲天下"，桂林不仅拥有"天下第一"的山水，在她北部的龙胜各族自治县还有一块号称"天下一绝"的人工梯田——龙脊梯田。2006年，重访大陆的中国国民党荣誉主席连战来到龙脊梯田，惊叹于梯田的壮丽与秀美，欣然题词："人间哪得几回见，龙脊奇景天下绝"。

　　龙脊梯田始建于元朝，已有近七百年历史。龙脊先辈为了生存，历经几个世纪的艰辛劳作，用血汗和生命在茫茫群山中雕刻出一圈又一圈筚路蓝缕的年轮。站在山脚仰望，梯田层层叠叠、盘旋而上，蜿蜒的一级级宛若"天梯"直入云天；立于山巅俯瞰，梯田高低错落、线条流畅，犹如一幅巨大的"石刻抽象画"。

　　"龙脊最大的优势是梯田，最大的劣势也是梯田。"龙脊梯田的先民在群山之中创造的旷世杰作养育了一代代壮族、瑶族儿女，但也拴住了他们走出大山的脚步。梯田的土地贫瘠，又不适合机械化生产，为了获得生活必须的粮食，当地村民不得不延续传统的刀耕火种的耕作方式，生活十分清苦。地域偏僻、道路不通、信息闭塞……直到上世纪80年代，山区民众依然过着封闭而艰苦的生活。

　　上世纪90年代初，一群摄影家来到龙脊梯田，意外发现了这片尚未开发的处女地，从此龙脊梯田通过摄影家的镜头名扬天下。如今，古老的龙脊梯田通过旅游开发正焕发出青春的活力，成为当地少数民族民众名副其实的"致富天梯"。

"舞两舞"的生活

　　龙脊梯田是桂林市龙胜各族自治县和平乡梯田的统称，以龙脊十三寨的发祥地龙脊村命名，主要包括平安壮族梯田、金坑瑶族梯田、龙脊古壮寨等主要景观。

"九山半水半分田"是龙脊十三寨的居民对自己家乡风貌的描述。在这浩瀚如海的梯田世界里，最大的一块田不过一亩，大多数只能种一二行禾的"带子丘"和"蚂拐（即青蛙）一跳三块田"的碎田块，因此有"一床蓑衣盖过田"的说法。

龙胜的山区占全县总面积的85%以上，这里曾被国家列为"国家级贫困县"，而龙脊梯田又是龙胜最贫困的地区。"八几年的时候还没有打火机，很多人连两分钱的火柴都买不起，到了做饭的时候，就拿着废旧纸盒子去别人家引火"，四十多岁的平安寨居民廖翠原回忆说，"还有人穷得连盐巴都买不起"。

当地群众将当时的生活起了个形象的名字："舞两舞"。所谓"舞两舞"就是炒菜时用筷子蘸上一小块肥肉，在锅边舞一个圈，这便算作炒菜放油，那块肉还要留着多次用。如果自己家人炒菜就画一个圈，亲戚朋友来了就画两个圈，十分尊贵的客人便画两个圈和一个十字架。"舞两舞"听起来有些不可思议，但却是当时龙脊十三寨居民的真实生活写照。

"当时主要经济收入是卖辣椒、芋头、玉米这些土特产"，三十多岁的大寨村村支书潘保玉亲身经历过"舞两舞"的生活，谈起过去的日子他不住地摇头，"出山要'两头黑'，早晨天还黑着就要挑着龙脊辣椒向山外走，天黑才能回来，一担能挑七八十斤，按照市场的价格，也就几百元收入。"

"这几百元是一个月收入？"记者问。

"哪里啊"，潘保玉叫起来，"这是一家人一年的收入！"

封闭的大山、传统的耕作方式等自然与历史的因素让"舞两舞"的生活一直持续到上世纪80年代，而这种让人心酸的生活的背后隐藏的是封闭、保守的观念。40岁的潘德英是大寨村同龄人学历最高的，但也仅仅是高中毕业，即使在十年前，她依然还是寨子里学历最高的。"村里很多老人从来没有看过汽车，公路通了以后，寨子里的一位老人还摸着汽车问我，这是什么动物，不吃草也不睡觉，怎么会有这么大的力气，当时就封闭到这种程度。"潘德英大笑。

从上世纪90年代开始，龙胜县委、县政府开始对龙脊梯田进行扶贫开发，龙脊山寨的壮族、瑶族村民终于摆脱了"舞两舞"的生活，然而，龙脊梯田的一座座"扶贫包"并没有变成"金

包"、"银包",贫困的帽子依然扣在龙脊梯田上。

在龙胜县大力进行扶贫开发的同时,龙脊梯田恢宏磅礴的气势、天地合一的自然风光,吸引了海内外摄影家的视线,他们通过一幅幅精美的摄影作品向世界展示着龙脊梯田的美丽,并将其冠以"世界梯田之冠"的美誉。

随着摄影爱好者和游客不断涌入,安静的梯田中开始喧闹起来。纯朴、善良的村民将摄影家、游客请入家中,按照少数民族的习俗备上龙脊水酒和农家小菜招待远方的客人,他们也会"意外地"从摄影家和游客那儿得到"大把"的招待费用。此时,这些在龙脊梯田里世世代代劳作的壮族、瑶族民众开始直起身来,第一次用一种"特殊"的视角仔细打量着脚下的这片土地。

梯田与民族文化是金坑的"黄金"

桂林市龙胜各族自治县和平乡大寨村曾是盛产黄金的大山坑,也叫"金坑",瑶族人挖黄金时过的是"舞两舞"的生活,后来发展旅游,瑶寨才真正挖到了"黄金"。和平乡大寨村村支书潘保玉则是大寨村第一个挖到"黄金"的人。

"我是大寨村第一个建家庭旅馆的,当时我爸爸还和我闹脾气"。谈起这段往事,潘保玉有些不好意思,"因为'金顶阁'是建在别人家的田里,用的自留山的木材。"

↑ 记者与潘宝玉(左二)、廖翠原(左三)、潘德英(右二)合影

"为了这件事，他爸爸两年没和他说话。"坐在他旁边的潘德英接过话来，"那时候金佛顶光秃秃的，建房烧瓦大家都能看见，很多人都上山取笑他，问他是不是在建牛圈。"

金坑梯田是龙脊梯田的一部分，主要有"西山韶乐"、"千层天梯"、"金佛顶"三个主要观景点，潘保玉的家庭旅馆——"金顶阁"就位于金佛顶上，游客坐在房间里，金坑梯田一览无余。"房子装修一半我就开业了，一边经营一边装修另一半。"2003年，潘保玉的家庭旅馆对外营业时，金坑红瑶梯田尚未全面开发，接待的对象主要是摄影爱好者。潘保玉对这些摄影爱好者有自己的优惠政策："一般游客住一个晚上15元，搞摄影的只收10元，因为金坑的名声要靠这些摄影家才能打响。"

在村民的眼中，潘保玉在山顶建一座孤零零的"牛圈"分明是"头壳坏掉"的表现，但这些嘲笑的声音还未落地，龙胜县与旅游公司合作修建的大寨村四级砂石路这年秋天正式开通。"那天是2003年9月16日"，大寨村的潘德英对这一天印象很深刻。此时中秋已过，梯田水稻还未收割，金黄色的稻穗铺满层层梯田，从下仰望犹如座座金山贯入蓝天之中，正是观赏梯田的最佳时节，游客如潮水一般涌向了大寨村。"当时自己住的房子根本没办法再住人，进来一个人都没有地方坐。"潘德英对自己没有像潘保玉一样先建房子有些懊悔。

当年秋天，金坑大寨村启动了以农耕梯田和民居村寨为主的金坑红瑶梯田景观旅游项目，群众办旅游的热潮在大寨村兴了起来。"旅游解决了多年没办法解决的扶贫问题，最主要的原因是旅游给山区老百姓的观念带来很大变化，村民和游客一次交谈比政府苦口婆心的说教更加有效，对他们的冲击力更大。"龙胜县副县长贲黄文对群众办旅游颇有感触。

潘保玉继"金顶阁"之后，又在大寨村承包了一座木楼，办起了第二家家庭旅馆。潘德英去年也通过国家下发的"惠农贷款"以及亲朋的帮助，筹资十余万元人民币建起了一座三层家庭旅馆。"潘支书那么困难都过来了，我还怕什么。"潘德英对家庭旅馆的前景信心满满，"现在景区形成规模了，只要开旅馆就能赚钱。"

目前，金坑大寨村已建起农家旅馆42家，日接待游客两千多人，游客的吃饭、住宿、购物均可在村里完成。一些经济条件困难建不起农家旅馆的村民，在村委会的安排下分组轮流接待客人，通过为游客引路、背包、抬滑杆、出售民族工艺品和土特产品等获得旅游收益。

龙脊梯田的韵味不仅来自它得天独厚的壮丽风光，还在于它原汁原味的民族风情。潘保玉所在的金坑大寨村287户1193人，全部是红瑶族。每到农历六月初六这天，红瑶群众家家户户都把一年四季所穿的衣服拿出来晾晒，还邀请各方亲朋好友到寨子做客。"'六月六晒衣节'是红瑶一个传统节日，2005年金坑旅游刚起步不久，我们就想把'晒衣节'开发成旅游项目。"潘保玉和寨老、村委会商议后，"晒衣节"红红火火的启动了。

潘保玉回忆，农历六月六那天，寨子里宾客盈门热闹异常，每家每户都把箱底的花衣、饰衣、花裙拿出来晾晒，寨中央搭好戏台，各村寨的红瑶群众竞相表演传统的歌舞节目，白天有舂米、纺纱、织布等劳动竞赛，晚上还有万支火把照金坑等活动，"举办'晒衣节'以后，游客一年比一年多，对梯田文化、红瑶历史的宣传力度也加大了。"

龙脊梯田的规划与未来

龙脊十三寨，寨寨十三家。家家十三个，个个旅游忙。

旅游业的繁荣让寨子的居民富了起来，但随之而来的问题也在威胁着龙脊梯田的未来。"有些村民建了农家旅馆就不种田了。"金坑大寨村的村支书潘保玉说，每到春季耕种时，他都要走家串户劝导一些村民种田，"没有梯田，旅游就是无源之水，我们不能为了赚钱就不保护农田。"

村民不种田也有自己的苦衷，以前山寨的水主要是灌溉农田，但随着农家

旅馆的增多，生活用水需求量增大，灌溉用水无法得到保证。利益分配不均也是梯田丢荒的一个主要因素，一些农户无力开办家庭旅馆，但自留地恰好又是景观田，旅游并未带给这些农户更大的利益，加之梯田经常塌方、劳动力不足等因素，导致一些农户有破坏性情绪。

金坑大寨村开发旅游后不久，潘保玉便发现梯田丢荒现象屡屡发生。为了杜绝这类现象，大寨村村委会和寨老也想出了"应对之策"。"建了农家旅馆却荒废梯田的农户，我们不允许他带着店里的游客看整个梯田，只能看自家的荒田；对于因为缺少劳动力而荒废梯田的农户，我们村里组织村长、寨老、党员把丢荒的梯田种起来。"潘保玉说。

寨子想出的"应对之策"毕竟只是一时之计，"人向梯田要水"等根本性问题并未得到解决。龙胜县政府和桂林旅游发展公司经过研究后决定，每年提取门票收入的十分之一用于农田水利等基础设施建设，提取十分之一用作农民种田补贴，加上国家发放的种粮直接补贴，村民将从旅游中直接受益，从而增强保护梯田的意识。目前，龙胜县也计划由旅游公司承包梯田，统一耕作、统一收割，按照每年粮食的亩产数向村民返还粮食。

独特的自然环境造就了丰富的旅游资源，龙脊十三寨的村民通过旅游挖到了致富的"真金"，平均年收入从"舞两舞"时期的七八百元提高到万元以上。十年间，与梯田相伴几个世纪的瑶寨、壮寨发生了翻天覆地的变化。富裕起来的村民也将山寨的变化唱进山歌中："旅游开发好处多，民族风情走出国，赚完美元赚港币，群众越活越快乐。"

那些生活在广西的台湾人

他们是两岸开放交流交往后第一批到广西寻梦的台商。十几年前，他们带着美好的憧憬从台湾来到广西，在广西默默耕耘着自己的事业。如今，曾经的"异乡"成了"家乡"，他们不仅在广西的发展中收获着企业的进步，也为这块充满生机的土地贡献着来自台湾的力量。这两年，中国—东盟自由贸易区建成、北部湾经济区战略付诸实施等一系列政策利好使广西牢牢锁住了整个东南亚的视线，而此时这些生活在广西的台湾人却已从广西这个大本营扬帆出海，进军东南亚。

周世进：背靠大西南　拥抱东南亚

"当年来到广西就是奔着'背靠大西南，拥抱东南亚'这句口号来的。"一件普通的白色衬衫，一头短短的灰白头发，平和的眼神、亲切的笑容，南宁市台商协会会长周世进并没有董事长的派头，更像是一个和蔼可亲的长者。

1989年，在两岸打破隔绝状态一年多后，周世进随着岛内"西进"的大潮来到大陆。在考察北京、上海等城市后，周世进来到了广西壮族自治区。"那时从桂林到南宁要坐8个小时的火车，到了南宁就像到了台湾的乡下，街道又窄又小，房子也破烂不堪。"南宁给周世进的第一印象并不美好，到广西投资的计划也暂时搁浅。

从广西回到台湾后，周世进又考察了一些东南亚国家，但也因投资环境不理想匆匆离开了。在周世进离开广西的四年后，"汪辜会谈"在新加坡举行，两岸关系迎来了破冰的时刻，台商加快了西进大陆的脚步。周世进也坐不住了，再次来到大陆寻找商机。或许是因为不太美好的第一印象，周世进并没有立即来到南宁，而是先到广州、

厦门、上海考察了一番，经过仔细考量后，周世进还是将投资地点定在了南宁，"1993年的时候，我拿几千万去上海或北京投资，就像拿一块石头扔进了大海，一点不受重视，但在广西就不同，当地官员很重视投资，也有很多优惠政策。"不过在周世进的朋友眼中，台商西进大陆是趋势，但是"西"到了广西就是赌博了，甚至有朋友直言，如果投资上海可能石沉大海，那么投资广西一定是打水漂。朋友的劝说并没有动摇周世进对广西的信心，他相信广西的区位优势会使它成为大陆西南部乃至东南亚的发展新星。

周世进在南宁的第一个项目是经营酒店，他从台湾聘请具有酒店管理经验的人才提升服务品质，短短一年多时间就将酒店打造成当时南宁最好的星级酒店，成功地掘到了"第一桶金"，朋友的预言也成了茶余饭后的谈资。俗话说：创业容易守业难。周世进在酒店业淘金的同时，大陆经济正全面提速，南宁在短短两年时间里不断出现设施先进的新建酒店，他所经营的酒店面临的竞争愈发激烈，发展空间也被逐渐压缩，周世进不得不将酒店转与他人经营。

回首这段经历，周世进并不认为它是失败的，其中一个重要原因是通过经营酒店拓展了人脉，也发掘到了更多的商机。经过短暂的"沉默"后，周世进再次投下重资成立广西第一家由台商经营的商品混凝土公司——嘉泰水泥制品公司，而此时南宁正处在城市建设的高速发展时期，周世进的水泥制品公司如鱼得水，相继参与了南宁轻轨、城市路桥等基础设施建设，不但年年获利而且扩大再生产。2009年年初，周世进又添置两台泵车成立了第二家水泥厂，第三家和第四家工厂的申请也正在进行中。现在，他的旗下有南宁嘉泰水泥制品公司、南宁市嘉佳高尔夫俱乐部公司等六家企业。

如今，周世进把更多精力放在了台资企业协会的工作上，他曾多次组织接待台商到广西考察，并以他的企业为例介绍广西的区位优势、投资环境和发展前

↑ 台商周世进向记者介绍他与广西的情缘

景，俨然成了广西的形象代言人。由于在促进广西与台湾经贸合作方面的突出贡献，在第二届中国—东盟博览会上，周世进还被南宁市政府授予"荣誉市民"称号。

周世进说，在南宁的17年也是南宁高速发展的17年，"值得骄傲的是，南宁的发展也有我们台商的一份力量。"近年来，广西积极打造北部湾经济区建设、中国—东盟自贸区、大湄公河次区域等多区域交流合作平台，台商也加快了进军广西的步伐。如今旺旺、统一、康师傅都在广西积极布局，周世进则成为台商与广西政府沟通的重要渠道。"对于台商来说，'背靠大西南，拥抱东南亚'不是憧憬，而是趋势。"周世进说。

"晋太元中，武陵人捕鱼为业，缘溪行，忘路之远近。忽逢桃花林，夹岸数百步，中无杂树，芳草鲜美，落英缤纷……"陶渊明的《桃花源记》为后人留下了无限的想象空间，但桃花源是何等模样，千百年来无人说清。然而，有这样一位台湾人，经过十余年的努力，在桂林山水王国中再造了一座"世外桃源"，他就是江文豪。

"1989年我第一次到桂林旅游，发现'桂林山水甲天下'果然名不虚传，当时就有在桂林安家的想法。"江文豪说，从那以后，他几乎每隔几个月就来桂林一次，对桂林愈发难以割舍，投资桂林的想法也愈加强烈。在旅游胜地桂林投资的最直接方式就是旅游业。江文豪投资桂林，首先选中是阳朔县的碧莲峰。碧莲峰风景优美，而且还靠近漓江边的阳朔码头，这让江文豪深信，这一定是一块风水宝地。但几个月下来，门口的码头上有成千上万的游客经过，进入碧莲峰的人却寥寥无几，"开始以为是景区没有知名度，后来一位导游点破了问题的实质，那就是碧莲峰景区没有差异性。从漓江上下来的游客早把桂林山水的精华看尽了，为什么还要到碧莲峰再看一次呢。"一语点醒梦中人，江文豪意识到，在众多风格迥异的桂林山水中，碧莲峰恰恰缺少鲜明的特色。找到问题所在，江文豪打起了碧莲峰的文化牌，他以景区里"桂林山水甲天下"的石碑等文化古迹为卖点，一举打响

了碧莲峰的名号，游客也蜂拥而至。

尝到甜头的江文豪并没有满足碧莲峰的成功，阳朔路边的一片湖泊又引起他的关注：遍野桃花、小桥流水、烟雨人家……溪水的尽头有一山洞，乘船从洞中穿过，眼前便是一间间古朴的农舍，与陶渊明的《桃花源记》中"林尽水源，便得一山，山有小口，仿佛若有光"惊人的吻合。江文豪没有

丝毫的迟疑，斥资买地、整饬湖泊、兴建服务设施……1995年，"世外桃源"景区开始投入建设。

经过四年的辛苦建设，1999年"世外桃源"正式对外开放，立刻成为桂林最火的景区之一。漫步于景区之中，山水、花草、田园水乳交融，相映成趣，尤其是神秘黑暗的

燕子岩——"初极狭,才通人",船行数百米,豁然开朗,桃花缤纷,草木繁茂,让游客有一种恍若隔世的感觉。

"世外桃源"开园初期,来游览的客人几乎天天爆满,但问题也随之而来。按照原来的计划,游客需乘坐竹筏游览,但游客太多,竹筏的载客量又小,情况严重时,光等竹筏就要一个半小时,游客带着希望而来,留下怨声而去。为解决这一难题,江文豪改用载客量更大的柴油船,但柴油船不但噪音大,而且很容易污染水质,与"世外桃源"美丽、安静、环保的形象相去甚远,力求完美的江文豪忍痛将开业不久的"世外桃源"关闭:"那时候一天的营业额差不多要两万元,一个月就要损失大概六十万,但是从景区的长远考虑,除了停业没有更好的办法。"

"世外桃源"关闭后,江文豪开始四处寻找清洁环保的游船,但市场上的船不是太大就是太小,船身大便无法通过燕子岩,船太小则来不及运送客人,江文豪犯了难。"忽然有一天,我问我自己,为什么不自己设计电瓶船呢。"江文豪是电子专业毕业,这次他重操旧业,仅仅用了三周多的时间便设计出了适应景区需求的电瓶船,经过多次试验后,电瓶船正式投入使用,"世外桃源"也再次开门迎客,游客蜂涌入园游览。

由于投资得当,管理有方,江文豪当初投资的两千多万元人民币,仅用两年时间便收回全部成本。2002年,江文豪一手创办的阳朔世外桃源风景旅游

↑ "世外桃源"里的少数民族表演

区，荣获国家旅游局颁发的首批4A级国家旅游景点证书，之后一个月的时间里，入园游客人数比前一月翻了两番。

"许是陶令返人间，为赋桃源做仙境"。2006年10月，重访大陆的国民党荣誉主席连战与江文豪把臂同游"世外桃源"，并为江文豪创造的这一惊世杰作欣然题词。"现在我也可以不谦虚地说，桂林旅游业的发展也有台湾人的一份功劳。"江文豪笑着说。

吕金川：中越边境的台湾"边民"

吕金川现在还保持着在台湾养成的习惯，每天早晨泡上一杯铁观音，一边喝茶一边处理公司事务。距离他的红木店铺二百多米的地方就是与越南新清口岸相连的浦寨边贸点，等待通关的越南货车在海关前排起了长龙。

"2000年我就来到浦寨，当时浦寨哪有这么兴旺。"吕金川喝着铁观音，开始回忆九年前初到浦寨的情景，"那时浦寨就有边贸点，不过也就几百米的一条小街。"吕金川来自台湾高雄县，遭到"莫拉克"台风重创的高雄县甲仙乡小林村离他家只有20公里。上世纪90年代，吕金川跨海来到广东从事红木家具等双边贸易，也是两岸开放交流交往后第一批"西进"大陆的台商。

在国人的心目中，红木家具如字画、陶瓷一样承载着中华民族的"文化情结"，而作为一名红木商人，吕金川将生意从台湾转到大陆，不是破釜沉舟而是大展拳脚。吕金川西进大陆拥有了更广阔的市场，但也不得不面对大陆民众购买力不强的事实。在当时大陆老百姓的概念中，红木是用来收藏的"文物"、"古董"，因此来到吕金川店里的顾客大多都如进了"博物馆"一样只看不买，这让吕金川的"生意经"念的并不顺利。

不仅国内市场需求不旺，更棘手的问题是红木资源的紧缺。中国并不盛产红木，红木家具原料大多是从非洲、东南亚等地区进口。2000年，吕金川无意中得知广西凭祥市浦寨的边贸市场十分繁荣，那里与越南国境相连，距离广西自治区首府南宁和越南首都河内都只有一百六十余公里，独特的地理位置让吕金川首次来到了凭祥浦寨的边贸点。

"刚来的时候，浦寨还是比较落后，红木市场也刚刚发展，要慢慢地找客户，建立口碑。"对创业初期的艰难，吕金川轻描淡写地一语带过，但他仍然坚持自己对浦寨发展前景的判断，买下了一个50平米的商铺，以浦寨为中心扩展在大陆的事业版图，而越南的工厂则负责收购红木毛坯与欧美市场的销售。

经过四年的市场培育，2005年吕金川迎来了一次前所未有的发展良机。这一年，中国大陆掀起了一股红木投资的狂潮，各地客商蜂拥到浦寨寻找商机。浦寨的红木市场也在那年形成了气候。吕金川瞅准时机，又买下了一个800平米的店铺，并构建了一张遍及全国各省市的销售网络，"黑龙江的佳木斯、新疆的乌鲁木齐都有我的销售网点，只要一个电话，就能马上从越南发货。"

2008年红木热潮渐渐褪去，金融危机接踵而至，吕金川扩大国外市场的计划也暂时搁置。"市场不会一直都是'牛市'，最关键的是你自己要站稳脚跟。"对于红木市场起起落落，吕金川有着自己的理解。

如今这位来自台湾的"边民"已经将家安在了浦寨，"我一年有365天在浦寨。"用他的话说，这是"扎根国门，放眼神州"。

↑ 广西东兴口岸

奇特的跨国上班族

这是东兴市一个普通的清晨。晨曦从远方缓缓铺洒过来，唤醒了沉睡在北仑河畔的中越两国商船，中越友谊大桥如一条金丝带横卧在北仑河上，桥的两侧是中国与越南的国门，国门外是数万焦急等待通关的"边民"。

这是东兴市每天都会出现的场景。北仑河分界了中国、越南两个国家，却也如血液一样滋养着两国人民。

这里是中国最繁忙的陆路口岸之一，年出入境人数逾三百万人次，是中越边境线上出入境人数最多的口岸。作为广西最重要的边贸口岸之一，地处华南经济圈、西南经济圈、泛北部湾经济圈和东盟经济圈结合部的东兴，自1990年开放以来已发展成为中国与东盟经贸往来的"黄金之地"。

当太阳刚升起的时候，中越边境的东兴口岸就会聚集很多到越南做生意的中国"边民"。傍晚夕阳西下时，他们又带着一天的疲惫和收获从中越友谊大桥上回归。他们自豪地称自己为"跨国上班族"。据东兴市宣传部副部长陆俊菊介绍说，这么多年过去了，这支跨国上班队伍的人员构成在不断地变化，他们有的是从1989年就开始到越南搞边民互市生意的第一批"老边贸"；有的是在1996年中越贸易高潮中一夜之间由"打工仔"变成老板的"创业者"；有的是中国与东盟提出建立自由贸易区后专门赶过来寻找大市场的"巨擘"；还有的是从外省过来的生意人。

中越边贸的发展大体可分为三个阶段：第一阶段，从上世纪90年代初至1996年。边民在各互市点自发开展，商品种类单一，多为日常生活用品，交易规模不大。据了解，1989年大年初一是中越边境贸易开放的第一天，那时到越南芒街去做生意的人卖什么的都有：热水瓶、手电筒、小收录机、毛巾、牙刷、清凉油……总之，一切生活用品在越南都是抢手货。当时中越友谊大桥还没有修通，据老边民回忆，从初一到十五，东兴市和芒街市相对的一千多米的河堤上，每天都有成千上万的中越边民挑着担、背着麻袋、提着竹篓、挽起裤褪趟过北仑河，往返于两个国家之间。

从1996年到2000年底是迅速提高阶段。1998年两国政府签订《边贸协定》后，两国边贸的开展形式、商品种类、交易规模都得到了明显丰富和扩大，互市贸易增加较快，小额贸易稳步增长，交换商品达上千种，逐渐形成了边境小额与互市贸易相结合、生产资料与生活用品相结合的综合性边境贸易。

从2001年至今是规范发展阶段。中越双方先后对边贸秩序进行了整顿，加大了打私力度，规范了边贸交易程序和管理体制。

1994年，越南芒街市建设的贸易市场开始允许中国人到里面经商。这之后，有不少人加入到跨国上班族的行列中。湖南人刘冲原来做贸易生意，后来听说广西东兴市的边贸发展得很好，在经过一番考察后，2003年刘冲就独自一人来到东兴当起了跨国上班族。刘冲看准的是越南的服饰市场，找几个朋友借了几万块钱就起家了。经过不到两年的努力，他不但还清了债务，还赚了三万多元。刘冲回忆说，过去中国边民与越南边民语言不同，做生意要比手画脚，还用计算机讨价还价，有点类似北京的秀水街。而现在，许多中国边民都懂得一些越南语，同样，越南边民的中文也讲得不错。在广西东兴市新华路著

名的"国旗街"上，经常可以看到头戴尖斗笠、背着大包小包的越南妇女操着流利的中文向过往游客兜售越南香烟和香水。

中国是服装的重要输出国，但金融危机放缓了美国、日本、欧洲等市场对服装的消费，一系列针对中国的特殊贸易保护措施让服装出口举步维艰，很多服装厂商都转战东盟这块新兴市场。刘冲说，目前在东兴和芒街从事服装出口生意的商家近千家，范围涵盖几乎全部服装品种，竞争十分激烈。刘冲说，其实做跨国上班族也很不容易，要随时把握市场的潮流。

目前，东兴市拥有东兴口岸、东兴边民互市贸易区和潭吉边贸口岸供中越两国边民从事边境贸易。2007年，中越两国达成协议，由中国东兴、越南芒街两市在边境范围内各自划定一定区域作为跨境经济合作区，以适应不断升温的中越经贸合作。除此之外，东兴新边民互市贸易区、进出口加工区、中越北仑河二桥口岸新区等"跨境合作区"项目建设，目前已全部提上日程，相关工作推进顺利。一旦上述"跨境合作区"全部建成，同时拥有一般贸易及互市贸易等优惠政策的东兴，东兴市将成为名副其实的中国通向东盟的"第一城"。对于刘冲这样的边民来说，感受最深的莫过于享受的优惠措施更多了。2008年11月1日，从事边贸的边民货值税已由每人每日3000元人民币提升为每人每日8000元。这意味着刘冲每天可以多带5000元的免关税货物到越南做生意。

虽然这些"跨国上班族"忙碌的身影成为了北仑河两岸最亮丽的一道风景线，但这亮丽的背后也一样充满了旁人难以获知的酸甜苦辣。采访中，很多边民告诉记者，大约有一半以上的中国边民要破产，三分之一的人发点小财，只有小部分人可以赚到大钱。破产主要是因为越南没有专门的边贸政策，海关根据不同时期越南国内市场的变化不断调

↑ 越南边民

整边贸物品的品种、限额和贸易方式。如今在越南做生意，利润很高，风险也很大：一是政策经常有变动，也许昨天还可以卖的，今天就被禁止了。刘冲说他朋友就遇到过类似问题：2006年，因为越南经常停电，发电机在越南大卖，一个星期能赚几十万，但仅仅卖了一个星期便被越南当地政府禁止；二是越南市场管理不规范，受到查封的可能性很大；三是越南的部分生意人不够诚信，定了货又不要、拿了货又拖欠货款的现象经常出现。

业内人士介绍说，要做好这个生意，需注意几个问题：第一，保障进货渠道的可靠性。东兴市水陆海运交通条件均较发达，投资者只须确保货源畅通并有固定的仓储条件即可；第二，用人民币交易。受国际金融市场影响，越南货币波动频繁，因此买卖双方通常使用人民币交易，且现款现货；第三，有资质的企业可考虑就地生产、就地销售，减少运输费用，降低成本的同时，增强市场竞争力。如今，也有不少国际大公司看中边贸生意，打听到跨国上班族中做生意讲信用的中国人，找他们做在越南的总代理，现在这些跨国上班族发展得很好。

十年前还不起眼的南疆边陲小镇东兴，如今竟变成连接中国与东盟的"经贸桥头堡"，甚至有望成为东南亚的商贸、信息和旅游中心。中越边境跨国上班族也是中国与东盟经贸交往中的一大亮点。中国政府与东盟提出在十年内建立自由贸易区的目标，更增加了上班族们做大跨国贸易的信心。据官方统计，2008年前十个月，东兴市边贸成交额达53.43亿元人民币，增长四成三；边贸互市进出口总额41.6亿元，增长六成三。

桂林，打造中国旅游的名片

桂林，中国大陆著名风景旅游城市和历史文化名城，拥有"山水甲天下"的美誉。桂林从1973年被国务院批准正式对外开放旅游后，三十多年来一直是中国旅游产业的标杆和中国旅游产业的领跑者、见证者、推动者与示范者。

美丽的姑娘穿着破旧的衣裳

1973年，国务院批准桂林正式对外开放旅游。此时大陆"文革"还没结束，所谓的"对外开放"仅是接待境外来宾，并非实质意义上的旅游。桂林市旅游局副局长庞铁坚说，当时有一篇外国记者撰写的文章是这样描写桂林的："工厂里冷冷清清，工人无所事事，闲坐聊天或静坐打盹，可每当外国游客来到工厂，工人立即端坐在机器旁，装作认真工作的样子……"不过，让境外游客惊讶的不仅是桂林人的工作状态，还有桂林破旧的城市设施、落后的接待水平。

由于历史原因，长期以来桂林城市建设远远落后于桂林旅游业发展的需求，"路不平，灯不明，电话也不灵"，被喻为"美丽的姑娘穿着破旧的衣裳"。虽然自从宋代开始，"桂林山水甲天下"便已传诵世间，但桂林开放旅游后第一批境外游客体会到的却是"桂林山水甲天下，来到桂林睡地下"。1973年，桂林全市只有榕湖饭店一家旅游涉外饭店，饭店里面也仅有248个床

↑ 漓江风光

位，而且档次低设备陈旧。"当时桂林政府领导一项重要的工作就是为外宾寻找合适的饭店，但可供选择的饭店只有寥寥几家，最后只能不断加床。"桂林市旅游局副局长庞铁坚说。

旅游接待能力仅是一方面，桂林的交通也让游客吃尽了苦头。用桂林人的话说，改革开放前，在桂林买到一张回家火车票的难度不亚于给长城贴瓷砖。火车票源紧张，进出站全凭站长手写的白条，火车慢如牛车，想开便开想停就停。桂林开放旅游后，很多境外游客蜂拥而至，但游客离开后给桂林的评价是：到桂林不是去旅游，而是去探险。

发展才是硬道理

作为大陆"对外开放"的窗口，桂林市政府和中央政府都意识到，桂林旅游的落后面貌正在影响着桂林乃至中国的形象。在国家的支持下，桂林从1973年开始进行大规模的旅游基础设施建设，首批工程包括漓江剧院和600个床位的漓江饭店。1975年前后，包括甲山饭店在内的第二批涉外饭店开始兴建。桂林市旅游局副局长庞铁坚回忆说，为了解决建设资金不足的问题，当时承建甲山饭店的旅游公司与澳大利亚合作，引进澳大利亚的资金和建材，但这一举动却在社会上掀起了一场大辩论，"吸引外资是爱国还是卖国"成了这场辩论的焦点。从现在的视角看，这种"爱国"与"卖国"的争论有些不可思议，但在正处于十年动荡时期的中国大陆，为外国人建饭店，而且全部使用外国材料，这已不是城市基础设施问题，而是一个严重的政治问题。庆幸的是，这场范围广泛的争论并未持续太久，也未阻挡桂林旅游业发展的脚步。

↑ 漓江唱晚

1976年，卸任的美国总统尼克松再度访华，桂林是他的造访地之一。站在漓江边上，千里画卷在眼前徐徐展开，尼克松动情地说："我到过世界上八十多个国家、一百多个城市，桂林是我见过的最美的地方。"尼克松短短的几句话无疑是"桂林山水甲天下"这句话最好的诠释，这番动情的演讲通过大批随行记者传播出去后，一夜之间，桂林成为西方人心中最向往的旅游目的地。从尼克松开始，外国元首纷纷将桂林作为访问中国的必到站点之一。短短几年间，桂林外宾接待数呈几何级的增长态势。

　　桂林旅游业虽然起步较早，但旅游模式较为单一，主要以外事接待为主，景区开发也大多沿袭古代名胜，服务较为单一。1978年中国大陆正式宣布实施"改革开放"政策，中国旅游业从此开始逐步探索市场化、产业化的新路子，桂林旅游也真正步入发展的轨道。

　　1984年，桂林旅游局从外事部门分离出来，成为负责旅游事宜的职能机构，初期主要负责来自港澳台民间组织的游客的接待和行政受理工作。桂林市旅游局的成立，标志着外事接待为主的旅游模式成为历史，旅游不再是政治而是产业。

　　靠山吃山，靠水吃水。进入20世纪80年代，桂林从事旅游行业的人明显增多，这一时期，国家推出各项政策鼓励私营企业的发展，桂林市区的大街小巷也悄悄出现了私营旅馆。然而，由于资金有限，私营旅馆的设施简陋、服务水平较差，加深了游客心中"旅游等于探险"的印象。为了让这些"第一批吃螃蟹的人"放开手脚，桂林市旅游局想尽了办法。"只要房间里有电视，我们就允许他在房价里加一块钱，有地毯，就再加一块钱"，桂林市旅游局副局长陈运春说，这些措施就是鼓励私营旅馆、饭店加大开发力度，形成全民办旅游的氛围。

私营旅馆、饭店的示范作用是显著的。桂林市民纷纷"下海"，开起

旅馆、饭店，买了旅游大巴车，卖起旅游工艺品，旅游成为很多桂林人谋生的主要手段。旅游带给市民的不仅仅是生活方式和生活质量的改变，更重要的是他们的观念更加先进、视野更加广阔。"旅游业是与国际、国内经济环境紧密相连的"，桂林市旅游局副局长庞铁坚说，"桂林城市不大，却与全球市场对接，如果从全国来看，桂林参照的城市都是长三角、

珠三角和北京，因为旅游的原因，桂林人看问题从不局限在广西。"

城在景中　景在城中

伴随着旅游业的发展，发展中出现的问题也在逐一得到解决。1973年，邓小平陪同外宾游览漓江，看到的却是一条被滚滚污水染成黑白两色的漓江，邓小平沉吟良久后说："桂林是世界著名的风景文化名城，如果不把环境保护好，不把漓江治理好，即使工农业生产发展得再快，市政建设搞得再好，那也是功不抵过啊！"邓小平一句话点醒了桂林人：为了经济一时增长而放弃环境保护是"舍本求末"。

"桂林是中国最早进行环境保护的城市，桂林的环境保护是从治理漓江开始的"，庞铁坚回顾30年前的环保工作感慨良多："当时漓江两岸全是大型企业，这些企业是漓江污染的'罪魁祸首'，但如果关了这些企业，桂林经济又要受到影响。"广西自治区和桂林市在漓江治理问题上的态度是坚决的，对沿江工业污染采取了果断的措施，关停并转了27个污染严重的工厂、车间。桂林人牺牲了一时的利益却保住了这一片最美丽的山水，也保住了桂林旅游赖以生存的根本。

↑　阳朔街景　　　　　　　↑　众多外国游客在阳朔

1982年，桂林成为国务院确立的首批24个历史文化名城之一，四年之后又被列为"七五"期间全国七个旅游重点建设城市之一。在1985年全国十大风景名胜评比活动中，桂林山水名列第二，仅次于万里长城……在国家政策的强力支持下，桂林逐步形成了"三山两洞一条江"（象鼻山、伏波山、叠彩山，芦笛岩、七星岩，漓江）的初期旅游格局。

桂林旅游业虽然起步较早，但因在行政区划上分为桂林市和桂林地区，桂林旅游主要是开放了市区的资源，市区周边的大多数旅游资源都没有利用起来。上个世纪80年代中期，大桂林旅游圈的概念开始被提出，并在1998年地市合并后逐步形成。"地、市合并后，为大桂林旅游圈的构建扫除了地域界限的障碍，桂林旅游进入大发展时期。"桂林市旅游局副局长陈运春说。地、市合并后，旅游资源整合，城市改造进入了新的阶段。1999年，投资十余亿元的"两江四湖"改造工程正式启动，这是一项全面改造环城水系并打造以山水为中心的大型城市生态环境建设工程，形成了"城在景中，景在城中"的山水城格局，该工程为桂林赢得了"中国人居环境范例奖"，桂林这位"美丽的姑娘"终于换下了"破烂衣裳"。

世界的桂林

伴随着行政区域的扩大，桂林山水的内涵也不断得到丰富，来到桂林不仅是看静态的山水，还可以看文化的山水。阳朔县、龙胜县、兴安县各自发掘本地旅游资源，如阳朔县在打造民俗风情游的同时，2003年又推出首开中国先例的"印象·刘三姐"大型实景山水演出，从2006年开始，观众人数每年都超过一百万；

↑ 桂林山水甲天下

改革开放中的中国少数民族自治区 | 广西

龙胜县除龙脊梯田外还大力开发龙胜温泉；兴安县不仅将历史悠久的灵渠打造成广西十大旅游精品线路之一，2001年还吸引台资兴建了有"东方迪斯尼"之称的"乐满地"度假世界。

各种形态的旅游产品大大提升了桂林山水的品牌，并将桂林旅游带入现代体验旅游时代。各辖区县的旅游产品的丰富也形成了"桂林－灵川－兴安－资源－龙胜－桂林"的桂林旅游北部环线，桂林人形象地将其形容为"一个扁担四个筐"。旅游环线的建成改善了桂林旅游仅有一条单一的旅游主线的结构性缺陷，为实现大桂林旅游经济圈打下了牢固的基础。

打造"世界的桂林"，这是桂林人30年前就喊出的响亮口号。1973年

被国务院列为首批对外开放旅游城市，桂林成为了中国旅游开发的先行者；1978年改革开放后，桂林旅游步入大发展的轨道。从三十多年前的"旅游像探险"到现在形成集"观光、休闲、会展、商务"于一体的旅游体系，桂林三十多年的发展是中国大陆旅游产业从无到有、从封闭走向开放的典型代表，新中国旅游业60年的跨越式发展都能在桂林找到印记。

走进桂林，看的不仅是那宜人的风景，还有凝结在山水之间的中国旅游产业的发展之路。桂林，已成为中国旅游一张靓丽的名片。

↑ 南宁琅东地王大厦

从荒野到城市CBD的华丽转身

来到南宁，很多朋友会告诉你一定要登上南宁的“地王国际商务中心”，因为它是南宁的一个地标。地王国际商务中心有58层楼高，在这里不仅可以俯瞰整个南宁市的全景，更是因为地王大厦号称当前“西南第一高楼”，是南宁唯一国际5A甲级纯写字楼。有报道说，地王国际商务中心的落成打破了“南宁最近十年来一直没有真正写字楼”的尴尬局面，实现了南宁商务的大变革，标志着南宁真正进入国际化纯正商务时代。

从台北的101大楼到香港的中银大厦，这些超高层建筑体现了一座城市发展的繁荣与活力。到南宁参观地王国际商务中心，就像许多大陆游客到台北一定要登上台北101大楼一样，因为它的高度代表着城市的高度，体现出城市发展的高度文明和城市商务区的扩展。

大家不难把超高层建筑与商务区联系起来。地王国际商务中心就地处南宁琅东CBD（Central Business District）的核心位置，而琅东CBD是顺应南宁城市发展、扩张、升级而诞生的商务中心区，是南宁市政府规划城市战略的商务翘楚之地。每年一度在南宁召开的中国—东盟博览会主会场就设立在该中心商务区，东盟十国相继在南宁设立的使领馆也位于该区域范围内。目前琅东CBD是南宁市的政治、经济、文化中心，该商务区的特色在于，其错落有致的现代化建筑为南宁打造了一幅国际大都市的风貌，是

南宁市开发得最好最完善的一个区域，素有南宁的"浦东新区"之称，对于南宁城市的未来发展有着举足轻重的意义。同时随着被誉为中国第四增长极——北部湾经济区的大力开发建设，拥有广阔发展空间的琅东CBD将有望成为整个环北部湾经济区的商务中心。

从某种角度上来讲，写字楼是一个城市经济发展的风向标和晴雨表，它的发展态势与一个区域、一个城市的经济活力有着密切的关系。城市的发展必然会带动写字楼的发展，而写字楼的新旧更迭，也将推动城市的不断前进。目前琅东CBD五象广场一带是南宁新兴的商业中心，也是企业最为密集的区域。片区集中了地王国际商务中心、汇东国际、金源CBD现代城、东方曼哈顿等写字楼，这些项目无论是硬件配备还是软件服务上，已经把南宁写字楼的办公质量提升到了一个新的高度。

↑ 琅东夜色迷人

华丽的转身

琅东CBD是在南宁市发展东扩、建设南湖新区过程中迅速崛起的现代化办公商务区，该区域定位为广西壮族自治区办公中心、商务中心和金融中心，并逐渐聚集了高级的商务活动。很难想象，现在的琅东CBD过去曾是一片农村，一点现代气息也没有。在地王国际商务中心工作的左女士回忆说，过去地王国际商务中心的所在地是一个业余足球场，路面泥泞不堪，环境又脏又乱。2001年她在琅东买房时的房价是2100元/平方米，而到了2005年，地王国际商务中心的写字楼出售均价为7000元/平方米，两年后，这一地段的房价已涨至1.5—2万元/平方米。作为高端写字楼，房价抗跌性远远高于住宅，投资回报率也更大，南宁琅东CBD商务物业投资回报率超过50%。

目前除了鳞次栉比的写字楼外，琅东CBD区域已有四家国内外著名百货巨头在这里亮相，包括梦之岛、南宁百货、广州友谊、沃尔玛等四大商业机构。百货

巨头的相继入驻正是看中了出入高端写字楼的白领们的消费能力。

从目前发展较为成熟的CBD看，随着人口和住宅郊区化现象的出现，在政府大力改善交通设施以及大型购物场所入驻CBD等成熟条件的推动下，中低端零售商业由城市中心地区向郊区或外围地区迁移，而以法律、金融、保险、会计、公关、广告、市场营销等为主要内容的生产性服务业在城市中心地区集聚，推动着中心城市以及整个城市群向前发展。可以说，南宁城市经济产业链、资金链、精英人才链在琅东CBD交织，南宁城市重要行政机构、实力企业、外资机构、金融机构、信息机构、会展机构也在这里集聚。南宁的经济聚变效应正在琅东CBD产生，而琅东CBD所释放的经济能量则正是琅东区乃至南宁市腾飞的源动力。

十年的启示

琅东CBD的发展给南宁的发展所带来的启示远不止这些。南宁作为广西首府，其社会、经济的发展模式在广西有着无法替代的示范效应和标杆意义。首先，琅东CBD将成为南宁商务区建设的模板。目前，琅东CBD商务写字楼入住率超过80%，已逐渐显现出企业入驻率基本饱和的现状。作为东盟博览会永久举办地的南宁已显现出需要更大的CBD体量才能承担起一个国际

↑ 南宁，正在崛起的区域性国际城市

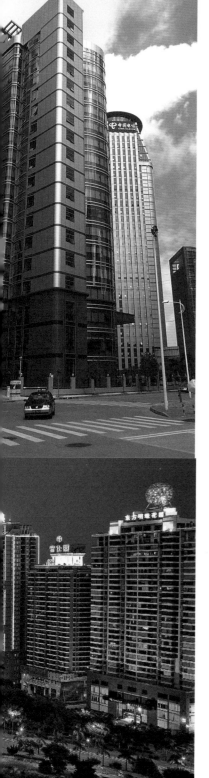

性区域城市的商务需求。由此，目前南宁已划出三平方公里的区域建设"南宁东盟国际商务区"。"南宁东盟国际商务区"是集商贸、商业、文化、娱乐和居住为一体的综合功能区。规划建设目标定为：创建一个具有东盟各国特色，为东盟各国和其他国家或地区政府、商务机构提供商务、办公和生活服务的综合园区。后琅东CBD时代正在走来！

其次，从地王国际商务中心以及周围写字楼的地价来看，写字楼投资回报率和市场需求较为乐观。根据目前南宁写字楼市场的具体供需情况，再加上销售型写字楼较理性的价位和较稳定的出租率支撑，市场消化比重将不断上升。

第三，大型百货巨头和商务餐饮、娱乐的加入，使得琅东CBD更具现代感与活力。一方面为来自于世界各地的商务人士提供同其他国际城市无差异的商业服务，成为他们开展高效商务交往的重要支撑力量；另一方面，它吸引城市中其他区域的居民和外地游客光顾，避免非工作时间商务区陷入过于沉寂的尴尬。

第四，引领城市发展潮流，打造总部基地效应。一个城市最先进、最快、最新的事物与信息在这里诞生与发布。许多企业把总公司建在CBD，对于任何一家企业来说，能够进驻城市的CBD，无疑是资本的体现、地位的尊崇和身份的荣耀。随着南宁城市影响力的扩大，外来企业也越来越多把总部安在南宁。

从农村到CBD，琅东用了十年的时间；从默默无名的壮乡小城到名扬东南亚的现代化都市，南宁也仅仅用了十年的时间。十年的时间足够一片土地完成一次华丽的转身，也足够一座城市创下一段发展的奇迹。2010年，中国—东盟自由贸易区建成，南宁这块投资的热土又需要多长时间打造成面向东南亚的国际都会？五年，十年？没有人能预言这座风生水起的城市所蕴含的发展潜力，也没有人能估算这座面向东盟的前沿城市的发展速度。但是，我们期待着！

风生水起北部湾

　　如果翻开状似雄鸡的中国地图，你会发现在雄鸡的下腹部、临近越南的地方有一个中国最西端的出海口，它就是北部湾。

　　广西人常常用"一湾碧水，三颗明珠"来形容北部湾。北海、钦州、防城宛如三颗明珠点缀着逶迤曲折的北部湾黄金海岸线，每天货物不断从这里运往世界各国，从这里运进大陆各地。由于这里重要的地理位置，从两千多年前到现在，北部湾的这三颗明珠一直都是中国对外海上交通贸易、对外交往的重要通道和出口。

　　熟悉历史的人知道，中国古代有陆路和海路的两条"丝绸之路"，位于北部湾北海市的合浦港就是海上丝绸之路的一个重要始发港；与北海相邻的钦州在1919年就被孙中山先生规划为"南方第二大港"；作为中国西南地区重要的战略要地，上个世纪六七十年代的越南战争时期，北部湾的防城港又成为秘密的军事要地，中国、苏联等国家援助物资就是从防城港出发，沿江山半岛—京岛一线源源不断地运往越南，这条运输线也因此被越南人民亲切地称为"海上胡志明小道"。

　　由于重要的战略位置，北部湾历来都是兵家必争之地。即使进入20世纪，这里的战火也未停歇：美国发动的越南战争、中国和越南的边境战争，北部湾都是主要战场。即便是在1978年，中国大陆各地陆续吹响了改革开放的冲锋号，而这时依然处于冷战前沿的广西北部湾地区，吹响的却是战争的集结号。

　　当被枪炮搅动的海水慢慢恢复它的平静，战争的硝烟

渐渐散去，和平的阳光开始照耀这片湛蓝的大海。生活在北部湾的老百姓此时才发现，在全国经济建设的大潮中，他们已经被远远地甩在了队伍的后面：北海那一片片美丽的海滩杂草丛生，中山先生心中的"南方第二大港"钦州港更是荒无人烟，昔日的军港——防城港依然保持着神秘。

　　"20年前钦州只是几个小渔村，村前是大海和一大片滩涂，走好几公里都看不到人，那时候老百姓年收入也不过一千多元。"六十多岁的钦州博物馆馆长李世川说起当年的北部湾，港口荒凉、老百姓生活困难是他最深刻的记忆。

　　1983年10月1日，正在欢度国庆节的防城老百姓忽然听到了来自港口方向的阵阵炮声，有的人第一反应是"又发生边境冲突了"。当人们带着忐忑与好奇的心情来到港口时才发现，防城港正举行开港典礼，那隆隆的

炮声正是庆祝的礼炮。中央政府也在这一天正式向全世界宣布：防城港对外开放。一座因为战争而兴建的港口从此告别了战火，成为北部湾最先闪耀光芒的明珠。

谢毅是防城港务集团有限公司副总经理，在防城港对外开放两年后来到防城港务局工作，"1983年开港的时候，防城港只有1号、2号两个泊位，前面就是0号泊位，当年抗美援越的军舰就是从这里起航的。"按照谢毅指引来到防城港的前身——0号泊位，四十多年前这里是"海上胡志明小道"的起点，当时在此忙碌的是一批批军人，往来于码头之间的是一艘艘军舰；40年后，0号泊位已成为供人观赏的历史遗迹，视线的远端是一座座高耸的龙门吊和穿梭于港口之间的大型货轮。

"防城港目前是我国西南部第一大港，现有万吨级至20万吨级的泊位22个，年实际吞吐能力已经超过了5000万吨。但这里是天然的深水良港，未来可以成为年吞吐量超亿吨的世界级大港。"谢毅说。

当防城全力进行港口建设的同时，距离防城仅六十多公里的钦州却依然"守着金饭碗，到处讨饭吃"。在北海、钦州、防城构成的广西沿海金三角中，钦州港是最贴近内陆的天然深水良港，这里发展腹地广阔、淡水资源丰富、受台风影响小，然而在防城港正式对外开放后的13年时间里，钦州却依然继续着"有海无港"的尴尬。

没有港口，钦州市的基础设施建设更是止步不前。1985年大学毕业后来到钦州的王文远怀揣着建设钦州的理想来到这里，但当时钦州的破旧让王文远有些无所适从，"当时钦州市区只有两条街道，五分钟就能转

完，从市区到海边根本没有路。"

在文学作品中，如钦州、防城、北海这样的边城似乎总带着遥远、荒凉、寂寞的意味，然而它们却有着共同发展优势——地理位置。钦州拥有86公里的海岸线，深水条件良好。既然有海，就做海的大文章。1992年在邓小平发表著名的南巡讲话后不久，钦州打响了建港的第一炮。"建港的第一炮用了888吨炸药，一下子就将入海口的礁石炸平了"，当时在现场观摩的李世川至今还记得钦州开港的盛况，"可以说，钦州人的这一炮不仅震动了整个北部湾，也震动了整个广西。"

"要富康，建大港"，这是钦州人多年的企盼。然而，要将没有电、没有路、淡水缺乏的小渔村建成一个现代化的港口，建设的难度可想而知，更让钦州人感到为难的是，1992年国家的对外开放政策向深圳等珠三角地区倾斜，钦州的港口建设未列入国家、广西壮族自治区的发展规划，无法获得资金和技术支持。当年的大学毕业生王文远现在已是钦州市发展改革委员会副主任，他告诉记者，现在看起来，钦州人当年决定建设大码头颇有一点破釜沉舟的味道，"建港之初，我们面临不仅是没路、没电、没水的困难，更主要的是没有设备、没有技术、没有资金，当时钦州人捐资捐物，自力更生，筹资建港。"

"人生在世，如遇极不难之事，何妨当难视之；如遇极难之事，且当不难视之。"这是钦州先贤、民族英雄刘永福告诫子孙的一句话，也是钦州人时时铭记践行着的一种精神。正是在这种精神的激励下，钦州人仅仅用了14个月时间便建成了两个万吨级码头，结束了钦州"有海无港"的历史。如今，钦州港已建成码头泊位36个，其中万吨级以上泊位15个，港口吞吐能力已达4000万吨。八十多年后，中山先生建设钦州大港的夙愿终于实现了。如今的钦州港"处处是工地"，每一个来到钦州的客商时刻都能感受到钦州人对发展的渴望、对未来的憧憬，而这种扑面而来的气息与1992年的深圳何其相似。

　　"目前广西规模最大的工业项目——投资达152亿元人民币的千万吨炼油厂正在建设中，建成投产后每年上交的利税将达40亿人民币，相当于现在钦州市全年财政收入的两倍多。"王文远说，地处北部湾中心位置的钦州未来将成为一座以石化、能源、造纸、冶金、粮油加工为主的临海工业城市。

　　昔日"海上胡志明小道"起点的防城港，如今已经成为中越边境经贸合作最为活跃的城市之一；"中国南方第二大港"钦州将建成华南重要的石化、能源等临海工业基地；曾作为"海上丝绸之路"起点的北海，业已成为中国与东盟"海上旅游黄金线"的始发点……

　　2008年1月16日，国家批准实施《广西北部湾经济区发展规划》，提出建设以广西南宁、钦州、防城和北海为主体的北部湾经济区。为了更好地整合三个港口的资源，发挥规模优势，防城港、钦州港、北海港三港将合并为"广西北部湾港"，北部湾的"三颗明珠"迎来了发展的新纪元。在中国沿海区域正在形成的"两角两湾两岸"（长三角与珠三角、北部湾与环渤海湾、海峡两岸）经济新格局中，广西北部湾经济区属于"后起之秀"，但却是"前景广阔的新一极"。

　　潮平岸阔帆正劲，风生水起北部湾。今天，不管你来到北部湾的哪一座城市，无论是站在钦州港的孙中山先生铜像下，还是站在防城港的"海上胡志明小道"起点，或是在北海的银滩上，映入你眼帘的不仅是港口建设的繁忙，更是北部湾人民的发展希望和将会写入历史的"北部湾速度"。

↑　千万吨炼油厂

民歌节
——广西走向世界的文化名片

　　每年金秋十月，南宁国际民歌艺术节总是以独特的亮点出现在世人的面前，以不断前进的民歌姿态和不断丰盈的艺术内涵，向世界呈上各民族文化的盛宴。十年来，她先后荣获全球节庆协会（IFEA）节庆行业奖综合最高奖、"中国最具国际影响力十大节庆活动"和"中国节庆产业十大魅力节庆奖"等荣誉。南宁国际民歌艺术节通过十年的打造，已经成为南宁的文化名片。

民歌节的由来

　　广西素有"歌海"盛誉，传说壮族的祖先是一棵会唱歌的大树，它唱了9999年，树上的每片叶子都会唱歌。叶子落到河里，水就会唱歌；飘在风中，风也会唱歌。所以吹山风饮河水的壮族人也爱唱歌。在广西的少数民族有一个赶歌圩的习俗，每逢歌圩，村村寨寨的男女老少都会穿上节日的盛装，亮开金嗓，你唱我和，以歌传情，以舞会友，整个壮乡大地，歌声飞扬，此起彼伏，热闹非凡。

　　1993年广西壮族自治区人民政府把广西民间歌圩提升为政府办的城市节庆，开始举办广西国际民歌节。当时由桂林、柳州、北海、梧州、南宁等五座城市轮流举办广西国际民歌节。在这之

后的几年，广西不断学习与借鉴国际城市办节的经验。1999年，广西壮族自治区人民政府将已举办六届的广西国际民歌节交由南宁市人民政府来承办，并正式更名为"南宁国际民歌艺术节"。南宁市文化局局长陈晓玲告诉记者："政府办这个节旨在'用文化搭台，经济唱戏'，扩大对外开放、招商引资，打造一张让南宁走向世界的名片。"

南宁是广西的首府，但人们知道更多的却是广西的桂林。由于工作需要，陈晓玲经常到外地参加文化交流活动，类似"南宁在哪里"这样的问题不知回答了多少遍。南宁没有知名度，不仅让南宁人感到尴尬，连外国人也跟着闹笑话：1997年南宁曾举办了一场国际举重邀请赛，参赛的韩国选手却误认为南宁就是南京，竟然坐飞机飞到南京去了。一座城市的发展首先需要知名度，而这正是南宁所欠缺的。南宁市政府意识到，主办"南宁国际民歌艺术节"对南宁来说是一个打造城市名片的好机遇。

打造城市名片

一场节庆活动成功包装一座城市，这在中国的城市发展史上是不多见的，但是南宁做到了。民歌节能够成为南宁的城市文化名片，是与创

↑ 南宁国际民歌艺术节

新和市场化运作密不可分的。作为南宁国际民歌艺术节的开幕式晚会，南宁在民歌艺术节的内容和形式上大胆地进行尝试。2002年南宁市政府成立了"大地飞歌文化传播有限公司"，开始探索走一条市场化发展路子：由南宁市市委书记和市长领导组委会，政府各相关部门参与配合，大地飞歌公司负责市场化运作，包括民歌节的资金筹措和演艺活动的策划经营，通过出售独家冠名权、专用指定权以及票务包销等方式，保障民歌艺术节筹办所需的费用。由于成功的市场运作，2003年民歌节首次实现收支平衡。"一般一个节会活动举办八九届后才会实现收支平衡，而南宁仅仅用四年时间就走完了这个过程。"南宁市文化局局长陈晓玲说。

依会办节是南宁国际民歌节的另一成功秘诀。2004年中国—东盟博览会永久落户南宁，南宁国际民歌节的主打品牌《风情东南亚》被指定为中国—东盟博览会的欢迎晚会，南宁国际民歌艺术节从此成为中国与东盟文化交流的大舞台。据说当时中国国务院总理温家宝提出把中国—东盟博览会放在广西南宁举办，部分东盟领导人是有疑议的，而正是看了南宁国际民歌艺术节

 民歌表演

的晚会后，十国领导人才完全同意让东盟国际博览会永远落在南宁。2006年晚会，一个小时二十分钟的晚会响起了九十多次掌声。十国领导人看完演出后，第一时间回电给温家宝总理，高度赞扬南宁国际民歌艺术节的成功举办。新加坡总理李光耀评价说，中国人一句话都不说就展示了中国的软实力。

作为国内唯一的国际性民歌节，南宁国际民歌艺术节在海内外拥有良好的声誉和广泛好评。2005年，英国BBC慕名而来，制作了专题片在国外播放。南宁市的工作人员出访欧洲，在荷兰航空上都看到了民歌节的专题片。2005年9月南宁国际民歌艺术节组委会会同奥地利国家电视台在欧洲音乐之都萨尔斯堡举办了一场名为《大地飞歌》的晚会，通过媒体向整个欧洲播放。这台极具民族风情的晚会浓缩了民歌节举办七年来的经典节目，赢得欧洲主流媒体的高度评价。

"2008年，我在北京参加一场活动时遇到了一位奥地利导演，虽然我们是第一次见面，但他说他知道我是来自那座唱民歌的城市——南宁。"南宁市文化局局长陈晓玲的另一个身份是"南宁国际民歌艺术节组委会艺术总监"，她说那一刻，最深刻的感受就是民歌节让南宁走出了国门。

↑　绚丽的南宁

民歌节唱来南宁发展的良机

南宁国际民歌艺术节作为一个文化产品，其本身所蕴藏的直接经济效益是有限的，但作为一个文化品牌，它所带来的经济效益和社会效益是无法用数字来估算的。

"过去我们常常讲'文化搭台，经济唱戏'，现在从民歌节的实践来看，文化不仅在搭台，也在唱戏，但文化唱的是小戏，经济唱的才是大戏"，作为文化平台的搭建者之一，陈晓玲过去十年来不仅为南宁打造了一张亮丽的城市名片，也在无形中创造了这座城市发展的新机缘，"过去的十年，是企业与民歌节共同成长的十年。"

每年"南宁国际民歌艺术节"期间，南宁都会邀请一些国内外客商，第一年了解南宁并进行考察，第二年进行项目签约，甚至开工建设，第三年竣工，这已形成一种惯例。陈晓玲介绍，自南宁国际民歌艺术节举办以来，在民歌节期间举行的贸易洽谈会规模越来越大，效果越来越好。1999年民歌节期间项目投资总额36.85亿元，2007年便增长到804.1亿元，8年间增长了20多倍。

2004年，已有强大影响力的民歌节与中国—东盟博览会同期举办，品牌的叠加发挥出"1+1>2"的效果，为南宁带来了更多的人流、物流和资金流，加快了南宁城

↑ 壮乡歌圩

市基础设施建设和旧城改造的步伐。1999年的时候，上星级的酒店只有五六家。截止2008年，上星级酒店已经有89个。以前一个星期才一百多个航班，现在一天就有一百多航班，一周的航班是八百多个。从数据的对比可以看出，南宁国际民歌艺术节带动了南宁旅游的发展。

　　"1999年举办第一届民歌节时想在南宁找一个能举办晚会的场所都找不着。"陈晓玲说，民歌节对城市基础设施建设提出了很高要求。从2002年起，一项旨在加快城市建设，强化城市管理，实现"一年小变化、三年中变化、六年大变化"的"136"工程在南宁全面展开。七年过去，南宁已被联合国人居署授予人居领域最高奖——"联合国人居奖"，从"天下民歌眷恋的地方"到"中国绿城"、"区域性国际城市"，南宁从未拥有过如此多的荣誉。翻开南宁的发展史，这座有着一百多年历史的城市也从未像今天这样与巨大发展机遇相拥而行。今天的南宁不仅有碧波粼粼的百顷南湖，花草相映的邕江堤园，鳞次栉比的琅东楼群，更有傍山临水的"民歌广场"与构思精巧的"南宁国际会展中心"……真可谓"半城绿树半城楼"。

↑　花园城市

民歌节举办的十年里，南宁人也在进行着一次次思想的解放，唤起对这座城市深切的归属感、荣誉感和责任感。

　　"南宁国际民歌艺术节的举办增强了南宁人民的自豪感，民歌节期间的志愿者每年都在万人以上，这些志愿者不要任何工钱，他们认为参加这个活动有一种荣誉感。"南宁市委党史研究室副主任刘家幸说，南宁的百姓认为不一定要到会场上去为你做什么事，把地扫干净一点都是一种参与。

　　南宁国际民歌艺术节是南宁人的宝。南宁人对民歌节还有远大的目标：要加大培育和开发南宁国际民歌艺术节的品牌，开展立体化的项目开发和资金运作，让民歌节文化产业链与不同产业链嫁接在一起，让这个产业链更加长，而南宁也借着国际民歌艺术节的魅力，向世界揭开发展的面纱。

↑　南宁城市建设进入快车道

改革开放中的中国少数民族自治区　|　广西　|

191

采访手记

感受和谐

说到广西,人们会提到它的山、它的水以及生活在那的少数民族。广西是个少数民族大省,每个少数民族都有自己的万般风情。我们《跨越》广西采访组从北部湾畔到桂北的壮乡瑶寨,从友谊关到昆仑关,沿途领略到广西的山山水水,品尝到侗族的酸鱼、畅饮壮家自酿的糯米水酒,听山歌、看邕剧,吃到新鲜得让我偷笑的海鲜……因为广西人的智慧,这些民族、民俗的东西都被很好的保存与传承,同时,广西人的勤劳奋斗也使得今天的广西出现日新月异、翻天覆地的变化。采访中,我捕捉到这样一个讯息:这美好的一切都是因为广西有着和谐的生产、投资、生活环境。

民族团结是广西给我最大的感受。广西壮族自治区民委副主任周健介绍说,广西少数民族没有特定的族群宗教,他们的信仰原则是"娱神娱人"。广西少数民族与汉族的风俗习惯既有区别又相互通融。一个家庭里可以有好几个少数民族:父亲是壮族、妻子是瑶族、媳妇是仫佬族。实际上,像这样民族团结的例子在广西各地都可以找到。采访期间,宜州市文体局副局长滕萍告诉记者,每次她下乡到一些村屯,当地各族群众会拿出平时自己都舍不得吃的佳肴来招待他们。同样,我们采访刘三姐家乡歌王的时候,他们早早就准备好了自家种的水果、自制玉米粥、咸菜

↑ 民族和谐　　↑↑ 邕剧

等当地的特色食品招待我们。在这些少数民族地区，不仅一个村、一个屯，村与村、屯与屯之间群众关系十分融洽，广西各族人民与接壤的周边省（区）的群众关系也都十分融洽。在南宁市开展的城市名片评选活动中，绝大多数人都为南宁人民的"包容"精神投上了宝贵的一票。这让我深深体会到广西各族人民之间的深厚情谊，体会到广西各族人民的纯朴与可爱。

在广西，和谐还有另外一个很好的佐证，那就是越来越多的人开始喜欢到广西来淘金和投资了，其中包括很多台湾商人。台商培养当地的少数民族同胞做职业经理人，提供就业机会，甚至出钱修路，资助环保项目。这不仅得益于广西良好的区位优势、资源优势，也得益于当前广西坚实的发展基础和良好的发展环境，除此之外，我想和谐的社会关系也是一个重要原因吧。

短短的采访行程看不够广西惊人的发展，听不完发展中的"跨越"故事，广西的山山水水引领我们探寻故事背后的理念，一方水土养一方人，勤劳智慧的广西人在这方水土上开拓着，创造着，它就是广西美丽富饶的源泉。

刘圆曦

行走广西

行走广西是一种很独特的体验，因为这里不仅有冠绝天下的风景，还有醉人的民风民俗，更重要的是作为一名记者，我亲眼见到了八桂大地人对发展的渴望和建设广西的豪情。采访的行程虽然只有短短的两个星期的时间，但足以给自己的记者生涯添上浓墨重彩的一笔。

对广西的采访重点主要集中在经济、文化和民族团结三个方面。十几天来，记者团一行下工厂、访农户、走深山、进农田，深入了解北部湾经济区、边境贸易、桂林旅游、民族文化传承、台资企业的发展情况等。

　　"发展"是记者在广西的采访中听到最多的词语。由于历史的原因，广西过去很长一段时间里一直处于战争的前沿，发展的脚步迟缓。改革开放后，作为五个少数民族自治区中唯一一个既沿边又靠海的地区，广西充分发挥其区位优势，走上了经济发展的快车道。无论是南宁、钦州、防城港，还是在桂林、宜州、凭祥蒲寨，热火朝天的工地是山水之外一道迷人的风景，那不仅是广西经济腾飞的平台，也是当地群众幸福生活的希望。

　　"八山一水一分田" 是广西的基本地貌，特殊的地理环境造就了美丽的山水和悠久的民俗文化，哺育着纯朴、善良的广西人。在宜州采访时遇到了谢庆良、何现光两位"广西歌王"，他们虽有"歌王"之称，但与大陆普通的农民没有任何不同之处，不过当他们的歌声响起之时，我总会产生一丝恍惚，那如天籁般的声音居然是从如此普通的农民口中唱出，强烈的反差造成的心灵震颤无法用言语描述。采访结束后，两位纯朴的农民歌王邀请我们在家里吃玉米粥和自家腌制的小菜。告别时，他们还从自家的树上摘了很多龙眼送与我们，握手、拥抱、挥手告别，走上车时，我的眼睛里噙满了泪水。

　　"天下风景，尽在广西"。行在广西，你必须擦亮眼睛，调动所有储藏的形容词来迎接它的美丽。

　　广西首府南宁，这是一座被绿色环绕的城市。长久以来，我固执地认为一座城市如果有了水和绿色，便有了灵性，而南宁恰好符合我的想象。伴着南湖的风、邕江的水行走在夜晚的南宁，悠扬的山歌、青青绿草、蛙鼓蝉鸣，乡村才会拥有的宁静和谐就这样融入都市的繁华中，让人不由地

↑　歌王谢庆良（左）、何现光（右）

对南宁产生眷恋。

桂林，"景在城中、城在景中"，漓江风情、阳朔西街、《印象·刘三姐》、龙脊梯田……每一处的风景都足以让你匆忙的脚步停住。那些醉人的风景中不仅有天公造物的神奇，还有中国旅游产业发展的缩影。

行走于广西的山水之间，我常常想，该用怎样的语言才能写尽这片土地的美丽，照片，文字，还是声音？也许，所有诉诸于形的想象都抵不过一次行走的真切：尝一尝地道的小吃，听一听纯正的山歌，看一看"甲天下"的山水，广西便会在不经意间触动你心底的柔软。

采访的每一天，也是与广西激情碰撞的每一天。14天里，我用手中的纸笔、话筒、镜头记录下了广西发展的瞬间；在四千多公里的路程上，我将自己的情感和心灵留在了八桂大地上，那里令人心动的风景、辽远的山歌和一个个鲜活的人物都将成为难以抹去的回忆。

再见，我的广西！

邹志伟

↑ 碧水绕南宁

一程山水一程歌

这是我第一次来到广西，忍不住惊叹上天的鬼斧神工，把广西刻画得犹如一幅山水画，更禁不住钦佩我们的祖先，世代耕耘在广西，创造了多民族交融的浪漫风情。悠久的历史，深厚的人文底蕴，让广西人也显得特别美。

一路走来，感受最深的就是山水真美！广西的山没有黄山的巍峨，也没有泰山的雄伟，却奇特又充满想象，饱含着小家碧玉的俊秀清雅，散发着一种秀气。它们当中的翘楚非甲天下的桂林山水莫属。

"百里漓江，百里画廊"，乘着游船顺流而下，"舟行碧波上，人在画中游"的意境让我倍感惬意。山水间，回荡着壮家姑娘银铃般的笑声，壮家阿妹鲜艳的身影好像跃动在山水间的精灵，让桂林的山、漓江的水显得那样的灵动。

广西的城市美，但它们的美却是各有特点。南宁的美充满着现代气息，桂林的美展现着造化的神奇，东兴的美渗透着浓浓的边关风情，钦州和防城港的美则洋溢着澎湃的激情。它

们美在迷人的风光里都浸透了历史的厚重：桂林苍老的"唐城"古南门，斑驳的古城墙依稀地透露出盛唐的繁华；青山丛中的碑林，记录着千百年来迁客骚人的情怀，书写着他们恢宏的理想；昆仑关滔滔的松声，仿佛是冲锋陷阵的战士在摇旗呐喊；雄伟的友谊关，那一块块斑驳的城砖让人感受历史的沧桑；风情万种的阳朔西街，充满了异国情调，东方的含蓄与西方的奔放在这里完美融合……

一方山水养育一方人。广西的山水灵气，养育的壮乡儿女胜过山水美。两千多年来，广西一直都是中原文化和岭南文化的交融之处，壮乡的儿女从小熏陶在深厚的多元文化氛围中，让他们外在秀美却不失内在聪颖，胸襟开阔而又热情奔放。记得在桂林有一位导游阿妹，我们都亲切地称呼她"李狗肉"（桂林话中"狗肉"是朋友的意思）。"李狗肉"是一位很标致的壮家阿妹，中等身材，白白的皮肤，俊俏的脸蛋，弯弯的眉毛下面一双眼睛水灵灵的，富有磁性的声音听起来很甜美，解说的每一个手势都让人感觉到壮乡的热情。还有宜州的"歌王"谢庆良，这位年过六旬的农家老人，在村头唱着山歌迎接记者们的到来，热情的迎宾歌让我们旅途的疲劳消失得无影无踪，香甜的玉米粥、可口的腌萝卜都让我感受到壮家乡亲的质朴和热情。

半个月的时间一晃而过，采访结束回到福州我仍然沉醉在美丽的广西之行。翻阅着相机里的照片，每一张照片都是一个甜美的回忆。回味着一路的欢声笑语，喜悦和兴奋爬满了心头，我很庆幸来到了广西，品味了广西迷人的山水风光，体会了广西多姿多彩的民族风情；可是我突然又有一种失落，很遗憾我不是生长在广西，即使百般依恋不舍，却还是要离开这片迷人的地方，也不能把广西的山水、迷人的民族风情和天籁般的歌声带走。

易绍杰

↑ 桂林市全貌

　　宁夏回族自治区成立于1958年10月25日，是祖国大陆最大的回族聚居区。地处祖国西北、黄河中上游，总面积6.64万平方公里，海拔1090米至2900米。这里既有边塞风光的雄浑，又有江南景色的秀丽，素有"塞上江南、回族之乡"的美誉。宁夏共有48个民族，总人口617.69万，其中回族人口222.04万，占自治区总人口的35.95%，占全国回族人口的1/5，是信仰伊斯兰教的群众比较集中的地区。另外有满族、蒙古族、东乡族等46个散居少数民族，人口4.7万，占自治区总人口的0.76%。

宁夏回族自治区

跨越

塞上好江南

宁夏回族自治区成立于1958年10月25日，是祖国大陆最大的回族聚居区。地处祖国西北、黄河中上游，总面积6.64万平方公里，海拔1090米至2900米。这里既有边塞风光的雄浑，又有江南景色的秀丽，素有"塞上江南、回族之乡"的美誉。宁夏共有48个民族，总人口617.69万，其中回族人口222.04万，占自治区总人口的35.95%，占全国回族人口的1/5，是信仰伊斯兰教的群众比较集中的地区。另外有满族、蒙古族、东乡族等46个散居少数民族，人口4.7万，占自治区总人口的0.76%。

天下黄河富宁夏

宁夏居黄河上游，北倚贺兰山，南凭六盘山，黄河纵贯北部全境。历史上宁夏曾是东西部交通贸易的重要通道，作为黄河流经的地区，这里有着古老悠久的黄河文明，是中华文明的发祥地之一。早在三万年前，宁夏就已有了人类生息的痕迹。春秋战国时期，是羌、戎和匈奴等民族聚居地之一。秦代在此设北地郡，秦始皇曾派兵屯垦，开创了引黄灌溉的历史。汉代袭秦制，宁夏仍属北地郡，后又属朔方刺史部。唐属关内道管辖，在

灵州（今灵武县）设大都督府和朔方节度使。安史之乱，唐肃宗便在灵州即位。1036年，党项族首领元昊在宁夏建立大夏国，历史上称为西夏。西夏以兴庆府（今银川市）为国都，后为成吉思汗所灭。元朝在此置宁夏路，于是始有"宁夏"之称。明又改宁夏府，后改宁夏卫，属陕西布政使司。清代复设宁夏府。民国初年改为朔方道。1928年成立宁夏省。1949年9月3日宁夏解放。1954年10月，宁夏省建制撤消并入甘肃省。1958年10月25日，宁夏回族自治区成立。

宁夏地处黄土高原与内蒙古高原的过渡地带，地势南高北低。从地貌类型看，南部以流水侵蚀的黄土地貌为主，中部和北部以干旱剥蚀、风蚀地貌为主，是内蒙古高原的一部分。境内有较为高峻的山地和广泛分布的丘陵，也有由于地层断陷又经黄河冲积而成的冲积平原，还有台地和沙丘。

有人这样形容：黄河是宁夏的血脉，贺兰山、六盘山是宁夏的灵魂。自天上而来的黄河之水，流经中卫出现了"大漠孤烟，长河落日"的诗意画面，自此黄河开始进入宁夏，然后由南向北潇洒走过，最后在宁夏北部石嘴山出境，流程397公里，它给宁夏带来了丰富的水源。黄河在宁夏一改往日的暴躁脾气，水势平缓，水面宽阔。这里地势平坦，风光秀美，稻香鱼肥，银川平原成为宁夏最富庶的地区，素有"天下黄河富宁夏"的美称。两千多年来经劳动人民的辛勤开发，这里早已是渠道纵横、阡陌相连的"塞上江

南"。西北部的贺兰山和位于陕甘宁边界的六盘山，就像两个忠实的卫士，用巍峨的身躯，削弱了西北寒风的侵袭，阻挡了腾格里沙漠流沙的东移，保护着宁夏的沧海桑田和世代生息。首府银川市犹如镶嵌在黄河玉带上的一颗璀璨明珠，是辐射内蒙古西部、陕西北部、甘肃东部的区域化中心城市；以银川为龙头，一个新兴的沿黄河城市带（群）正在崛起。

宁夏具有丰富的光热、土地、水和矿产资源。耕地总面积达1650万亩，人均占有量居全国第三位，引黄自流灌溉690万亩，是全国四大自流灌溉区和12个商品粮生产基地之一，是国务院确定的现代农业、旱作节水农业、生态农业"三大示范区"。国家分配宁夏年可利用黄河水达40亿立方米，通过水权转换，为工业发展创造了广阔的用水空间。宁夏已探明矿产50多种，以丰值度衡量，人均自然资源潜值为全国平均值的163.5%，居全国第五；煤炭探明储量全国第六，具有分布广、品种全、煤质好、埋藏

↑ 贺兰山下的银川市全景

浅等特点，且构造简单，易于开采，主要有贺兰山煤田、香山煤田、宁南煤田和宁东煤田等四大煤田。汝箕沟矿区出产的太西煤是中国最好的无烟煤，也是世界上最优质的无烟煤之一，被誉为太西乌金。宁夏人均产煤第三，人均发电量全国第一。宁东地区是宁夏的优势集中区，宁东煤田探明储量273亿吨，远景储量1300亿吨，是全国13个亿吨级煤炭基地之一，宁东煤电化基地是国务院确定的国家级煤炭基地、煤化工产业基地、"西电东送"火电基地和循环经济示范区，规划到2020年总投资将达到3000亿元，形成1.3亿吨煤炭、1700万千瓦发电装机、2000万吨煤化工产品的综合生产能力，实现增加值1200亿元以上。除煤炭外，宁夏石膏储量居中国首位，且分布广，矿床厚，便于机械开采，主要产地有中卫县

甘塘、小红山、同心县贺家口子等。此外，还有水泥石灰岩、玻璃石英砂岩、粘土、芒硝、重晶石、燧石、硅石、石油、铜、铁、磷、盐等矿产资源。宁夏回族自治区物产丰富，土特产品很多，其中枸杞、甘草、贺兰石、滩羊二毛皮、发菜最为有名，被称为红黄蓝白黑宁夏五宝。

　　神奇的宁夏，既有雄浑的大漠风光，更有塞上江南新天府的美景，既有神秘的西夏历史渊源，更有浓郁的回乡风情、醇厚的黄河文化，"两山一河"（贺兰山、六盘山、黄河）、"两沙一陵"（沙湖、沙坡头、西夏王陵）、"两堡一城"（将台堡、镇北堡、古长城）、"两文一景"（西夏文化、回族伊斯兰文化、塞上江南景观）星罗棋布，交相辉映，岳飞《满江红》等不朽诗篇使这方神奇的土地蜚声四海，已经成为祖国西部独具特色的旅游目的地。

塞上江南米粮川

在宁夏流传着这样一首民谣："宁夏川，两头尖，东靠黄河，西靠贺兰山，年年种田水浇地，到头没有吃和穿。"而如今，过上了富足幸福生活的百姓把它改变成了"宁夏川，两头尖，东靠黄河，西靠贺兰山，南边站着六盘山，年种年收水浇田，天下黄河富宁夏，塞上江南米粮川。"

宁夏回族自治区成立以来，特别是改革开放以来，经济发展突飞猛进。经济总量实现了突破性跨越。自治区生产总值由1958年的3.29亿元，增长到2008年的1098.5亿元，增长了约333倍。2009年宁夏全区财政总收入完成213.6亿元，比上年增长19.61%。税收收入总量和增收额均取得历史性突破，尤其是税收收入实现较快增长，全年税收收入186.6亿元，同比增长18.4%，比全国平均增幅高出9.3个百分点，增幅在全国排名第六。

50年前的宁夏基本上没有工业，而今已经建立起了以能源、化工、新材料、装备制造和农副产品加工为基础的现代工业体系，产业结构实现了由农业主导型向工业主导型的转变。

城乡面貌发生了历史性巨变。宁夏坚持城市化同工业化、市场化、信息化、国际化相结合，大力实施区域中心城市带动战略，带动区域经

↑ 塞上江南

济发展。已实现了乡乡通柏油路、通宽带，村村通公路、通广播电视、通电话，户户通电。城乡居民生产生活环境得到了极大改善。在黄河流经宁夏397公里的河道上，已建成10座公路大桥，桥梁密度居黄河、长江流经省份之冠。宁夏公路通车里程由1958年的2686公里增加到现在的21008公里，实现了所有市县1小时内上高速，高速公路每万人拥有1.62公里，是全国唯一每万人超过1公里的省（区）。铁路运营里程达到783公里。

人民生活水平大幅度提高。50多年来，宁夏在回族聚居的南部山区先后建成了10余个扶贫扬黄工程，将黄河水引向旱塬，解决了70多万人的饮水问题，开发水浇地160多万亩，建成了全国最大的少数民族生态移民区。2009年，治理水土流失1020平方公里，耕地连续22年保持净增长。同时，随着教育、科技、文化、卫生等社会事业的全面发展，关系各族群众切身利益的就业、社保、居住、就学、就医等实际问题得到了有效的解决。

人与自然关系进一步和谐。"十五"期间，宁夏新增灌溉面积70万

亩，在全国率先以省（区）为单位实施节水型社会建设。实施退耕还林、退牧还草、三北防护林等重点生态工程和"六个百万亩"生态林业工程，森林覆盖率达到9.84%，成为全国第一个"人进沙退"的省（区），退耕还林人均面积位列全国第一。贺兰山东麓百万亩生态经济型防护林体系、引黄灌区百万亩防护林体系、中部干旱带百万亩红枣经济带等六大工程因所处的地理位置大致组成了四条绿化带，被称为"四大绿色长城"，2009年，"六个百万亩"生态林业建设步伐加快，新增造林170万亩。

10年间，宁夏特色经济林成为农民增收和区域经济发展的新亮点。特色经济林总面积由88万亩发展到370.9万亩，其中枸杞、葡萄、苹果、红枣等种植面积数倍增长，温棚水果面积达到6万亩，宁夏的林业及相关产业产值达到90亿元，已占宁夏GDP的十分之一。

宁夏林业生态建设对促进农业生产和改善人居环境、社会稳定都发挥了重要作用。银川市城市建成区绿化覆盖率、绿地率和人均公园绿地面积分别达到40.05%、38.82%和10.05平方米，为银川市成为全国十大"新天府"之一创造了条件。

↑ 沙坡头风光

宁夏具有民族团结的光荣传统。自治区成立之初，全国各地各族人民响应号召支援宁夏，一大批各民族的领导干部、工程技术人员、教师、医生、文艺工作者和知识青年纷纷奔赴宁夏，带来了先进技术和文化知识，帮助宁夏办起了大学，开发了煤田，建起了电站。国家还从内地迁来一批企业，结束了宁夏没有工业的历史。北京、天津、大连等地的100多家企业还为自治区代培了4800多名技术工人。如今，这批各民族的"支宁人"虽已早生华发，但他们用青春和汗水培育了一朵朵民族团结之花，结出了一颗颗民族和谐之果。

回族等少数民族也特别珍惜与汉族和其他民族的团结，十分尊重和关心帮助建设宁夏的各族兄弟姐妹。汉族群众向回族群众教授农业耕作技术，回族群众向汉族群众传授本民族的经商之道。每逢回族群众的开斋节、古尔邦节时，汉族兄弟都前来贺节；每逢汉族群众的春节等节日，回族兄弟前往祝贺。汉族群众逐渐喜欢吃清真餐，回族群众更加重视文化教育。

多年来，自治区高度重视和加强民族地区法制建设，先后颁布实施了《宁夏回族自治区殡葬管理暂行规定》、《宁夏回族自治区关于尊重少数民族风俗习惯的规定》、《宁夏回族自治区清真食品管理条例》、

↑ 民族大团结

《宁夏回族自治区民族教育条例》等诸多地方法规、条例，为民族团结进步事业提供了法律保障。

多年来，自治区把培养、选拔和使用少数民族干部作为贯彻落实民族区域自治制度的一项重要内容，通过培训、进修、交流、挂职等多种途径和方式，加强对少数民族干部的培养教育。经过多年的培养教育，相当一部分少数民族干部现已成长为各级领导干部和业务骨干，民族干部已成为自治区促进发展、维护民族团结的重要力量。截至2008年底，自治区少数民族干部总人数比1958年前增长了11倍多，4万多名回族干部和回族科技、教育、文化、卫生方面的人才成为各行各业的骨干力量。自治区各级党政机关共有少数民族干部9080人，占干部总数的24.75%，比1958年增长了8个百分点。

充分尊重少数民族的风俗习惯，依法保护少数民族的合法权益。在回族聚居地区建立回族公墓，开斋节、古尔邦节期间，自治区各族干部职工均放假一天，各级党政领导干部深入清真寺和民族宗教代表人士家中进行慰问。特别是将清真食品管理纳入食品安全管理体系，层层建立健全了民族、工商、食品安全等有关部门联动的清真食品协调监督管理机制，依法加强清真食品管理，坚决查处生产经营假冒清真食品的违法行为，有效净化清真食品市场，确保广大群众吃上放心的清真食品。目前，自治区222.04万回族人口中，平均500多人拥有一座清真寺，加之遍布各地的9000多家清真食品生产经营单位和清真商业网点，满足了回族群众日常生活和宗教生活的需要。

↑ 回族群众过传统宗教生活

50年来，宁夏自治区坚持"小省区办大文化"，不断打造以回族优秀文化为主体的多元文化。举办了"第六届中国西部民歌（花儿）歌会"和首届中国（宁夏）回族舞蹈、回族服饰展演活动，组织参加了三届全国少数民族文艺会演。实施文化精品工程，创编了《盛世回乡》等一批优秀剧目，回族歌舞剧《花儿》登上了北京奥运会的大舞台，《月上贺兰》成为继回族舞剧《曼苏尔》之后的又一精品力作。拍摄了《同心》、《中国回族》等优秀影片和电视专题片。出版发行的大型画册《宁夏回族》成为世人了解回族优秀文化的精品之作。《回族典藏全书》填补了我国没有系统的回族汉文古籍的空白。《回族研究》成为中国民族学类中文核心期刊和人文社会科学核心期刊。回族器乐及其民俗、回族服饰、回族山花儿等8个项目列入国家级非物质文化遗产保护名录。建立了10个少数民族文化联系点，成为传承、弘扬和发展少数民族优秀传统文化的重要基地和窗口。

民族教育稳步推进。宁夏先后投资3.2亿元，实施了"百所回民中小学标准化建设工程"。在首府银川市新建六盘山高级中学和宁夏育才学校，集中一流教学条件，面向全国招聘优秀教师，免费向南部山区招收优秀的初中毕业生，回族聚居的南部山区的学生享受到优质教育资源。

民族传统体育得到传承发展。宁夏连续举办了六届自治区民族运动会，组团参加了第二至第八届全国民族运动会并取得了优异的成绩。广泛开展民族体育进校园活动，精选踏脚舞、回族武术等项目，在自治区回民中小学推广。建立了10个少数民族传统体育

↑ 民族教育事业蓬勃发展　　↑↑ 绚烂多彩的回族歌舞

项目训练基地，发挥教育、科研和示范作用，促进少数民族优秀传统体育项目传承发展。

医疗卫生条件不断改善。宁夏建立了覆盖城乡的疾病预防控制和救治体系，新型农村合作医疗制度实现了全覆盖，卫生服务水平有了明显改善和提高。

51载岁月见证了宁夏日新月异的巨大变化，从1958年宁夏结束不通火车的历史，到如今高速电力列车奔驰在轨道上；从旧砖石搭建的银川图书馆到镶嵌着玻璃幕墙的宁夏图书馆；从骑毛驴走亲戚到出租车招手停；从两层楼高的人民影院，到全国连锁的万达影城……跨越式发展更惠及百姓生活，610多万回汉各族人民共同见证着。宁夏从历史中走来，各族人民在民族区域自治制度的成功实践中，取得了伟大成就，一个民族团结、经济发展、环境优美、社会和谐、百姓幸福的宁夏正在成长。

↑ 银川城市景观

隆德，在文化土壤中萌发生机

　　巍巍六盘山绵延200公里，是中国古代丝绸之路经过的地方，也因为毛泽东那首脍炙人口的《清平乐·六盘山》而名扬中外，诗中"不到长城非好汉"的雄浑气魄至今犹在。按采访计划，"跨越"采访组一行五人朝着六盘山下的固原进发，本是冲着"回汉一家亲"的单家集村而去，但当我们来到六盘山脚下时，却意外收获了一个惊喜——隆德。

　　宁夏回族自治区固原市的隆德县位于自治区最南端，地处六盘山麓西边，全县人口18万，回族人口占10%，是宁夏人口密度最大、气温最低、海拔最高的县。在人们的印象中，隆德是被"西海固"这一代表贫瘠落后、不适宜生存发展的名词所覆盖，殊不知从北宋开始就已存在的隆德奇才辈出，拥有醇厚久远的文化底蕴，更为今天文化产业的发展奠定了坚实的基础。

　　在整个宁夏回族自治区，甚至在整个中国，隆德都具有无法复制的民俗文化厚土，各类国家级"非物质文化遗产"在这里生根发芽、茁壮成长。1991年隆德县荣获"中国现代民间绘画之乡"、2000年荣获"全国先进文化县"、2008年荣获"中国书法之乡"等称号，隆德也是中国西部地区第一个被授予荣誉的县级书画之乡。在2008年，宁夏回族自治区公布的第一批非物质文化遗产代表名录的31项内容中，隆德县更是以8个项目的优势排在宁夏回族自治区首位。

　　走进隆德县，无论是城里还是乡下，浓厚的民俗文化氛围无时无刻不在深深感染着你。将这浓郁文化氛围集中体现出来的是位于隆德县城中心的"六盘山文化城"，它是隆德民俗文化展示的舞台，更是打造民俗文化产业的主要载体。

2009年4月9日，"六盘山文化城"正式投入使用，由民间注资2000万元，建筑面积13000平方米，可以容纳以经营民间民俗文化产品为主的商家130多户，也为该县创造了2000多个就业岗位。在文化城中心街道两侧的两层店铺都以中国传统建筑的飞檐翘角作为装饰，风格古韵十足。在这里，你能找到泥塑、书法、篆刻、砖雕、农民画、剪纸、刺绣等民间艺术，做工精美、创意新颖的作品令人目不暇接。随手推开任意一间店铺的大门，热情的店主总会主动迎上前来招呼你参观，当然，他们不是要极力向你推销商品，而是让你有机会走进他们的艺术天地。

王生贵是隆德县一名普通的中学语文教师，利用空闲时间钻研剪纸艺术，是他教书以外的全部生活。我们到达隆德时刚好是暑假，王老师正在店里忙着向几位陕西客人介绍他的剪纸作品。王老师指着店里的一幅一米半见方的"孔子圣贤图"笑称，自己用的是"王氏剪纸法"，那就是在原生态"剪"的基础上，又增加了"刻"纸的创新内容。据他回忆，自己的母亲曾是剪纸高手，小时候的他就是跟着母亲学剪纸的。但是由于学业繁忙以及工作等原因，直到2005年他才有时间从事专门创作。王生贵原来只是零散地剪一些农民生活需要的剪纸画，像喜字、寿字、花草等，在渐渐的摸索中他发现，大家很推崇原生态的作品，是沿袭民间风俗的需要。"仅从文化需求的角度来说，作为收藏品的剪纸已经不单单是原生态能满足的，人们在此基础上已经开始追求艺术创意的附加值。"王生贵说。

隆德县对剪纸传统艺术非常重视，经常在县城里举办

短期培训班，每期的学员基本都在100人左右，王生贵就在业余时间担任剪纸培训班的老师。其实，像他这样对剪纸工艺情有独钟的民间艺人在隆德还有很多。在六盘山文化城的"魏氏砖雕店"，我们见到了"魏氏砖雕"的第四代传人卜文俊，也见到了他精湛的砖雕作品，中国传统建筑图案龙凤、喜鹊、貔貅活灵活现地出现在一块块砖坯上。卜文俊那双手的指甲已经被磨平，手上也布满老茧，他说，"这是为艺术献身呢"，然后憨憨地笑起来。卜文俊是"魏氏砖雕"第三代传人魏世祥老人的女婿，1982年，他与魏世祥的女儿结婚后就开始跟随魏老先生学习民间砖雕。现在，"魏氏砖雕"已经被列入"宁夏非物质文化遗产保护名录"。备受人们喜爱的砖雕作品不仅给人们带来了艺术享受，更为卜文俊一家带来了富裕的生活。朴实的卜文俊认真地说："2009年订货的人很多，光银川就订下来一百多件，其他地方还要一千多件，保守估计2009年下半年的订单收益将有四万元。"

家家有手艺，户户好生计。祖祖辈辈流传下来的民间工艺在今天的隆德依然红火，这似乎总能让人联想起男耕女织的桃源诗画。57岁的张红梅把刺绣店开在"六盘山文化城"，一进她的店里你就能看见一整面墙的个人介绍。而这份个人介绍中那句"刺绣工艺品可向喜欢刺绣的爱好者展出，以合适的价格出售"质朴得让人会心一笑。

人们通常认为，有了经济基础才能谈得上文化发展，可是在隆德这条规律并不适用。民俗文化在隆德蓬勃发展的同时带动了文化产业的兴起，随之出现更多的就业岗位。"六盘山文化城"的每一间店铺都能在开业伊始就享受到当地政府的租金补贴，也就是说，只要店主每个月交齐所消耗的水电费就可以了，其他的费用一概不收。隆德县副县长柳发荣认为，隆德文化是传统意义上的游牧民族文化，南边是历史悠久的中原文化，六盘山麓就是两种文化相交汇的地方，对文化的继承和发展都起到了一定的积极作用。"隆德县大力加强在政策上的扶持力度，并专门对民间艺人出台一些优惠政策，将来要把'发展文化'定位为'发展文化经济'，在'六盘山文化城'所销售出去的文化产品，获得的收益也等于是隆德在经济上得到的发展。"

文化传承不仅要为文化产业的发展服务，更是一个民族不可丢弃、延续传承的符号。在"六盘山文化城"还有很多书画学习班，那里聚集了隆德县大批的中小学生。十几个画室间间爆满，小班的孩子学习用干树叶制作图画，大班的孩子学习素描、水彩、国画和书法。在其中的一间画室，我认识了一位叫李睿鹰的小男孩，显然，他更专注于他面前的静物几何体，所以当我问他姓名年龄时，他略微思考一下才回答。在隆德，有大批像李睿鹰这样热爱书画的孩子，他们小到三四岁，大到二十多岁。画室里一位叫马玮的美术老师对我们说，他们周末也有开班，这样有更多的时间可以用来培养孩子的绘画兴趣，这间画室里最小的孩子只有四岁。马老师说："文化应该从娃娃抓起，因为文化可以植入人的心灵，尤其是在幼小的心灵埋下一颗艺术的种子，长大之后就是一棵艺术的大树……"

也许，在这群孩子心中，只是单纯寄居了一个爱好书画的梦想，他们小小的心灵还不能领悟到自己身上传承着的中华文化血脉，可是谁又能否认，这被寄予了希望的幼苗正在这片文化的土壤中萌发生长呢！

如果你对中国传统手工艺很感兴趣的话，那么你在"六盘山文化城"转几圈都会觉得意犹未尽；如果你只是想单纯地去见识一下，那么这里也会让你觉得妙趣横生。于是，心中那个关于"他们对民俗文化、民间手工艺为何如此专注"的疑问也会逐渐消失。当你走进"六盘山文化城"的时候，浓郁的文化气息和文化氛围就会告诉你答案，那里的执著正是源自六盘山脚下的这块文化沃土。

盛世兴文化。隆德县是中国古丝绸之路上重要的途径地点之一，自古以来文化底蕴深厚，既有千古秀峰，又有巍巍屹立的六盘山，还有左公柳、石窟寺、北联池、清凉寺等两百多处宝贵的文化遗迹。另外，丰富多彩的民俗文化和绘画、剪纸、刺绣、泥塑等民间艺术无声地滋润着隆德的文化土壤，更为隆德的全面发展带来了新的生机与活力！

在灿若星河的中国民歌里，"花儿"以其嘹亮高亢、粗犷豪放的特点独树一帜，成为西北地区具有标志意义的音乐形式之一。它主要分布在宁夏、青海、甘肃等地，在很多民族间广为流传。在宁夏回族自治区，人们演唱的花儿又被称作"干花儿"或"山花儿"，是回族人用来歌唱生活、歌唱爱情的特有方式。作为宁夏回族自治区民族民间音乐的一部分，当你置身在宁夏盘山的羊肠小道上，或偶遇拔草打场的劳作场景，亦或是农家小院的炕头上，你总能听到或男或女、或双或单、或领或合的"花儿"歌声。

已经80岁高龄的回族老人张明星是宁夏回族自治区固原市原州区张易镇阎关村的普通农民，2008年他被授予国家级"非物质文化遗产传承人"的称号。

2009年7月一个风和日丽的上午，在张明星家的小场院，他接受了记者的采访。灰色中山装、白色小帽、满面红光、精神矍铄的张明星老人坐在记者面前，兴致勃勃地回忆起自己演唱"花儿"和创作"花儿"的经历。

七岁时，张明星跟着村里的一名木匠开始学唱"花儿"，那时候年幼的他就是为好玩，天生嗓音嘹亮、乐感十足的他越唱越好，不想这一学一唱就是一辈子。1964年10月，时年24岁的张明星和另外17位来自宁夏的优秀花儿演唱者一起代表宁夏参加了"全国少数民族群众业余艺术团"在北京举行的观摩演

↑ 资历最老的"花儿"传人张明星

出，并受到了周恩来总理的亲切接见。那张集体大合影至今还摆在张明星家最显眼的位置，他指着相片里年轻的自己，感叹着岁月的流逝。其实，这位外表看起来精神矍铄的老人患有很严重的肺气肿，一年四季，气候无常，他经常会犯病，却从没耽误过"花儿"的创作和教学。2008年的"四川汶川特大地震"和"北京奥运会"时，他都创作了"花儿"作品，借用"花儿"这种音乐形式抒怀。张明星一直希望"花儿"能突破传统，增加创新元素，紧跟时代脉搏。说着，老人把厚厚的一叠稿纸小心翼翼地拿了出来，上面工工整整地写着一首首由他创作的"花儿"作品，还包括几经整理的传统"花儿"。他说，在有生之年要尽可能多地把宁夏优秀的"花儿"记录下来。为了能帮老人更好地保存下这些作品，记者用相机记录了每一页的手写歌词。看着上面一行行工整的字迹，面对老人在音乐上的认真与执著，记者突然有一种莫名的感动。

张明星自小学习"花儿"，工作后在固原市文化馆专门从事音乐相关工作，当然他不是在自娱自乐，他要将这一传统继承和发扬下去。张明星说，在退休后的十几年间，他继续收集整理了大量散落在民间的"花儿"，并随时把这些歌教唱给身边的晚辈。"要想传承就要先学调调，学会了教学也方便。要有会记谱的人，你唱着他把谱

子记下来，再给别人教。"

如同他的名字一样，张明星是远近闻名的"明星"，乡里乡亲喜欢听他唱歌也喜欢跟他学歌，尤其是在他被授予宁夏乃至国家级的"非物质文化遗产传承人"后，村里的百姓似乎对"花儿"有了新的认识。在采访张明星的过程中，他家的庭院不知不觉聚拢来了几十位街坊邻里，包括一些小孩子，他们专注倾听的神情让人心里感到阵阵温暖。

在宁夏首批"非物质文化遗产传承人"名单中，张明星是资历最老的"花儿"艺术家，不少与他同龄的"花儿"演唱者都已相继辞世，不过，"花儿"并未因人走而艺绝，在这份传承人名单中，我们欣喜地发现了很多"中生代"的名字，马学辉就是其中之一。

马学辉学习"花儿"的经历跟张明星老人有几分相似，他饶有兴致地回忆："小时候特别爱听'花儿'，就跟着学跟着唱，从来都没有停。现在，有时候和朋友在一块喝茶聊天，高兴了我就唱一段'花儿'，他们感觉很好听。"

从工作岗位上刚刚退休的马学辉现在担任"阿伊莎民间艺术团"的团长，主要担负团里的演出管理和教学任务。"阿伊莎民间艺术团"设在中华回乡文化园内，马学辉每天除了带领艺术团在文化园表演回族歌舞外，还要参与很多重要的文艺活动，更重要的是，他还要把"花儿"的传承工作坚持下去。

要把传统的"花儿"艺术传承发扬，马学辉选择了多种的实践方法："花儿"走大众路线，将"花儿"普及进课堂，政府提供政策扶持和资金支持，营造良好的社会氛围等等。"原汁原味的原生态'花儿'，现在新创作改编的，还有方言的表演唱、快板，都是属于宁夏的'土'的民间东西。要发挥传帮带的作用，让孩子们学会，传承下去。这两年在政府的支持下，'花儿'的传承有一定的进展，一方面通过录音的手段把它记录下来，另外

↑ 中生代"花儿"传人马学辉

以艺术团的形式关注'花儿'文化。"马学辉充满期待地说。

说到 "花儿"的未来，马学辉的眼神中有喜悦也有忧虑，喜的是政府重视、民间认同；忧的是资金不足、在年轻人中的影响力不强。在"阿伊莎民间艺术团"里一共有二十几位演员，他们都是跟随马学辉学习音乐的学生，这些从固原山区精挑细选的具有一定音乐素养的孩子，年龄都在20岁左右，让这些年轻人喜欢上传统的"花儿"可不是件容易的事，但是马学辉一直坚信时间可以改变一切。

马学辉的自信来自于学习"花儿"的年轻人身上。不到20岁的马佩瑶仅仅跟着马学辉学习"花儿"几个月的时间，就从心底爱上了这门艺术。然而，刚学"花儿"的时候，马佩瑶的心里也有抵触情绪，"刚开始我不喜欢，我们都很年轻，都喜欢流行歌曲，喜欢现代舞蹈，一下子接受不了。"正如马学辉说的，民族的东西、传统的东西所散发出来的魅力是潜移默化的，是需要时间的。慢慢地，马佩瑶开始爱上了"花儿"演唱，"我们是回族，'花儿'是我们回族的音乐，是属于我们自己的。唱'花儿'的时候，我就觉得我和明星一样，他唱他们的，我唱我的。"来自同心县的马佩瑶是大山里长大的孩子，浑然天成的淳朴与乡野气息正是演唱原汁原味"花儿"所需要的先天优势。她觉得爱听流行歌曲是因为崇拜偶像明星，而"花儿"不同，那是属于回族自己的文化。马佩瑶自从加入到"阿伊莎民间艺术团"后就坚持每天早晨5点30分起床练习舞蹈唱歌直到深夜，很忙碌也很辛苦，但是她觉得内心是充实的。离开固原老家后，她还和以前的同学朋友保持着联系，同学们对她的举动有点不理解，一副好嗓子怎么去唱"土里土气"的歌呢？对此，马佩瑶不想去争辩，也不想过多解释，

↑↑ "花儿"新秀马佩瑶　　　　↑ "花儿"表演

因为在她心中"花儿"是生活里最真实的歌唱，是纯净心灵的表达，它有时胜过了任何语言，"那是我们回族的故事，我们用'花儿'把它唱给大家听，我很自豪，我有信心把它传承下去。"

宁夏音乐家协会主席何继英曾说过，打造以"花儿"为特征的宁夏音乐品牌，在保留传承民族民间音乐，弘扬民族文化的基础上要有所创新。歌词要能够紧跟时代步伐，曲调在不改变原味的基础上要有所调整。由于回族处于"大分散小集中"的居住状态，宁夏川区与山区的地方方言也有很大差别，宁夏"花儿"要有浓郁的地方色彩和民族性就要从"原生态""花儿"中提炼音乐元素，通过创新，提高表现力、感染力和品位。

在宁夏中卫市的沙坡头，艄公划桨，羊皮筏子将一批批游客从黄河的这一头摆渡到那一头，不经意间，艄公豪情满怀的歌声从黄河水面上顺风飘过。他们唱着"青杨青柳红牡丹，宁夏川是米粮川。你这个姑娘好打扮，脸儿活像个白牡丹，花样鞋你穿得太端……"

从80岁的张明星到"中生代"的马学辉，再到20岁的马佩瑶，老中青三代人，从他们眼中，我们总能读出一份执著的"花儿"情结。在走乡串户的路上，在山间牧羊的鞭梢，在田野劳作的地头，一曲曲、一段段的"花儿"，那样陶醉，那样动听，代代相传的"花儿"在塞上散发魅力，芬芳永驻！

↑ "花儿"艺术进课堂　　　　　　　　↑ 黄河边上唱"花儿"

为"非遗"撑起一片蔚蓝的天空

"非物质文化遗产"是全球文化热点。2003年中国签署了"国际非物质文化遗产保护公约"后，它便在有着五千年灿烂文明的中华大地掀起前所未有的浪潮。

宁夏，位于中国古代"丝绸之路"途径的要地，历史上曾是东西部交通贸易的重要通道，作为黄河流经的地区，这里同样拥有古老悠久的黄河文明。多种文化作用下而产生的"非物质文化遗产"具有鲜明的地域特色。宁夏地域虽不辽阔，但在漫长的历史长河中，也涌现出了许多精彩纷呈、雅俗共赏的民族民间艺术，它们和百姓的生活相依相伴。然而，最令人担忧的是，民间老艺人年纪的增长，使得这些艺术形式后继乏人，如果不及时抢救，这些极其珍贵的民间文化资源将会消失殆尽。

2005年，宁夏开始启动寻找"非物质文化遗产"传承人的工作，并在2006年成立了"宁夏非物质文化遗产传承保护中心"，隶属宁夏文化馆。为了将文化馆一直进行的民族民间文化指导、抢救和保护工作更有针对性地继续下去，"非遗保护中心"应运而生。他们的保护工作到底是怎么进行的呢？该中心主任、宁夏回族自治区文化馆馆长靳宗伟向我们介绍说，"我们有个理念，'所知'和'所有'。所知，就是艺术事项，'非物质文化遗产'的所有项目，我们要建立大量的信息表格，包括姓名，住在哪

↑ 回族民间乐器非物质文化遗产传承人

个村，掌握什么技艺，技艺的特点，联系方式等。就是除了文稿还有图片、录音、视频、实物，要把这些全部做齐，这可不止一年的时间。对'非遗'的普查工作是没有时间限制的，永远是动态，永远是往下走的。"保护中心目前进行的主要工作仍旧是保护与普查并行。

在已经公布的宁夏首批"非遗"名单中，包括回族民间乐器、回族"花儿"、皮影、民间绘画、刺绣、泥塑、汤瓶八珍、回医正骨等内容，共25位传承人。按照"非物质文化遗产"的保护原则，抢救是第一，尤其是濒危现象，包括宁夏的"山花儿"、回族乐器、回族服饰、回族女红。其次，要扶持民间艺人，帮助他们完成民间艺术的传承。再有，要完成民间艺术的教学，让孩子们对传统艺术有所熟悉。如何能把这些艺术、技艺完整地保留延续下去，是保护中心的工作人员面临的又一问题。单靠政府帮助和扶持是远远不够的，于是让文化与市场对接成了新的有益尝试。靳宗伟分析说，这是"从补血到造血"的转折，"目前我们在银川建成了'非物质文化遗产孵化基地'，将有形产品通过专家鉴定来确定其市场价值，用制作、包装、销售一条龙的生产形成价值回报，这样就避免了'非遗'产品成为民间艺人自娱自乐的产物。从社会认同的角度看，这也是对'非遗'价值的一种市场肯定。"

但是，人们也开始担心市场化经营会破坏了"非遗"的原生态和传统性，到底如何能在两者之间找到合适的平衡点呢？宁夏回族自治区文化厅副厅长陶雨芳告诉记者："先弄清楚普查的工作，有多少民间艺术家，并把他们的生活状况弄清楚，什么样的人需要我们什么样的帮助。然后让他意识到技艺的重要性，以完成普查保护的工作。第三个工作是传承，我们把老艺术家集中起来，到各个学校去做教育性的传承。当然，很多人在考虑下一步产业化的问题，剪纸剪好了，可以卖钱可以生存，那是下一步的事情。现在要做的是培训，把技艺传下来，最后一步才是产业化的问题。'非遗'保护，一定是普查、保护、传承、生产性保护，也就是产业化。"

"生产性保护"，陶雨芳副厅长的这一言警醒了许多梦中人。然而，"非遗"传承与保护毕竟是一个复杂艰难的系统工程。思路有了，"如何做"依旧困扰着人们。一向以勇于"吃螃蟹"著称的著名作家张贤亮，又一次进行了大胆的尝试。在他看来，"非物质文化遗产"是一个民族的文化基因，绝不能丢掉，"如果我们把民族的非物质文化丧失了，我们在世界就没有地位了，就没有自己的东西了，必须要保存下来，这些文化基因才是我们现在能够创新的基础。收集这些非物质文化，不仅仅是我这一代，几代都做不完的事情，它之所以可贵是因为在世界上就是我们中国的名片，就是民族的符号，在这个基础上创新才能让我们立于民族之林。要让中国的非物质文化发扬光大必须承认无形资产，我们宁夏有好多捏泥人的，他不会做大，泥塑就是非物质文化的一种，如果他做大，必须接受别人的投资，雇工人、买设备，但是不承认他的技艺、艺术是无形资产的话，他在新组成的经济实体中没有股份，他就变成打工者，他情愿家庭式的小作坊，自己挣自己的。这样，我们的非物质文化怎么会弘扬出去呢？必须要首先承认这些非物质文化拥有者的无形资产，而且无形资产要占股份。"陶雨芳非常赞同这样的观点，"对于一个民间老艺人来讲，他有自己的技术含量，可以以技术入股，这

是我们下一步的计划目标。"

正是基于张贤亮对于中国非物质文化的传承与保护的关注和思考，"镇北堡华夏西部影视城"已经被国务院和文化部授予"国家级非物质文化遗产代表作名录项目保护性开发综合试验基地"。2009年是影视城的"非物质文化年"，在我们熟悉的电影场景中，我们能看到拉洋片、捏泥人、剪纸

等几十项民间艺术，充满着浓郁的乡土气息，展示着"非遗"顽强的生命力和独特的艺术风采。

有一种形象的说法，"非遗"保护是和时间在赛跑，很多老艺人身体状况欠佳，他们所有的技艺也面临失传的危险。安宇歌，宁夏首批"非物质文化遗产"传承人，被誉为"口弦皇后"的她从小跟着母亲学习口弦演奏，她同时也是非物质文化遗产保护中心

↑ "口弦"皇后安宇歌

的工作人员。采访她时，我们能感受到她对传统文化保护的关切与责任，"作为一种传统文化能穿过历史长河保存到今天，起码不能从我这一代或者下一代中断掉，有时候是很难保护住的，我们的决心是一直希望它保存下去，既然通过历史这么长的时间都保留下来了，我们就没有任何理由让它失掉。"

在宁夏首批25位"非遗"传承人中，50岁的安宇歌算是比较年轻的传承人，而大部分的"非遗"传承人年事已高。祖祖辈辈都生活在农村的靳守恭老人已经70岁了，以工笔农民画见长，他把农村的生活场景、劳作场景都绘成画作，色彩丰富，笔法细腻，曾以56个民族的人物肖像画系列作品而备受画坛关注。如果说音乐是流淌在人心灵的一条清澈小河，绘画则是在人心灵天空泼洒出的绚烂色彩。随着年龄的增长，画工笔画的靳守恭老人将面临视力下降的挑战，但是在他心中农民画仍是他的最爱，"从功能来说，就是把我们农村原有的东西，比如劳动的场景，记录下来，作为一种传统的东西保留下来。再有，就是对新的生活进行创作，在创作中自己摆脱不了这些土的东西"。

艺术源于生活，有陶冶情操、塑造精神的社会价值。"非物质文化遗产"在继承中华优秀传统基础上被赋予了更深刻的教育意义。高台社火，是"国家级非物质文化遗产"，在西北一带广为流传。正月里，走在城乡的街道

↑ 清新淳朴的农民画

上，人们总能看到身着戏装、画着脸谱、做好造型的表演者被固定在高高的架子上，再由人抬着走，这就是高台社火，是人们祈求来年风调雨顺的民间祈福活动。没有舞台，没有台词和唱腔，高台社火全凭一张脸谱来表现人物性格。苏维童老人是宁夏社火脸谱创作者，他用自己的方式对社火的社会意义作了一番描述，"戏剧舞台表演需要有唱词、情节、道具，社火不唱，就凭装饰和脸上的刻画，它的原始性和直观性是非常强的，这是社火脸谱画技上的一大特色，它用的颜料不是油彩。社火到的时候，人见面互相作揖，互相问好，表示友好，它能净化人的心灵，能升华人的精神素养，和谐人际关系。"

近年来，宁夏农民在物质生活逐步富裕的同时，积极参与农村文化活动，公共文化设施的建设规模空前，艺术创作演出取得瞩目成绩，公共文化服务能力全面提升，文化活动也在乡村遍地开花。另外，政策支持也使得文化建设后劲十足。宁夏回族自治区政府部门先后出台了《关于推动文化大发展大繁荣的意见》和《关于进一步深化文化体制改革的意见》，《文物保护条例》和《非物质文化遗产保护条例》，并将文化建设专项经费在原来的基础上每年再增加1000万元。

从政府到民间，从官员到百姓，对"非遗"保护认识上的统一是前提，而已经展开的行动是对保护有序进行的关键。在宁夏，正是那一片为"非遗"撑起的蔚蓝天空，才让这块土地上呈现的文化样式那么绚烂、明亮。

↑　农民画家靳守恭和他的作品

昔日戈壁荒漠　今朝绿洲家园

　　提起宁夏，人们首先会想到西夏王朝、伊斯兰文化、枸杞、红旗漫卷的六盘山、《大话西游》的拍摄地——镇北堡西部影视城……当然还有干旱。

　　如果用颜色来标识形似枣核的宁夏回族自治区，它的上部与下部一定是绿色，那里有"塞上湖城"银川和宁夏"绿岛"六盘山；而它的中部一定是黄色，戈壁荒滩横无际涯，清代名臣左宗棠途经此地也忍不住长叹一声"苦瘠甲于天下"。这片黄色的中心位置便是红寺堡。

　　十年前，如果你问红寺堡的确切方位，土生土长的宁夏人也未必能说得明白，这个连地图都未标识的地名代表的可能是一片荒漠，也可能是贫穷；十年后的今天，如果你再问这个相同的问题，人们会告诉你多种答案：它是中国最大的扶贫项目，它是西部大开发的扶贫样本，它是沙漠中的绿洲……

在宁夏中部的漫漫荒漠中，红寺堡这抹绿色固执而顽强地生长着，而这抹绿色如油彩滴在纸上，缓慢而坚定地"吞噬"着它周围的黄色。在宁夏采访期间，记者走进了这抹绿色。

错落有致的楼房，掩映在绿色当中的村庄，畅通的公路和繁茂的绿树，映入眼帘的红寺堡如此美丽，流经全城的黄河水，让这个中国最大的生态移民新城处处生机盎然。也许是看多了关于宁夏干旱少水的报道，在记者的脑海中，这里还是"一年一场风，从春刮到冬，天上无鸟飞，风吹砂石跑"的不毛之地。当红寺堡这座荒漠中的绿城出现在眼前时，记者首先想知道的便是它是怎样由"黄"变"绿"的。

要让荒漠变成绿洲，缺少水是不可想象的。1996年，红寺堡开始修建水利设施，将黄河水引入这片荒漠中。"扬黄引水渠系统"于2002年建设完成，工程包含五级主干渠、九个水泵站为红寺堡40万亩农田以及20万人的饮水提供保障。新庄集泵站是红寺堡扬黄工程中的一部分，站长王伟介绍了这个泵站的主要作用："新庄集泵站有五

台机组，这里是扬黄工程的支干渠，它可以满足18万亩土地的灌溉，但这主要是扶贫工程，不赚钱，国家有补贴，支持红寺堡开发。"

先引黄河水，再迁新移民，国家扶贫攻坚计划1998年在红寺堡启动。移民扶贫十年来，国家出资补贴，先后从南部山区七县及中宁县贫困地区移民将近二十万人。不同地域、不同民族、不同风俗习惯的人生活在一起，使移民文化、荒漠文化、回族文化等多文化在这里融合。

家住宁夏南部山区的兰凤秀是红寺堡的第一批移民，1998年冬天举家搬迁到红寺堡。刚刚到红寺堡，兰凤秀的心就凉了半截，站在定居点向四周望去，除了荒漠还是荒漠，仅有的建筑物是新盖好的学校。"刚来的时候不是很习惯，这里全是沙漠，没有树，没有鸟。我就把老家的鸽子带过来养。"兰凤秀说。

一切从零开始。在政府帮助下，兰凤秀和其他移民一起向荒原发起挑战，他们平田整地、发展生产。一年后，黄河水就引到了兰凤秀家的田里。"在老家是靠天吃饭，没有水，吃水都得从十几里外拉来吃，一车水二十多元钱。在这边，国家把水引到这个地方，有水有草加上政府扶持，就能致富。"兰凤秀的话语中透着中国农民特有的朴实，在他的心中，有了水就有了一切。

水引来了，庄稼长起来了，兰凤秀的钱包也鼓起来了。十年间他先后三次盖新房，而且盖得一次比一次好："第一代房子是18平方米；第二代房是2003年盖的，40平方米；两年后又盖了第三代房，78平方米，花了四万多元钱，都是我自己从养殖业上干出来的。"

现在，兰凤秀把第一代房子改成了牛羊的圈舍，把第二代房子改成了厨房和仓库，自己和老伴住在新盖好的房子里。大儿子开着自家买的铲车在工地干活收入不少，小儿子也在前年考上了大学。兰凤秀说，如果当初没有移民政策，哪可能有这么好的教育条件。兰凤秀的大儿子则说，现在的教育条件比自己当年读书时好多了："红寺堡这里上学比较方便，在老家，家里离学校有十几里路，早早骑车去，中午只能吃干粮。在这边，课间十分钟都可以回来吃饭。"

　　兰凤秀家的变化是十年来红寺堡开发区发展变化的一个缩影。十年的时间，红寺堡移民完成了从求生存到求致富的转变。红寺堡开发区宣传部副部长赵志强说，十年中红寺堡的发展也是在摸索中前进的，发展思路几经调整："红寺堡开发区今年是建区十周年，在上世纪90年代国家'八七扶贫计划'中启动的一个工程。当时的水利部部长钱正英到宁夏考察，觉得这个地方平坦，黄河水能扬上来，有利于开发。刚开始定名为'一二三六'工程，按计划搬迁100万移民，开发200万亩土地，投资30亿元，用六年的时间完成。后来实际考察得出，不能搬迁那么多人，也开发不出那么多土地。开发思路几经调整，最后定名为'宁夏扶贫扬黄灌溉工程'，红寺堡就是它的主战场。现在，我们又提出'三二一一'工程，计划用五年的时间发展30万亩葡萄，20万亩的经果林，10万亩设施农业，10万头黄牛。"

　　从"一二三六"到"三二一一"的发展目标变化，是红寺堡人打造移民家园的有益尝试。十年间发展目标有所变化，开发区的领导也是换了一茬又一茬，而始终没有改变的是建设绿色红寺堡的战略思路与坚定行动。

　　为了一片青山绿水，为了一个绿色的梦想，红寺堡开发区成立之初，就把改善脆弱的生态环境作为一项战略举措来抓，大力种草种树，退耕还林还草，围栏封育，封山造林。红寺堡已经累计完成人工造林125万亩，植被覆盖率达到39%，如今红寺堡的大多数乡镇和村庄已掩映在绿色当中。赵志强说："开发之初这里荒芜人烟，一年一场风从春刮到冬。如今经过移民干部群众的共同努力，我们的树林防护网已经建立

　　↑　兰凤秀住宅的三次变迁　　　　　　　　↑　兰凤秀夫妇和他们的新家

起来了，我们的骨干林带也已经起来了，这个地方因为有了树，环境就逐渐好转了。所以，现在你看红寺堡到处都是绿树，生态环境也好了。"

短短十年间，亘古荒原上发生了翻天覆地的巨变，一片充满生机和活力的绿洲在荒漠上崛起。所有的变化和奇迹都和20万生活在这片土地上的人们紧密相连，是他们用双手建起了自己的美好家园。现任红寺堡开发区扬黄办副主任的杨文昌，开发区成立之初就来到红寺堡，是这里的第一批创业者，回想十年来走过的历程，一件件往事历历在目："1998年我过来的时候，这里当时到处是沙漠，一个沙丘接一个沙丘，只有一条砂石路，车一过就尘土飞扬。我当时主要做移民搬迁工作，主要是在这个地方搞农田配套。我们先是建学校，学校建好后，工作人员住到学校里，然后搬迁移民，等移民来了，学生有了，教师也调来了，这个点的建设就基本结束了，我们就去下一点，又是先建学校，我们再到学校办公。"

回顾十年来的工作，杨文昌感到十分欣慰，因为这十年，红寺堡的荒漠已经变成绿洲，而这一变化也有自己的一份心血："当时苦累没有办法说，在红寺堡的时候，几次遇到大风天气，这个时候我们吃不上饭，烧一盆水，面放在里面，在火上一滚，就拿出来吃，等锅盖一揭，里面全部是沙子。经过这十年的发展，我们把这个地方的沙漠变成绿洲了，沙漠变成高粱地。回过头来看一点都不后悔，我们付出了也得到了，回汉民族能过上幸福生活，感觉到心里很高兴。"

在历史上，曾是人烟稀少、被沙丘和荒漠覆盖的红寺堡，如今已经成为中国最大的生态移民开发区。2009年，红寺堡完成了它的移民使命，20万将是红寺堡永远定格的数字，但红寺堡发展建设的脚步却不会停歇，荒漠绿洲还将延续美好家园的幸福生活。

今昔镇北堡

作为中国五个少数民族自治区之一的宁夏回族自治区，地处黄河上游，和陕西、甘肃、内蒙古相邻。厚重悠远的黄河文化、特色鲜明的回族文化、神秘古老的西夏文化，奠定了宁夏深厚的文化底蕴。如今，因为有了张贤亮和他的"镇北堡华夏西部影视城"，这里又孕育出独具特色的中国西部影视文化。

中国电影从这里走向世界

这是一座被誉为"中华一绝"的独特城堡，每天吸引着全世界四千多人的慕名到来。对这个地名有些人可能还会感觉陌生，但谈起《牧马人》、《红高粱》、《大话西游》、《新龙门客栈》、《刺陵》等脍炙人口的电影，回忆起电影中那一堵堵黄土墙，那一片红红的高粱地，那旗杆上迎风招展的酒旗，那屋檐下红得耀眼的辣椒，再对照眼前的场景，你感觉是那样的似曾相识。"镇北堡华夏西部影视城"就是这些电影的重要外景地。这些电影为中国各个时代的影迷们所津津乐道，其中苍凉古朴的西部风貌和坚韧豪

放的人文气息都给人留下了深刻印象。

　　"镇北堡西部影城"位于贺兰山脚下，距宁夏回族自治区首府银川市仅35公里。镇北堡影视城基于一座明代古堡修建而成，影视城1993年成立以来，凭借着它特有的雄浑、苍凉、悲壮、衰而不败的景象，吸引了不计其数的游客和电影人。这里摄制影片之多、升起明星之多、获得国际国内影视大奖之多，皆为中国各地影视城之冠，被誉为"中国一绝"，"中国电影从这里走向世界"的标语成了它当之无愧的写照。

　　镇北堡之所以能够成为宁夏回族自治区最成功的文化产业，自然离不开它的的主人——张贤亮，当年正是他的独具慧眼，使这片原本荒芜的土地成为影视界炙手可热的福地。

　　张贤亮曾经有过华丽的家世，在"伤痕"岁月中度过22年的光景。他将深刻的反思凝聚成了《灵与肉》、《绿化树》、《男人的一半是女人》等一系列备受关注的文学作品。他是著名的作家，曾任宁夏文联主席；他还是成功的商人，在改革开放的经商大潮中激流勇进，成为了"中国作家

↑　荒凉是镇北堡的一大"卖点"

中的首富"。如今的他，最引以为傲的便是这镇北堡的主人身份。1961年，尚在农场劳改的张贤亮发现了它，并在80年代初期将它介绍给了影视界；1993年，他正式扎根创办影视城，终于使其变废为宝、大放异彩。现在，身为"镇北堡西部影视城"董事长的张贤亮，早就资产过亿，但仍然在这个创造电影奇迹的地方抒写自己的传奇。

张贤亮称自己是有文化远见的，他还清晰记得初到镇北堡时所见到的残旧景象："最初我到这里时，这附近什么都没有，连一条路，甚至一棵树、一根电线杆都没有，满目荒凉，一片旷野。然而，在这当中耸立的这片废墟依旧雄伟高大。尤其是在阳光的照射下，它的颜色散发出金碧辉煌的感觉。那时，我的直觉告诉我，这里在银幕和摄影上都具有很高的审美价值。"于是，就是张贤亮这样一位"伯乐"，靠着自己的慧眼，发现并培养了镇北堡这匹独一无二的"千里马"。这匹"千里马"不负众望，先后载着《牧马人》、《红高粱》、《黄河谣》等一系列出色的中国电影走向世界，得到了世人的肯定。

从电影到"非遗"的华丽转身

随着科技的进步，电影拍摄的实地取景逐渐被高科技制作手段所替代。上个世纪90年代初期，美国大片开始进口，它们的很多特效、场景

都由电脑制作，是影视城无法提供的。电影电视在拍摄技术、画面构成上都在向高科技发展。张贤亮意识到了这将成为未来电影制作的趋势，以后愿意拉着大队人马到影视城拍摄的人会越来越少。若不转型，镇北堡很有可能将再一次变成孤堡！

面临发展危机，张贤亮从容自信。他说，要想企业可持续发展，必须要有思路。"而我的思路就是那些正在消失的东西或者已经消失的东西，它们是最珍贵的。"张贤亮所指的正是他一直以来积极保护的非物质文化遗产。因为在他看来，非物质文化遗产是一个民族的文化基因，绝不能丢掉。谈起非物质文化遗产，张贤亮滔滔不绝，"非物质文化是中国立足世界的名片，是民族的符号，是我们现在能够创新的基础。如果我们把民族的非物质文化丢掉，我们在世界上就没有地位，就没有自己的东西。保护非物质文化遗产，不仅仅是我这一代人，是几代人都做不完的事情！"言语中洋溢的民族情感和文化责任感令人动容。

2004年下半年，"镇北堡西部影视城"开始由单一的影视拍摄基地逐渐向中国古代北方小镇转型。期间，张贤亮把跑遍全国才搜集到的明

↑ 影视城内景

清时代的古旧家具都装进了影视城，把形形色色的快要消逝的非物质文化遗产引进了影视城，免费为"非遗"项目提供场所，对于一些经济效益差的或没有经济效益的项目加以扶持，每天给艺人40到50元的工资，为影视城注入新的血液的同时，有效的保护传承了非物质文化遗产。如今，镇北堡里处处可见"非遗"的踪影，"非遗"项目多达三十多种。在张艺谋给巩俐说戏的院子里，有北方农村常见的擀毡；在标志建筑"百花堂"内，有着几千年历史的"斗鸡"重现擂台……打铁、捏泥人、剪纸等"非遗"展示同样也让游客流连忘返。这些拍电影时用过的场景和道具生动再现了祖辈们的生产生活方式，游客在参观、体验之余也增长了历史、文化知识。

　　基于对保护传承"非遗"事业的关心，张贤亮在荒凉的地貌和残留的古堡中进行文化包装、诠释艺术内涵，在他的影视城将"非遗"这种无形的资产转化为有形资产，创造出"北方小镇"这一独特的文化产业，形成效益，扩大影响，把这里的非物质文化遗产推向全国，推向世界。正是基于张贤亮对于中国非物质文化传承与保护的关注和思考，"镇北堡华夏西部影视城"已经被宁夏定为首家"国家级非物质文化遗产代表作名录项目保护性开发综合试验基地"。

　　张贤亮的成功早已传为佳话。从"荒凉古堡"到"影视名城"，再到"北方小镇"，他化腐朽为神奇，在这里把中国的电影、中国的非物质文化遗产一一推向世界。"两座废墟经艺术加工变瑰宝，一片荒凉有文化装点成奇观。"镇北堡的电影展示厅门口的这副对联，不正是它神奇变身的最佳写照吗？

↑　影视城也是一座民俗文化博物馆

无悔的选择 不懈的追求
——访宁夏大学回族研究院院长马宗保

马宗保，回族，宁夏大学回族研究院院长，他领军的这个研究院是我国高校中唯一专门从事回族学研究的教学科研机构，也是宁夏回族自治区首个人文社会科学重点研究基地。马宗保于2003年入选"宁夏自治区新世纪313人才工程"（宁夏新世纪学术技术带头人），2006年入选教育部"新世纪优秀人才支持计划"。

2009年7月一个晴朗的上午，在宁夏大学的一所教师公寓里，我们采访了这位回族学者。一走进他家客厅，首先映入眼帘是一个苍劲有力的"马"字，下面还有八个小字"千里之行，始于足下"。刚过不惑之年的马宗保态度谦和，笑声爽朗，给人一种平易近人的感觉。

采访话题是从由宁夏大学回族研究院承建的宁夏大学回族历史与文化展馆展开的。马宗保介绍说，宁夏大学回族历史与文化展馆是全国第一家集研究、馆藏、展览为一体的专业性回族历史与文化展馆。展馆的第一部分展示的是回族的历史文化以及回族对伟大祖国的历史贡献，主要通过历史人物来展现回族的历史。第二部分展示的是回族民俗文化，在长期的历史中，回族把伊斯兰文化与儒家文化兼容并蓄，形成了一种有中国特色的复合型文化。正因为如此，回族对中华文化具有很强的认同感。第三部分展示的是宁夏的民族区域制度，通过宁夏回族自治区成立50年的发展历程来展示党和国家的民族平等团结政

↑ 马宗保院长

策，以及回族在民族区域自治制度保障下取得的成就。

回族是一个英才辈出的民族，历史上诞生了许多对中华民族影响深远的爱国英才，如明代伟大的航海家郑和、明代著名清官海瑞、明代著名思想家李贽、在清末甲午战争中以身殉国的爱国将领左宝贵、抗日民族英雄马本斋等。新中国成立以来，各行各业中更是涌现出了一大批回族精英，如史学大师白寿彝、著名京剧表演艺术家马连良、一代名记者穆青、著名物理有机化学家蒋锡夔、为我国第一颗原子弹爆炸作出突出贡献的同位素分离专家刘广均等等。

对于历史上回族为什么能够英才辈出这个问题，马宗保说："回族是一个善于学习的民族，再加上兼容并蓄的文化、积极进取的精神和爱国主义传统，是造就回族英才辈出的主要原因。"他进一步阐释说，第一，回汉民族交错居住，回族文化受到汉文化的影响。回族的教育有两种教育模式：一是像汉族一样接受中国传统的教育，读书入仕，报效国家，服务社会；另外一种就是经堂教育，培养服务于本民族宗教信仰和文化传承的经学人才。而汉文化非常发达，文化底蕴非常深厚，汉文化的影响直接促进了回族发展进步。第二，汉语言的使用。语言是思维的工具、交流的媒介。使用汉语言不仅能够更直接地了解中国传统文化，而且可以更快吸收大量以汉语的形式翻译过来的国外先进的科学文化知识。第三，回族本身是一个富有进取精神的民族，而且崇尚儒学。唐宋时期，回族的先民中就已经有人考中进士，而且唐宋元明清，历代都有回族成员进士及第。据有的学者统计，明清两代，回族人参加科举考试进士及第者约有二百人。在古代社会，考取进士须通"四书""五经"，明时务，要有很渊博的知识。这反映回族勤劳智慧、善于学习、积极进取的民族传统和特质。

如今，这种优秀的民族传统在一代又一代人身上流传着，而这种特质也在马宗保的身上完好地展现着。马宗保于上个世纪60年代末出生在宁夏海原县，那里是宁夏干旱、自然灾害频发的地区，在

艰苦环境长大的他于1986年考入中央民族大学民族学系，也正是从这个时候开始，马宗保觉得自己作为一位学习了民族学专业的回族知识分子，应该用自己所学的知识来研究和思考这个民族。马宗保说："我是党的民族平等团结政策、民族区域自治政策的受益者。也许是出身于少数民族的缘故，所以对民族学非常感兴趣。"

这是一种作为少数民族知识分子的责任感和使命感。马宗保说，在学术上他主要关注两个方面，一个是民族关系问题，就是民族之间如何才能更好地和睦相处以及在同一个民族的内部如何才能更加团结。另外一个就是发展的问题。

作为一名学者，马宗保对于民族团结问题的关注体现出更多历史的观照和文化的包容。马宗保说，地理分布上的特点，决定了回族与汉族和其他少数民族密不可分的关系。汉族是我国的主体民族，人口最多，分布广泛，当少数民族分布也很广的时候，汉族与少数民族之间就形成了地缘上交错居住的民族格局。而回族在我国分布也相当广，与汉族和其他少数民族交错而居，由此形成了很密切的关系。这也增进了各民族之间相互学习、相互了解，增强了中华民族的凝聚力。

几年前，经过多方面的调查研究，马宗保出版了专著《多元一体格局中的回汉民族关系》，这本著作被誉为"中国民族关系研究领域令人欣喜的新成果"，书中许多观点被学术同行广泛引用，提出的一些建议被政府相关部门借鉴采纳。长期从事回族历史文化研究的知名学者、宁夏社会科学院名誉院长杨怀中认为："该书的出版对于增进回汉民族的相互沟通和理解、增强回汉民族团结，引导各民族干部、群众正确对待和处理民族关系问题有较强指导意义。"

各民族之间的团结很重要，同一个民族内部的团结同样十分重要。由于回族是信仰伊斯兰教的民族，而伊斯兰教中教派林立，如何进一步增强不同教派的包容性，促进不同教派之间的团结，从而使一个地区更加稳定、更加和谐并为发展创造条件，这些都是马宗保思索的问题，为此他不断地调查研究。2004年，他主编了《伊斯兰教在西海固》，就促进教派和睦提出了许多宝贵的建议。这些建议得到了有关方

↑　中央人民政府赠送宁夏回族自治区的民族团结宝鼎

面的重视，后来转化为一些具体政策，对促进民族团结起到了积极作用。

或许正是基于对民族团结问题有如此深刻的研究，马宗保对于民族发展问题的思考也更加执著和宏观。从写博士论文开始，他就一直研究民族发展，并把这种发展放到了更高的中华民族层面，放到了更宽的经济文化层面来观照。马宗保对记者说："我的博士论文是对一个回族村落社会结构变迁的研究，就是在改革开放的大背景下，通过对社区的观察来看一个地区的发展。通过这些微型的研究来探讨一些问题，同时也能够给政府提出一些合理的建议，供他们在决策的时候参考。"

随着全球化时代、信息化时代的到来，马宗保对于民族发展问题的思考也超越了国界，超越了民族。马宗保说："现在民族与民族之间、国家与国家之间的距离缩短了，地球就像一个村落，大家相互影响。在这样一个全球化和现代化的进程中，回族的传统文化在吸收其他文化的基础上也在发生变化，回族也在通过吸收其他民族的一些文化，包括国外其他民族的一些先进的科学思想文化，优化本民族的文化结构，从而为本民族文化注入新的活力，推动整个民族的发展。"

在新中国成立60周年前夕，马宗保获得了"全国民族团结进步模范个人"称号，他所在的宁夏大学回族研究院同时获得"全国民族团结进步模范集体"荣誉称号。在接受记者采访时，马宗保说："有时候我也会想这样一个问题，我们每一个人的工作和事业对于国家到底有多大意义、多少价值？实际上我们每一个人的力量都是微不足道的，但如果每一位国家公民都能够把自己那份微小的力量贡献出来，13亿份微小的力量汇聚起来，就会产生巨大的能量，推动中华民族走向强盛！"

采访结束的时候，马宗保院长执意把记者一行送至楼下，并一一握手告别。在车子即将转弯的时候，看见马院长仍面带微笑站在那里目送着我们，记者忽然想起他客厅的那幅字——"马"，不正是这位学者的写照吗！"千里之行，始于足下"，在学术研究的道路上，马宗保坚持以踏实严谨的学风一步一个脚印，鞭策自己，勤奋不息，始终以"马"的精神激励自己，为民族团结和民族发展尽心竭力地奉献着自己的青春和才华。

↑ 回族群众在做礼拜

　　隶属于宁夏回族自治区固原市西吉县兴隆镇的单家集，位于六盘山脉西麓、甘宁两省区数县交界地带，是一个回族居民占多数、回汉杂居的自然村落，由单南、单北两部分组成。因村民单姓居多，而且历史上设立过集市，而得名"单家集"。这个村早在康熙二年就已载入地方史志，至今已有三百多年的历史。

回汉一家亲

　　来到单家集，处处可以感受到回汉一家亲的浓厚氛围。在单家集，回族是主体民族，人口众多，汉族则是"少数民族"，仅有七八十人。然而，回族从不以人口众多而盛气凌人，汉族也从不因人口少而自感受迫。村内回汉民居错落相杂、院墙相连，清真寺中挂有汉族村民集资赠送的贺幛，而在汉族庙院内的一口巨钟上，刻的全是单姓回族的名字，因为这座

汉族庙院就是单姓回族捐资建造的。据兴隆镇纪委书记王社宝介绍，在单家集，每逢重大节日，回汉群众都会互相拜贺；适逢红白喜事，也是互相帮忙。汉族群众出于对回族兄弟的尊重，都不养猪、不吃大肉，家有喜事办宴席也都请回族厨师掌勺；有的还会以回族常用经名给孩子起乳名。

其实，单家集回汉一家亲的浓厚氛围由来已久。据介绍，村里除单姓回族家族外，还有边、谢两姓汉族家族。单姓从山东济南迁来后，注重搞好与汉族兄弟的团结。民国时，一个叫单世奎的族长就与边家约定"相互尊重、相互团结，同村人一致对外"。此后，村里回汉群众一直保持相互尊重、团结互助的传统。

一个汉人的清真寺

1958年，在"极左"思潮影响下，民族宗教政策遭到破坏，许多宗教场所遭到强制拆毁。而单家集陕义堂清真寺却得以保存下来，这得归功于时任连（大队、村）党支部书记的汉族人边永祥。

当时，面对拆寺令，边永祥认准了一条，要维护单家集一向和睦的民族关系，必须尊重回族群众的宗教信仰，必须保护好清真寺。于是，边永祥以留清真寺用作"大队粮仓"的名义挡住了拆寺令。为防万一，晚上他还亲自住在寺里看护。当看到陕义堂清真寺因多年失修，已有倒塌现象，他又冒着政治风险，以"大队粮仓"的名义整修了清真寺。

十一届三中全会以后，边永祥把清真寺原封不动交还给单家集回族群众。边永祥以自己的行动谱写了民族团结的壮歌，也赢得了村中回族兄弟的敬重。据单南村书记单云杰介绍，在边永祥病重期间，乡亲们见面时总会问一句"边支书好着没有？"边永祥的儿子边旭荣也告诉我们，今年上半年边永祥去世时，村里的回族乡亲都来参加

↑ 单家集陕义堂清真寺

葬礼，很多回族乡亲都说："一个汉族人保护了回族的清真寺，确实是个好人啊！"

幸福的回汉通婚家庭

　　如今在单家集，回汉族通婚也不是什么新鲜事儿。单北村的单云杰、余红梅夫妇就是回汉通婚组成的家庭。上世纪80年代，回族青年单云杰去新疆做生意，在那里认识了现在的汉族妻子余红梅，两人情投意合。单家把儿子娶一个汉族姑娘当媳妇看做是一件很体面的喜事。余家远在新疆，对于余红梅要嫁给家在宁夏的回族小伙，虽然心里不舍，但是余父余母思想开明，说"少数民族和汉族没什么区别，只要两个人合得来，我们没啥不同意的。"

　　1986年单云杰、余红梅结婚，1990年两人从新疆回到单家集，以经营客运和组织劳务输出谋生，一家子一年的纯收入高达15万元。看到女儿幸福的生活，余红梅的父母很是高兴，出于对女婿民族习俗的尊重，家里也早就不养猪了，女儿女婿回来探亲时还要另外打灶，另外准备餐具。

　　据介绍，在单家集回汉通婚的家庭有二十几户，嫁到单家集的汉族姑娘来自天津、上海、福建、新疆、内蒙等全国各地，过得都很幸福。

　　其实，在单家集，像单云杰、余红梅一样过上好日子的不在少数。单家集人均收入达到3685元，家家住上新瓦房、户户用上自来水、700多户村民家家通电话，在兴隆镇、在西吉县都属第一，在宁夏南部山区也名列前茅。

　　过去，单家集地处"贫瘠甲天下"的西海固，人们称这里"开门见山，出门爬坡"，"吃粮靠返销，生活靠救济"，"作物桔秆不能还田，畜粪多被送进炕眼"。而如今，单家集已是宁夏南部山区有名的小康村，先后荣获"全国民族团结先进集体"、"全国农村精神文明示范点"、"全国文明村镇"等称号。抚今追昔，曾任陕义堂清真寺阿訇的拜富贵说："我们今天的好日子，归功于好的民族政策，归功于团结的民族气氛。"

↑　单云杰夫妇和他们整洁漂亮的家

从北部平坦的宁夏平原到南部沟壑纵横的六盘山黄土高坡，从漫漫沙漠到黄河两岸，宁夏如繁星一般的清真寺点缀其中，全自治区大约共有3500座。清真寺是伊斯兰文化的象征，是广大穆斯林向真主敬奉忠心的圣堂和精神依托所在。在宁夏，清真寺是伊斯兰文化内涵的一种体现，其建筑风格和样式也是各具特色，而蕴含在建筑背后的历史更是耐人寻味。

寺名"同心"

宁夏回族自治区中部城市吴忠拥有全自治区最大的县——同心县，而以同心命名的清真大寺就位于县城西边一公里外的地方，同心县清真大寺是宁夏境内建立年代较久、规模较大、影响较深的一座清真大寺，也是中国现存最古老的十大清真寺之一。走在寺外，如果不经人介绍，你绝对不会想到这是穆斯林用来进行宗教活动的场所，因为它不是伊斯兰特色的圆顶建筑，而更会让你误认为是明清时代遗留下来的古城门。

同心清真大寺坐落在同心县旧城西北角。相传该寺始建于明代万历年间（1573－1619年），占地面积约3540平方米。同心清真大寺寺门朝

北，门前有一座仿木结构的砖砌照壁，长9米，高6米，中心有大幅"月桂松柏"砖雕，甚为精美。由门通过卷洞，有台阶可登上高达7米的砖砌台基，台基上部占地面积3500平方米，建有礼拜殿、邦克楼、南北讲经堂、阿訇住房等。

主体建筑礼拜殿坐西向东，与寺门相反。这座单檐歇山顶式的建筑，由一个卷棚顶和两个九脊歇山顶前后勾连，面宽5间，进深9间，用20多根巨大的圆木柱支撑梁架，室内全用木板铺地，两侧内墙刻有精致的阿拉伯文《古兰经》节文的书法，殿内可容800人作礼拜。礼拜殿的右前侧，有二重檐、四角攒尖顶亭式建筑邦克楼。台基下部建筑由寺门、井房和沐浴室等组成。整体建筑呈现出一个倒卷帘式的布局，将中国传统的建筑风格和伊斯兰教装饰艺术巧妙地融为一体，体现了精湛的建筑技巧。

同心县西征文化馆馆长王正才介绍同心清真大寺建筑特色的时候，曾自豪地指着照壁告诉记者："我们把这块照壁叫做国宝一点都不为过！这全部是传统的砖雕艺术，上面还用对联的形式描写了伊斯兰信仰的总纲，上联是'万物遍生真主泽'，下联是'群民普渡显圣恩'，在伊斯兰教义中，万物非主唯有真主，穆罕默德是真主的使者。中间是一个松藏明月图，有王维'明月松间照，清泉石上流'宁静和谐的意境。而且，用砖雕来表现建筑也体现了伊斯兰教的包容性。每天，在礼拜之前都会有专业的宗教人员站在邦克楼上高声呼唤礼拜词，召唤穆斯林信徒前来礼拜。只有站得高声音才传得远，穆斯林听到了召唤就会来到清真寺做礼拜。"

就在王正才馆长向我们介绍这座清真寺的建筑和结构时，从邦克楼的高音喇叭中传来了"唤礼"的声音，记者赶快对了一下时间，刚好是17:45，恰是穆斯林一天中"昏礼"的时间。每一位信仰伊斯兰教的穆斯林每天都要到清真寺做五次礼拜，按照一天中的时间顺序分别是"晨礼"、"晌礼"、"脯礼"、"昏礼"和"宵礼"。我们刚好赶上了一次"昏礼"，就是在日落到晚霞消失时的礼拜。看着头戴白色小平帽，身着灰黑色长衫的几十位穆斯林从四面八方聚集到清真寺，脱掉鞋子，整理好衣冠，虔诚步入礼拜大殿，面朝西举起如林的手臂。那一刻，我们发现，这个名叫"同心"的清真寺是多么实至名归。

人更同心

同心清真大寺的"昏礼"结束了，穆斯林们纷纷走出礼拜大殿，我们也见到了这座清真寺的阿訇——杨玉明。

今年已经80岁的他精神矍铄、满脸笑意，欣然为我们讲述了同心清真寺的发展历史。同心县清真寺是我们国家十座历史悠久的清真之一，同心县城中其他的清真寺都是从这个寺分出去的。每逢开斋节、封斋节、古尔邦节等重要穆斯林节日的时候，其他清真寺的

↑　同心清真大寺礼拜大殿　　　　　　　　　　　　↑ ↑　杨玉明阿訇

阿訇都是听从这个同心清真大寺的，也可以说这里是"寺母"。现在宁夏像这样的寺已经很少了，尤其是它还是精美的宫殿式建筑。

同心清真大寺不仅建筑历史悠久，它还记载了中国革命史上光辉的一页。1936年10月中国工农红军西征时，曾在该寺召开各界代表大会，成立了豫海回民自治政府。杨玉明说："这是中国历史上第一个县级回民自治政权，也是中国历史上第一个县级少数民族自治政权。"当时，在历时三天的自治政府成立代表大会上，来自豫海地区的人民代表和社会各界人士共三百多人参加了大会，并在会议期间认真讨论了西北的形势和回民自治与抗日救国等问题，讨论通过了《豫海县回民自治政府条例》、《减租减息条例》、《土地条例》等决议案，决定起用了刻有斧头、镰刀、五星和汉文、阿拉伯文并书的政府印章。雇农出身的回族青年马和福还当选为政府主席。当时的中央机关报《红色中华》对大会给予了这样的评价："这是回民政府的第一次，是回民解放的先声！"新中国成立后，宁夏人民十分重视清真大寺的维护和开发，自治区政府专门拨款，数次对其进行了大规模地维修。近年来，同心县因地制宜，以旧址为中心保护性地开发建设了"陕甘宁省豫海县回民自治政府生态园"，形成了辐射面近两平方公里的生态规模群。2006年，为了隆重纪念陕甘宁省豫海县回民自治政府成立70周年，同心县更是在清真大寺南侧兴建了中国共产党历史上第一个也是全国唯——个"红军西征纪念园"。

从二十多岁开始就一直担任阿訇的杨玉明先后在同心县的很多清真寺工作过，2004年被调到同心县清真大寺。回忆起自己的经历和同心县穆斯林的生活变化，杨玉明感慨万千，"现在同心的变化很大。过去这里就是一个沙漠滩，现在教育、交通、人民的素质变化都很大！同心县原来是一个干旱缺水的地方，现在政府把干旱地区建设成了水湖地区，还人造了豫海湖，这给我们的生活带来了巨大的帮助。我已经80岁了，过去的生活和现在真是没法相比。而且，我们的宗教是随着人们生活水平的提高向前发展的，近几十年来，同心人的经济、生活是逐步提高的，宗教信仰是很自由的。"

　　宁夏是我国最大的回族聚居地，同心县则是全国回族人口最多的县，全县的回族人口占到全部人口的85%，回族与当地汉族等其他民族杂居在一起。杨玉明告诉我们，在同心县的历史上，回汉之间历来都是和睦相处、和谐发展，"同心地区的回汉关系一直很好，不仅仅是回族和汉族之间的关系很融洽，而且回族各教派之间的关系也很好。现在，同心经济发展快、生活的上升根本上就是团结的优越性，不然就不是这样的情况了。"

　　同心清真大寺是半个世纪以来同心回汉人民共同团结奋斗、共同繁荣发展的象征。夕阳余辉下，伫立在旷野之中的大寺泛起金色的光泽，虽年代久远、历经沧桑但依旧高耸挺拔、气势雄伟，向人们静静诉说着它的光荣历史与美好未来。在这里，伊斯兰教"唤礼"的声音还要日复一日地响起，民族团结的佳话还要永远流传！

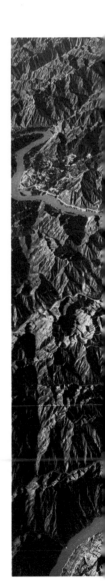

↑　清真寺见证历史沧桑

名副其实的"塞上江南"

早就听说，宁夏是有名的"塞上江南"。我却一直认为这有些言过其实，内陆的"江南"怎么比得上真正的江南呢？然而，这次宁夏之行彻底改变了我的看法。原来，这里的水，这里的山，这里的沙，样样都不逊色。

《老子》中有这样一句话："天下莫柔弱于水，而攻坚强者，莫之能胜，以其无以易之也。"一语道破了水既柔美又坚韧的特性。江南是水的故乡，那里河流纵横，池湖密布，滋养着江南的人与物。而宁夏的水则是另一种风情。因为这里的水都来自母亲河——黄河，自古天下黄河富宁夏。黄河自中卫进入宁夏，向东北斜贯于平原之上，河势顺地势经石嘴山出境。宁夏平原土层深厚，地势平坦，加上坡降相宜，引水方便，便于自流灌溉。得益于母亲河的自流灌溉，黄河水流淌在青山脚下，穿行于绿野之间，使这里土地肥沃，瓜果甜硕，鱼米飘香，毫不逊色于江南。

而宁夏的山则更是气势磅礴。贺兰山绵亘于宁夏的西北部，南北长200多公里，东西宽15-60公里，主峰达3556米。古人称之为"朔方之保障，沙漠之咽喉"。山势巍峨雄伟，既削弱了西北寒风的侵袭，又阻挡了腾格里沙漠流沙的东移，成为银川平原的天然屏障。山中资源丰富，鼎鼎有名的贺兰石就是出于此山。六盘山也极富盛名，它位于宁夏的南部，山势高峻，山路曲折险狭，须经六重盘道才能到达顶峰，六盘山因此而得名。这是红军长征翻越的最后一座山，《清平乐·六盘山》这首词就是毛泽东登上六盘山后有感而发的。宁夏的山奇险峻秀、气势如虹，这在江南是不多有的。

　　然而，宁夏独具特色的还是"沙"。当一望无际的金色海洋真真实实地映入眼帘时，奇异的视觉冲击总能够让人瞬间热血沸腾。被腾格里、乌兰布、毛乌素三大沙漠包围的宁夏具有丰富的沙漠资源。在开展多年固沙治沙的基础上，宁夏人将视野对准沙漠的产业开发，在变沙为宝的理念下重新认识沙漠。于是，沙漠变成了热闹的健身娱乐场所、新兴的种植基地。宁夏人把多种有趣有益的沙漠体育运动和丰富的旅游资源结合了起来。这里的沙湖、沙坡头等国家5A级旅游景区无不都带一个"沙"字。宁夏人还凭借自身的智慧与汗水，利用沙漠大力发展种植业，在沙漠中建起了一座座蔬菜大棚。曾经上过2008年北京奥运餐桌的硒砂瓜，便是沙漠种植最甜的收获，而这样的沙则恰恰是江南所比不过的。

　　两周的时间用来品味宁夏或许太短。然而，两周的时间用来认可宁夏已经足够。是的，两周的采访让我深刻体会到，宁夏水秀、山青、沙更美，真是名副其实的"塞上江南"！

陶宁薇

↑ 沙漠旅游

↑↑ 固沙成果显著

那山、那水、那人
——我的宁夏之行

没来之前听人提起宁夏，我总想到贺兰山，想到敕勒川，不管不顾这地理位置是否准确就去痛快憧憬一番："大漠孤烟直，长河落日圆"的雄浑，"天苍苍，野茫茫，风吹草低见牛羊"的壮美。宁夏，北有贺兰，南有六盘，黄河一路从青海巴颜喀拉山奔腾而下，在此温柔流淌。两山夹一河，成就了令西北艳羡的"塞上江南"。《跨越》在宁夏段的采访已经结束，但是那山、那水、那人仍令我难以忘怀。

——"驾长车，踏破贺兰山阙"

山是刚毅雄浑的，虽然常常在古诗中与贺兰山相遇，但岳飞《满江红》的"驾长车，踏破贺兰山阙"那如虹气势还真得亲身去面对方能尽兴感叹。历史上的贺兰代表着山木葱茏远观似马形，而如今的贺兰，历经沧海桑田，一派嶙峋峥嵘之色。贺兰山间的岩画、贺兰石早已成了宝贝，山麓的镇北堡、沙湖也是文化的象征。

可宁夏的山不止这一座，《清平乐·六盘山》里"不到长城非好汉"的气度也一样让人痛快，六盘山蕴育的特色文化同样令人惊叹，还有一整片被绿色覆盖的山体完全超乎想象。

——"九曲黄河万里沙"

水本是缠绵温柔的，可古人云："黄河之水天上来"，落差之大难怪会令它壮怀激烈。但是黄河母亲到宁夏就偏心，一定要将自己的温柔留于此处，于是便有了"天下黄河富宁夏"。生活在黄河岸边的人自古就引黄灌溉，安定了生活又润泽了土地。

有空的时候，一定要气定神闲地坐上羊皮筏子，不慌不忙地摇桨劈波，看两岸青山向后移动，"世界沙都"中卫的沙坡头就能带你走进黄河文化。

——"宁夏，宁静的夏天"

人是温和纯朴的，当你把采访

↑ 沙坡头的羊皮筏

话筒伸向他们的时候，他们总是少不了腼腆一笑，当然还有真诚的目光。采访中结识的官员、学者、艺术家、普通百姓共有几十位，他们有各自职守的不同领域，却都在为发展中的宁夏不遗余力。在宁夏，回族同胞每天五次的礼拜让人惊讶于他们的虔诚信仰，清真寺是穆斯林心中的殿堂。

那首叫做《宁夏》的歌，是描绘发生在宁静夏天的故事。没错，就是在那个宁静的夏天，《跨越》采访组用15天的时间从银川出发一路向南，先后在银川、吴忠、中卫、固原及所辖县市留下足迹，更走进了宁夏50年的变迁！

| 孟　威 |

走近宁夏：一个有故事的地方

宁夏，一个拥有"塞上江南"美誉的地方，自新中国成立60年来，黄土地上的人们创造了一个又一个奇迹：世界上第一条沙漠铁路在这里诞生，西北地区防风治沙的绿色屏障在这里打造。而当我走近宁夏，却发现它的背后还蕴藏着许多鲜为人知的生活故事，在被这些故事感动的同时，我忍不住想说，宁夏，是一个有情有义、充满温暖的地方。

单云杰，回族，宁夏西吉县单家集人。在上个世纪90年代之前，单云杰在新疆做生意，也正是在新疆，他认识了现在的汉族妻子余红梅，用他俩的话说彼此相识相知是"缘分使然"。在接触中，余红梅认定单云杰将是自己一生的依靠，毅然嫁给了单云杰，并跟着单云杰来到了单家集，这一生活就是18年。采访中，余红梅始终脸带笑容，看得出她对自己的选择非常满意，对于未来的生活，夫妻两人充满了憧憬。

如果说单云杰和余红梅的故事还只是突出了一个"情"字，那么，台商吴彪和银川人唐殿豪的故事，则更突出的是一个"义"字。1990

↑　西幼社区

年，唐殿豪带着刚创办的残疾人福利企业去广州参加秋季广交会，在会上认识了台商吴彪。凭借在广交会上建立起来的信任，从1993年到2003年，吴彪先后投资了一百多万美元给唐殿豪在银川用于幼儿园和小学的创建，这中间，两人是没有签任何书面协议的，而唐殿豪说："我跟他不签合同所承担的社会道义要比签合同还重得多。"吴彪与唐殿豪创造了一个台湾与宁夏商家诚信合作的奇迹。

一个人的精力是有限的，但是如果把一辈子精力投入到一件事情上，这是源于什么样的动力呢？今年已经80岁高龄的张明星老人，是固原市原州区张易镇阎关村的农民，他是"宁夏回族山花儿"国家级非物质文化遗产代表性传承人。七八岁的时候因为好玩跟着村里的木匠学习"花儿"的演唱，1964年，赶着毛驴，唱着"花儿"的张明星被"相中"，和其他17个人一起代表宁夏到北京演出，并受到了周恩来的接见。也正是这次演出，让张明星决心一辈子投入"花儿"的演唱和创作。

彼此的真情，使单云杰与余红梅在18年的风风雨雨中携手共牵，共创美好生活；彼此的信义，使唐殿豪和吴彪16年互信互谅，精诚合作，共创事业辉煌；坚定的信念，使张明星老人把一辈子的精力投入到民族艺术的创作表演上。平凡的故事，却在黄土地上绽放出最美的奇葩，谱写了生活中最美好最动人的篇章。

吴辉锋

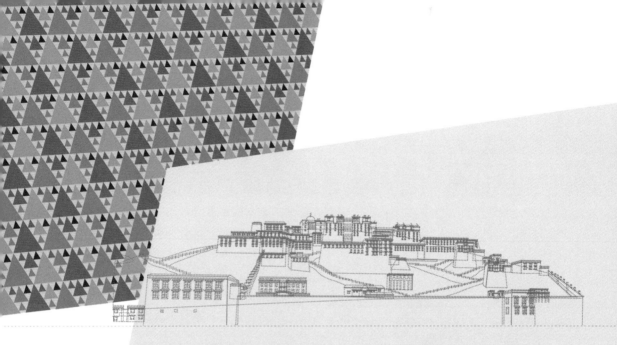

　　西藏自治区成立于1965年9月，辖区有120多万平方公里，现辖1个地级市（拉萨市）、6个地区（昌都地区、林芝地区、山南地区、日喀则地区、那曲地区、阿里地区）和73个县（市、区）。 西藏是以藏族为主体的少数民族聚居区。全区总人口为287万人，其中藏族人口占全区总人口的94%以上，此外还有汉族、门巴族、珞巴族、回族、纳西族、蒙古族、怒族等40多个民族。自治区首府是拉萨市。

改 革 开 放 中 的 中 国 少 数 民 族 自 治 区

西藏自治区

雪域高原格桑花

西藏自治区成立于1965年9月，辖区有120多万平方公里，现辖1个地级市（拉萨市）、6个地区（昌都地区、林芝地区、山南地区、日喀则地区、那曲地区、阿里地区）和73个县（市、区）。 西藏是以藏族为主体的少数民族聚居区。全区总人口为287万人，其中藏族人口占全区总人口的94%以上，此外还有汉族、门巴族、珞巴族、回族、纳西族、蒙古族、怒族等40多个民族。自治区首府是拉萨市。

世界屋脊 雪域圣地

西藏自治区位于中国的西南边疆，青藏高原的西南部。北与新疆维吾尔自治区和青海省毗邻，东连四川省，东南与云南省相连，南边与西部与缅甸、印度、不丹、尼泊尔等国接壤，形成了中国与上述国家全长近4000公里的边境线。

西藏的平均海拔在4000米以上，地势高峻，地理属性特殊，野生动植物资源、水资源和矿产资源非常丰富，素有"地球第三极"之称。独特的地理环境造就了独一无二的雪域风光。人与大自然相融合的人文景观，使西藏在旅行者眼中具有了真正独特的魅力。

　　与中国大部分地区相比，西藏的空气稀薄，日照充足，气温较低，降水较少。这里每立方米空气中只含氧气约150—170克，相当于平原地区的62%至65.4%。西藏是中国太阳辐射能最多的地方，比同纬度的平原地区多一倍或1/3。西藏约占全国总面积的12.8%，平均每位藏人要为中国守护4000多平方公里的国土，在空气稀薄、气压低、含氧量少的高原地区完成这样的壮举其难度可想而知，难怪在西藏有"躺着都在作奉献"的说法。

　　西藏是中国的"水库"，这里不仅是南亚、东南亚地区的"江河源"和"生态源"，还是中国乃至东半球气候的"启动器"和"调节区"。它的湖泊面积约占中国湖泊总面积的1/3，而流域面积大于一万平方公里的河流有20多条，如果说黄河长江孕育了中华文明，那么西藏则孕育了黄河长江；

2005年底一本名为《西藏之水救中国》的书震惊世界，书中提出引西藏之水入新疆、内蒙古、甘肃等西北地区，进而彻底解决大陆北方千百年来的缺水问题，一时间掀起大陆各界热议，西藏之水对中国的重要意义可见一斑。

千百年来，西藏，这颗璀璨的高原明珠因其独特的风貌、古老的历史和灿烂的文明成为人们心中充满神秘气息的雪域圣地。在很多人的眼中，西藏就是"天堂"、"人间香巴拉"，神山、圣湖、藏传佛教、糌粑、酥油、牦牛等名词一直专属于这片神奇的土地，正是这些让人心动的风景构建了西藏无法言说的美丽。它是佛教徒心中的圣地，它是天下游客向往的心灵净土，它拥有"比想象中的蓝更蓝"的天空和"像婴儿的眼睛一样清澈"的湖水。

在西藏120多万平方公里的身体里，似乎藏着每个向往者最纯真的梦，那梦中不仅有那安静而美丽的山水，还有生活在这里的287万平凡而质朴的西藏人民，他们如雪域高原上顽强生长的格桑花（藏语中格桑花意为"幸福"），用生命与才智创造着"世界最高"的幸福奇迹。

藏族作为中华民族大家庭中的一员，在与汉族等其他民族的交流交往中创造了具有独特魅力的藏民族文化，藏语、藏医药、藏式建筑、藏传佛教等构成的藏民族文化是中华文化宝库中的一朵奇葩。

↑ ↑ 贡嘎机场

　　如果用简短的语言来概括近代西藏的历史进程，那便是实现了两个历史性跨越：第一个跨越是社会制度的跨越，民主改革使西藏全面贯彻实施民族区域自治制度；第二个跨越则是人民生活水平的跨越，从"一穷二白"、贫困落后到温饱富足、基本小康。其中，人民生活水平的跨越是与中央政府加大西藏交通建设力度分不开的。

　　西藏地处祖国西南边陲，地广人稀、海拔高、气候条件差、交通不便是长期以来制约西藏经济发展和社会进步的重要因素，特别是交通闭塞更是影响西藏经济发展速度的一大障碍。

　　"要想富，先修路"。上世纪50年代，人民解放军"一边进军，一边修路"，修筑了举世闻名的川藏、青藏公路，从此结束了"唐蕃古道人背畜驮，栈道溜索独木舟"的原始运输方式。1959年当雄机场建成通航，打开了西藏这个"空中禁区"的大门。从此，公路和航班像"动脉和静脉"，不停地为西藏供给着"营养"。当时西藏流传着这样一句话："青藏公路堵车一日，拉萨物价不稳三天"。

　　改革开放后，西藏公路建设、空中交通均进入了快速发展时期。中央政府持续推出一系列特殊灵活措施，扶持西藏交通建设发展，川藏公路、拉萨贡嘎机场等一大批重大交通项目相继开工，为西藏提供了良好的发展平台。

↑ 青藏铁路

　　在国家的大力支持下，西藏的铁路从无到有步入了发展的快车道。2006
年青藏铁路建成通车，宣告结束了西藏没有铁路的历史，标志着西藏形成了铁
路、公路、航空一体化的立体交通网络。现在从西宁到拉萨每吨货物的运输成
本节约290多元，一年节约的运输成本达到十几亿。

　　青藏铁路通车大大降低了运输成本，从而提高了西藏地区商品的竞争力，
促进了特色优势产业的发展，包括矿泉水、啤酒、牦牛奶产品在内的西藏特色
农产品通过青藏铁路迅速打入内地市场。其中，产自藏北念青唐古拉山的5100
矿泉水如今已成为中国铁路动车组专用产品。

　　青藏铁路开通后，西藏农牧民的思想观念发生了更为深刻的变化。他们依
托青藏铁路，搞起了农家乐、民俗旅游、家庭旅馆，办出租车队、采石采砂
场，购买重型汽车和建筑机械，第三产业迅速发展，给西藏的农牧民带来了丰
厚的收入。伴随青藏铁路的通车运营，西藏经济跨越式发展的步伐明显加快，
经济结构进一步优化。青藏铁路通车三年来，西藏地区GDP的增长都在10%以
上，尤其是以旅游业为龙头的第三产业发展势头日益强劲。

　　为了更好地适应西藏经济社会发展需要，中央政府正按照《铁路网中长期
规划》加快进藏铁路建设，目前滇（云南）藏（西藏）铁路大丽段（大理—丽

　　↑　夜幕下的大昭寺广场

江）已于2009年9月28日正式通车，青藏铁路副线也正在规划中。此外，按照规划，西藏的区内铁路也将全面启动，未来几年内将建设拉萨至日喀则铁路、拉萨至林芝铁路、日喀则至聂拉木、日喀则至亚东铁路等，上述项目建成后，将形成西藏地区通向东、中、西部地区的多条大能力运输通道。

改善社会民生　农牧民生活大提升

　　如果仔细梳理近代西藏人的幸福轨迹，有几个历史节点不容错过：1959年民主改革，1965年西藏自治区成立，1978年改革开放，上世纪80年代至今的全国援藏，正是这些重大战略决策深刻地改变了西藏的命运。民主改革废除了封建农奴主所有制，藏族同胞第一次成为真正意义上的"人"，成为自己命运和西藏社会的主人；西藏自治区的成立标志着西藏建立了人民民主政权，西藏人民从此享有了自主管理本地区事务的权利；从改革开放以来，西藏经济社会发展进入了快车道；"分片负责、对口支持、定期轮换"的援藏方式形成了全国支持西藏发展的局面，内地同胞与藏族同胞休戚与共，共同铺就了雪域高原的幸福之路。

　　中央政府为促进西藏经济社会发展，对西藏实施了一系列优惠政策，在财力、物力、人力等方面给予强有力的支持。1994年以来，中央先后安排60多个中央国家机关、全国18个省市和17个中央企业对口支援西藏经济建设，截至2008年年

↑ 藏民新居

底，已累计投入对口援藏资金111.28亿元，安排了6056个对口援藏项目，选派了3747名援藏干部进藏工作。

　　按照国家西部大开发战略和开展兴边富民行动的要求，自治区党委、政府出台了《关于进一步加快边境地区经济社会发展的意见》等政策，并加大资金投入力度。2004年至2008年，国家民委和财政部下拨自治区少数民族发展资金共计24200万元，自治区财政配套12104.8万元，总计投资达36304.8万元，主要用于兴边富民行动安居工程。这些优惠政策使边境地区和区内人口较少民族聚居区的经济、社会事业有了长足的发展，群众的生产生活条件发生了较大的变化。截至2009年11月底，西藏机动车保有量为195070辆，人均占有量居全国第三。这个数据统计从一个侧面反映了西藏经济的快速发展和人民群众生活水平的不断提高。2009年底，全区已经提前一年完成让80%以上的农牧民住上安全适用的房子的宏伟目标，解决了23万户、120万农牧民的安居问题；解决了122.2万农牧民饮水安全问题；80%的行政村通了公路……

　　为加快培养西藏高素质人才的步伐，从1985年起，全国20个省、直辖市的28所学校开办了内地西藏班（校），有53所内地重点高中、90多所高等学校招收西藏班学生，累计招收初中生36727人，高中（中专）生30370人，高校本专科生1.2万余人。从2002年开始，全国18个省市的7所重点高中每

↑↑　畅通的公路线　　　　　　　　　　　↑　拉萨市的现代化酒店

年招收360名来自西藏的插班生。内地班招收的学生中70％为农牧民子女，90％以上是以藏族为主的少数民族学生。内地西藏班（校）开办20多年以来，为西藏培养输送了1.8万余名各级各类建设人才。目前，内地西藏班（校）在校生总数达18640人。

国家还对自治区农牧区教育事业采取了优惠政策——对在寄宿制学校就读的农牧民子女实行"三包"（包吃、包住、包学习用品）政策和助学金制度。自1985年以来，国家先后4次提高自治区农牧民子女教育"三包"标准。这项政策实施20多年来，有力地推动了西藏基础教育的发展，加快了义务教育普及步伐。

医疗卫生条件在最近几十年也得到了完善。西藏在全国率先实现了城镇居民医疗保险全覆盖，并正在逐步建立以免费医疗为基础的农牧区医疗制度，不断提高免费医疗补助标准，免费医疗补助标准从1980年人均补助7元增加到2008年的人均140元。

2009年，自治区全区生产总值预计达到437亿元，比2000年增长近1.7倍，年均增长12.3％，连续17年保持两位数增长；农牧民人均纯收入达到3589元，比2000年增长1.7倍，年均增长在13％以上，连续7年保持两位数增长。

既要金山银山，又要碧水青山。西藏在加快经济发展的同时，高度重视生态文明建设。《西藏生态安全屏障保护与建设规划》获得国务院批准，已落实投资17.5亿元。目前，全区范围内已建立各类自然保护区45个，保护区总面积占全区国土面积的34.4％，居全国首位。全面启动农村薪柴替代工程，11.4万户农牧民用上沼气。

藏文化薪火相传 弘扬发展

自治区政府一直注重维护和保障藏族人民学习、使用和发展本民族语言文字的权利，明确规定在西藏自治区，藏、汉语文并

↑ 拉萨街头的转经人

重，以藏语文为主，将学习、使用和发展藏语文的工作纳入法制的轨道。自治区教育系统全面推行以藏语文授课为主的双语教学，编译出版了从小学至高中所有课程的藏文教材和教学参考资料。自治区各级人民代表大会通过的决议、法规及自治区各级政府和政府部门下达的正式文件、发布的公告，都使用藏、汉两种文字。在司法活动中，对藏族诉讼参与人，都使用藏语审理案件，法律文

书都使用藏文。1999年10月1日西藏电视台卫视频道开播之后，每天都播发藏语节目和藏语译制片。藏文图书报刊发展也很快，西藏现有14种藏文杂志、10种藏文报纸，每年出版的藏文图书都在100种以上。

　　自治区各级政府都成立有专门的民族文化遗产抢救、整理和研究机构，先后研究、整理和编辑、出版了戏剧、民间歌谣、民间舞蹈、民间故事等文艺集成。西藏所有文艺团体都用藏文创作节目，用藏语表演。藏文编码已正式通过中国国家标准和国际标准，藏文成为我国第一个具有国际标准的少数民族文字。

　　西藏自治区成立以来，颁布实施了一系列文物保护法规，布达拉宫、大昭寺、哲蚌寺、色拉寺、甘丹寺、扎什伦布寺、萨迦寺等均列入国家级重点文物保护单位。自20世纪80年代以来，中央和西藏地方财政先后安排资金7亿多元，用于修复开放一批国家级文物保护单位和各教派的重点寺庙。特别是1989年到1994年间，中央人民政府拨出

↑ 藏族传统晒佛节

↑ 朝圣者

5500万元和大量黄金、白银等珍贵物资维修布达拉宫。2001年开始，国家又拨专款3.3亿元，用于布达拉宫和罗布林卡、萨迦寺三大文物古迹的维修。2007年，中央再次拨出5.7亿元，用于"十一五"期间对西藏22处重点文物保护单位进行全面维护。

在西藏，一些传统节庆活动，如藏历新年、望果节、雪顿节以及许多寺庙的宗教节庆活动得以保留和继承。人们在保持本民族服饰、饮食、住房的传统风格和方式的同时，在衣食住行、婚丧嫁娶等方面也增加了一些体现现代文明、健康生活的新习俗。

西藏人民享有充分的宗教信仰自由。目前，西藏自治区共有1700多处藏传佛教活动场所，住寺僧尼约4.6万人；清真寺4座，伊斯兰教信徒约3000余人；天主教堂1座，信徒700余人。各种合法的宗教活动均可正常举行。

活佛转世制度是藏传佛教特有的传承方式，受到国家和西藏自治区各级政府的尊重。1992年，国务院宗教局批准了第十七世噶玛巴活佛的继任；1995年，西藏自治区按照宗教仪轨和历史定制，经过金瓶掣签，报国务院批准，完成了第十世班禅转世灵童的寻访、认定以及第十一世班禅的册立和坐床。西藏民主改革后，经过国家和西藏自治区批准继任的活佛共40余人。西藏的僧侣还对僧人学经制度进行了改革，有力地提高了僧人学习佛教经典的积极性，对佛教教义的传承和发展起到了积极作用。

改革开放中的中国少数民族自治区 —西藏—

271

　　工程浩大的宗教典籍的收集、整理和出版、研究工作不断取得进展。布达拉宫、罗布林卡、萨迦寺等场所所藏经卷得到很好的保护，《布达拉宫典籍目录》、《雪域文库》和《德吴宗教源流》等文献典籍得到及时抢救、整理和出版。1990年以后，藏文《中华大藏经·丹珠尔》（对勘本）、《藏汉对照西藏大藏经总目录》等陆续整理出版。目前已经印制出版《甘珠尔》大藏经1490部，此外还印行藏传佛教的仪轨、传记、论著等经典的单行本供给寺庙，满足僧尼和信教群众的学修需求。中国佛教协会西藏分会办有藏文会刊《西藏佛教》和一所西藏佛学院、一个藏文印经院。国家还在北京开办了中国藏语系高级佛学院，专门培养藏传佛教的高级人才。

　　真实的西藏存在于世界屋脊下120多万平方公里的土地上，存在于280多万藏族同胞最普通的日常生活中，了解西藏的最好方式莫过于到这片神奇的土地上走一走看一看，正如第一位定居拉萨的台湾人李映蓉所说的，今天的西藏是最好的西藏，它没有因为现代文明而丧失传统，也没有因为固守传统文化而放弃发展。

　　千百年来，藏族同胞像遍开高原的格桑花，顽强地生活在世界之巅，用自己平凡的生命之花装点着雪域高原。60年来，勤劳善良的藏族同胞用全部的心力推动着西藏从贫穷走向富裕，从封闭走向开放，从落后走向进步……

　　西藏，这是一片古老而充满希望的土地，这是一片现代与传统并存的土地，这是一片孕育生机和创造奇迹的土地。历史，注定要在这片土地上留下变迁的烙印；时代，注定要在这片土地上谱写壮美的华章。

强巴格桑的布达拉宫

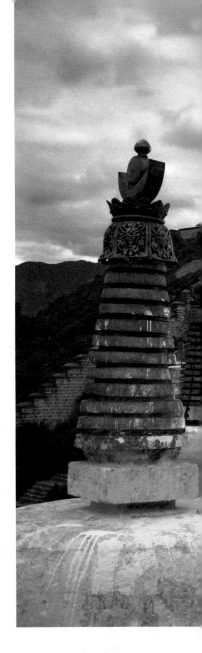

在世人眼中，布达拉宫就是西藏的象征，它那气势恢宏的建筑形式和浓厚神秘的宗教气息一直以来都吸引着全世界的目光。

2009年8月23日，西藏三大重点文物保护维修工程竣工庆典在拉萨布达拉宫广场举行。这项总投资3.8亿元、历时7年的维修工程，让包括布达拉宫在内的三座著名西藏古建筑又重新绽放出迷人的光彩。

在庆典仪式上，有一位头发花白的藏族老人显得特别激动。20年来，老人就像爱惜自己的生命一样无私地守护着布达拉宫，他用自己三分之一的人生岁月书写了一名普通藏族同胞对布达拉宫的无限热爱和对文物保护事业的忠诚。他，就是68岁的布达拉宫管理处处长，有着"布达拉宫管家"之称的强巴格桑。

强巴格桑出生在旧西藏的一个贵族家庭，因年幼失去双亲，他很小就当了一名喇嘛，那时的他跟随担任十四世达赖私人管家的舅舅经常出入布达拉宫和罗布林卡。西藏民主改革之后，强巴格桑还俗离开了寺庙，在离拉萨不远的达孜县当起了一名基层电影放映员。虽然没有受过文化教育，但是强巴格桑肯于吃苦勤于学习，对工作一丝不苟的态度得到了大家的一致肯定，他所在的电影放映站还被评为过全国的先进单位。在电影放映员的平凡岗位上，强巴格桑一干就是二十多年。

改革开放以后，强巴格桑因工作成绩突出被调到西藏自治区电影公司。1989年，布达拉宫的第一期维修工程拉开序幕，因工作需要，强巴格桑又被调去参与维修工程。强巴

格桑自己也没想到，他的人生从此与布达拉宫的维修保护工作紧密地联系在了一起。

没有人会知道，如今把布达拉宫管理得井井有条的强巴格桑当年却对"管理处处长"这个职务无比抗拒："当时土木结构的布达拉宫本身险情很多，藏有大量文物的仓库也管理混乱，我感觉难以承担如此大的责任。妻子曾经哭着去找领导为我求情，儿子也对我说，爸爸你不要去，不然我们家如果稍微富一些，人家还以为是不是从布达拉宫偷了什么。"尽管多年之后强巴格桑重提此事的语气

↑　雄伟壮丽的布达拉宫

已经是略带风趣，但仍能感受到他当时临危受命时的无奈。

尽管如此，具有强烈责任感的强巴格桑还是于1991年1月走马上任，正式成为了这座世界上海拔最高宫殿的"管家"。刚上任的强巴格桑面临着缺人更缺钱的极大困难，"1991年至1993年是最困难的三年，当时连文物分类后摆放的箱子柜子都没有。直到后来开始收门票，各方面情况才有所好转。"

在西藏流传着这样一句话：不到布达拉宫就不算来过西藏。可是到过布达拉宫的人又有几个知道，在金碧辉煌的外表之下，这座宏伟的建筑却因大量年久失修的"地垄"曾经面临垮塌的险境。

说到"地垄"，这是一种迄今为止仅在布达拉宫发现的、罕见的地基建筑形式。布达拉宫依山而建，为了使宫内的建筑房屋基础

坚固，同时增加建筑底层面积，古人在建造宫殿时先在山坡上用土石砌墙，然后在墙上搭架梁木，这就形成了特殊的"地垄"。布达拉宫共有十二层，而最深的地垄就达到八层。

回忆起地垄的发现过程，强巴格桑印象深刻，他说："地垄的发现是一个偶然。当时本来是为了统计布达拉宫房间的确切数量，我就带着几个助手一间一间地清查。当我们把一个门窗被堵死的房间打开后，竟然发现了23个地垄，有的深达17米，而且还有很大的裂缝。我看到这个场景以后吓坏了，从那以后我们的主要工作就是找地垄。"基础不牢，地动山摇。强巴格桑清楚地知道地垄就是

↑↑ 强巴格桑　　　　　　　　　↑ 强巴格桑勘察"地垄"

整个布达拉宫的地基，如果不及时对地垄进行维修，失去稳固根基的宫殿数年之后可能将不复存在。这是一个多么可怕的后果！

地垄的发现让强巴格桑感受到了前所未有的巨大压力，接下来的几年里，他带领工作人员在布达拉宫里总共找到了几百个地垄。深入地下寻找那些黑暗莫测的地垄的过程并不为外界所知，而其中的艰辛只有亲身参与者才能够深切体会。强巴格桑指着一张自己正从地垄中钻出来的照片说："有人担心我年

龄太大又有高血压，可是我必须下去，只有亲眼看到了地基才知道怎样去维修。"

2002年，布达拉宫第二次大修终于正式动工，地垄的修复和加固成为了此次维修的重中之重。

七年过去了，布达拉宫所有的地垄都留下了强巴格桑的足迹和他亲手作下的记号。如今，已经找到的地垄都已经基本上维修完毕，强巴格桑的心里终于感受到了一份来之不易的踏实。提起2008年的西藏当雄地震没有对布达拉宫造成任何影响时，强巴格桑露出了欣慰的微笑，这不仅是因为上级领导给予的肯定，更是一种艰辛付出后收获的满足。

强巴格桑是一个固执而有原则的人，只要是对布达拉宫的保护有利的事情他就一定会坚持去做，哪怕冒着被人误解的风险。2003年的时候，来布达拉宫参观的国内外游客已经越来越多，游客的增加使布达拉宫的承重能力受到了极大考

↑ 布达拉宫金顶

验。为了确保布达拉宫的安全，强巴格桑及时向上级提出实行限时参观的政策，这也意味着主动将大把的门票收入拒之门外。许多人并不理解老人的想法，认为这是"送到嘴边上的肉都不吃"。2003年5月1日，布达拉宫开始正式实施限制旅游人数的措施，每小时放行一百五十人，每天约为二千三百多人。这项措施实施至今已经六年多，强巴格桑对效果很满意，他说："限制人数后布达拉宫的承重危险得到了缓解。对于我个人来说，只要能保护这座宫殿，再大的压力我也能顶得住。"

童年的强巴格桑以为在布达拉宫安安稳稳地当喇嘛就是自己全部的一生，一个旧西藏的贵族后裔在新社会成为布达拉宫的管理者，这是他曾经想都不敢想的事。虽然强巴格桑和他舅舅做的看似同样的工作，但舅舅当时只是为十四世达赖喇嘛一个人工作，他现在却是在为人民掌管着这座宫殿的大小事务。强巴格桑告诉记者，十四世达赖喇嘛的二哥嘉乐顿珠在离开布达拉宫五十多年后曾经回来参观，在对布达拉宫保护工作表示肯定的同时，他也对一个旧西藏的贵族后裔能当上管理处处长表示惊讶。但强巴格桑认为这没什么可惊

↑ 布达拉宫内宫大门

讶的，他说："政府放心地把这么重要的布达拉宫交给我来管理，就充分表明了政府对西藏文物保护的态度。"

作为这座世界瞩目的宫殿的管理者，强巴格桑免不了经常要面对大批国内外记者的访问，他笑着说接受这种"全世界的考试"已成了家常便饭，但自称没有文化的他通常也能应付自如。对于媒体给予他的布达拉宫"管家"之称，强巴格桑看的很淡，他说："我其实就是一名普普通通的布达拉宫工作人员。经常有老百姓因为我的工作对我表达很多的感谢，让我觉得这么多年所有的付出都是值得的。"

68岁的强巴格桑前后总共递交过七次退休申请，却都因为布达拉宫的维修工程离不开他而未能如愿。随着工程的竣工，不久后他将离开这个为之奋斗了20年的地方。

20年的用心守护让强巴格桑与布达拉宫结下了无法割舍的感情，尽管一直想要退休，但即将真正卸下重担的强巴格桑还是流露出了深深的不舍。他把高度的责任心作为对继任者的最大要求，这其实也是他自己几十年来工作的最深刻体会。强巴格桑正在为退休后的生活做一些计划，他说一定要到一些向往已久的内地景点走走看看，了却多年来因工作太忙而未能实现的愿望。

↑　巍峨的布达拉宫殿宇

雪域高原上绽放的台湾"红珊瑚"

　　她是第一位定居拉萨的台湾人，也是第一个在西藏经营台湾红珊瑚的台商。人们都亲切地称她为"雪域高原上的台湾'红珊瑚'"。

　　她叫李映蓉。

　　初秋的青藏高原，已有些许的凉意，晨光从大昭寺的金顶后缓缓进入八廓街。这是拉萨一个普通的清晨，阳光在阵阵桑烟中愈加柔和，五彩的经幡在秋风中轻轻摇动，朝拜的人如一座座塑像浸染在一片香烛之中。在如潮的转经人潮中，李映蓉并不是最显眼的：黑色的衣服，一头蓬松的长发，脖颈上的红珊瑚算是她唯一醒目的饰品。

　　"当初来到西藏，完全是因为心中那份难舍的'西藏情结'。"如果不是这改不了的台湾腔，你看到的李映蓉就是一个地地道道的西藏人。如果硬要在她的身上找出一丝台北人的痕迹，也许只有她那比其他转经人稍显匆忙的脚步了。

　　十几年前，李映蓉在台北开店，过着每天锦衣玉食、安枕无忧的日子；那时，她拥有三辆跑车，每天都可以在台北的车河中游荡；闲暇之余，她经常去日本、欧洲购物，购置最时尚的衣服、最精美的首饰来妆扮自己。然而，奢华的生活并未换来李映蓉心灵的宁静。夜深人静之时，望着台北街头的路灯，从心底翻涌上来的疲惫常常在

不经意间攫住她的心，繁华散尽的无助久久萦绕着这位时尚的都市
女孩。

"物质的奢华不过是过眼云烟，只有心灵的纯净和安宁，才是
最大的幸福。"经历了多年的痛苦挣扎，李映蓉终于悟懂了这条箴
言，然而，在都市的喧嚣与繁忙里，宁静似乎是一个奢侈的词语，
纵使台北市的面积有二百七十多平方公里，李映蓉却也无法找到一
处可以停靠心灵的港湾，直到1997年一位友人在无意中说起了遥远
的西藏，李映蓉这位忠实的佛教徒被触动了。

"那位朋友告诉我，西藏的山南地区有一个桑耶寺，那里的僧
人穷得连酥油都买不起……"在那之后的很多天，李映蓉的耳边一
直回荡着朋友的这几句话。西藏如海水一样湛蓝的天空、透明的空
气、神秘的藏传佛教，都像从她心底发出的声音，召唤着这位来自
台湾的佛教徒。她无法遏制心中的向往，第一次踏上了雪域高原。

"当空中小姐说还有几分钟就降落到拉萨贡嘎机场，我的心
就开始狂跳。那种感觉就像一个女孩子第一次见到她的恋人一
样……"李映蓉轻轻地转动着腕上的佛珠，视线飘向远方，仿佛回
到了12年前首次来到西藏的那些日子。

在拉萨的短短几天时间里，李映蓉不像其他游客一样到处看风
景，她只是静静地坐在拉萨八廓街的一个角落里，默默地看着转经

↑ 八廓街前的朝圣者

的人流、摇曳的酥油灯和庄严的佛像，这里浓郁的宗教气息让她有一种回家的感觉，在台北时的匆忙换作了在拉萨的平静，心中的躁动也随着阵阵诵经声渐渐平息。

在拉萨短暂停留的几天里，朋友口中的桑耶寺始终浮荡在李映蓉的眼前，这座未曾谋面的"西藏第一寺庙"是她西藏之行的动力之源，但桑耶寺位于西藏山南地区，距离拉萨二百多公里，此时西藏又正经历20年来最大的暴风雪，导游劝她放弃前往桑耶寺的念头。然而在李映蓉的概念中，不去桑耶寺就等于没有来过西藏，她不顾导游的劝阻，孤身前往桑耶寺。

"那时的桑耶寺破烂不堪，里面还住着老百姓，喇嘛们的生活也十分清苦。作为佛门弟子，我要为寺庙尽点责任。"李映蓉给寺里留下一万元人民币用以改善喇嘛们的生活，并承诺会帮助桑耶寺募集维修的费用。从台北到拉萨的直线距离四千七百多公里，然而，这漫漫长路并没有熄灭李映蓉心中的"西藏情结"。她不仅在台湾为西藏的寺庙募捐，还多次从台湾飞到西藏与僧人一同维修寺庙。在李映蓉的资助下，桑耶寺迁出了"文革"后一直住在寺内的33户居民，修了1080个转经筒。

从台北到拉萨再从拉萨到台北，七年时间里，李映蓉就这样奔波于藏台两

↑ 拉萨市区全景

地之间。入境证到期，忙跑去延期，再次到期，就又去延期，随着时间的推移，她在西藏停留的时间越来越长，对西藏的依恋也越来越深，"每当假期结束离开的时候，我会虔诚地向释迦牟尼佛祈祷，让我能快点回到西藏。很多时候，因为自己太想念西藏，就会不自觉流泪。"

　　七年的时间里，两岸空中交通愈加便捷，安静的拉萨和喧闹的台北只有几个小时的距离。短短的几小时里，拉萨的安静、简单与台北的紧张、忙碌先后涌进了李映蓉的生活中。当繁华的台北机场敞开怀抱迎接远行的游子，李映蓉却发现，自己的心已经留在了那块离天最近的地方，对于脚下这片土地，她忽然有些恍惚，那林立的高楼、拥挤的人流、喧闹的夜市曾经是那么的熟悉，可现在却又是如此的陌生，几个小时前的西藏犹如一场梦，但身上酥油的味道还在，佛珠依然环绕在手腕上，如果是梦却又为何如此真切。

　　"每次从拉萨回到台北，我都走快一些，可是身体却不听使唤，我好像不再适应都市快节奏的生活了。"2003年，从西藏回来的李映蓉居然在台北捷运站里迷路，最后不得不打电话请朋友将她带出捷运站。那一刻，一个压在李映蓉心底的梦想骤然间清晰起来——"去西藏定居"。

当李映蓉提出"去西藏生活"的想法后，家人和朋友全部反对。"在西藏语言不通，又有高原反应，而且还没有工作、没有住所，他们列举了好多理由。"李映蓉说那一刻她也在犹豫，然而，与犹豫相伴随的是对西藏的思念，犹豫愈大思念愈深，定居西藏的信念也愈加坚定。

她一边耐心地说服家人，一边偷偷地做着行前的准备，"当时准备来的时候，我也不知道我的前途在那里，我就告诉妈妈说，如果有人问，就说我又去寺庙住了。"李映蓉笑着说，那一刻她也害怕。

2004年4月26日，李映蓉清楚地记得这个日子，那一天她正式开始定居拉萨。拉萨依然还是李映蓉所熟悉的拉萨，放下行李的那一刻，一种久违的舒适感从心底而生，但这种舒适感也伴随着对未来的忐忑。

"在西藏生活总要有个谋生的职业。在西藏的七年时间里，我发现珊瑚是藏民十分喜欢的珠宝，而台湾又是珊瑚的重要产地，我就决定在拉萨开一家珊瑚专卖店，让最纯正的台湾红珊瑚也能在高原生根。"按照自己的规划，李映蓉先后给西藏自治区招商引资局、工商局等部门打电话咨询开店的手续，但当时西藏没有台商投资的先例，她从这些部门得到的回答都是"不知道"、"不清楚"。

到拉萨后的五天时间里，李映蓉的电话不知打了多少个，但得到的却是一个个令她失望的答复，而此时入境签证只剩下

↑ 台商李映蓉

一天，如果再没有结果，她将不得不离开西藏。抱着"不成功便成仁"的念头，李映蓉又一次拨通了拉萨市商务局的电话，一位姓李的工作人员告诉她，从来没有台湾同胞在西藏投资，所以他也不清楚如何办理相关手续。不过，就在李映蓉失望地准备放下电话的那一刻，这位工作人员建议她去找西藏自治区的台湾事务办公室，那里专门负责处理相关涉台事务。李映

蓉来不及说声"谢谢"，急忙拨通了台办的电话，这一次遇到了她生命中的"贵人"，"电话那边是一个叫罗布顿珠的人，他告诉我在拉萨开店没有问题，他会帮助我解决开店的手续和入境签证的问题。"放下电话的那一刻，李映蓉热泪盈眶，自己的坚持终于换来了回报。

在罗布顿珠的帮助下，2004年6月15日，李映蓉的"珊瑚居"在大昭寺旁的八廓街开业，首开台湾同胞定居拉萨的先例。尽管经营的是贵重的珠宝，但与八廓街上各具特色的商铺相比，李映蓉的"珊瑚居"并不显眼，店里的陈列也很简单，除了各类藏式、汉式的珊瑚饰品，就是柜台对面墙壁上挂着的一些照片，基本都是来珊瑚居购物的客人。

"办珊瑚居不是为了赚钱，这只是我在西藏安身立命的依靠，同时也是我做布施的来源。"李映蓉说。2005年10月，她向山南扎塘寺捐资十万余元人民币建起了供二十多位僧人居住的二层楼房。2008年4月她还向琼杰县的寺庙捐送了一尊金佛。2008年的冰雪灾害、"5·12"汶川地震，李映蓉也慷慨解囊捐钱捐物。

作为一名商人，在西藏卖最真的台湾红珊瑚是李映蓉一直坚持的经营理念，而作为一名佛教徒，李映蓉的生活却远远不像珊瑚那样缤纷夺目，用她自己的话说，她的生活只有黑、白两种颜色。每天清晨，李映蓉会到大昭寺转经、拜佛。中午11点，她会来到珊瑚居这处不足三十平方米的小店里，喝着一杯酥油茶，望着店外的八廓街。在她的视线中，有转经的人流，

↑ 藏族风格的饰品

有天南海北的游客，还有拉萨每天都在发生着的变化。

李映蓉说她爱西藏，离不开这块土地，更离不开生活在这块土地上的人们。

"仰望纯净的天空

想起一首古老的歌

那是妈妈唱给太阳的歌

无论天空乌云密布

你洁白的身影照亮虔诚的心……"

2009年9月8日。拉萨一个普通的清晨。一夜的秋风扫落几片黄叶，飘落在珊瑚居前，转经完毕的李映蓉早早地打开店铺的大门，开始迎接收获的一天。对面的店铺中忽然传来李映蓉熟悉的那首《白塔》。她慢慢地回过头，安静地站在珊瑚居的门口，仿佛想起了什么，却又一时找不到思绪的源头。李映蓉说，每当听到这首《白塔》，她总会想起12年前的桑耶寺，正是因为桑耶寺她才开始了与西藏的不解情缘。

在李映蓉的博客里，她这样写道："桑耶的夜很美很美……月亮高挂在幽静的夜空，星星撒满了整座桑耶，明媚的夜空，晚风徐徐的吹，我想起那时候，一个小喇嘛教我们唱《白塔》……这么多年了，走过许多地方！然而在我心中最爱的、最想念的——依旧是星光满天美丽的桑耶小镇！"

↑ 李映蓉同记者合影

昔日的农奴　今日的亿万富翁

　　西藏是一个从不缺少奇迹的地方。在这片高寒缺氧、生活条件恶劣的土地上，西藏人民以其顽强不屈创造着生命的奇迹；如今，越来越多的藏族同胞用自己勤劳的双手创造出一个又一个财富的奇迹。群培次仁和他的达热瓦集团就是其中的代表。

　　几年前，西藏媒体广泛报道了这样一条消息：日喀则地区一家民营企业的老总向中央请示是否允许购买私人飞机。这家民营企业的老总正是群培次仁，这位出生在西藏贫苦农奴家庭的农民是西藏第一位亿万富翁，他的达热瓦集团也是西藏目前规模最大的民营企业。

　　拉琼是群培次仁的三儿子，这位27岁的藏族小伙子从内地读完大学回到西藏工作已有四年的时间，现在是达热瓦集团下属的西藏特色产品营销总公司负责人。面对记者的采访，年轻的拉琼还略显腼腆，但当他开始为记者讲述起父亲从农奴到亿万富翁的传奇人生时却逐渐神采飞扬起来："西藏民主改革前，我的父亲群培次仁出生在日喀则仁布县一个贫苦的农奴家庭。因为那时候我们家几代都是为农奴主放牧，人们就把我们家称为'达热瓦'，意思就是农奴主的牧马人。"

　　那时，占西藏人口5%的封建农奴主不仅拥有95%的社会财富，还占有农奴的人身自由，"达热瓦"在农奴主的眼里只是会说话的劳动工具。

　　1959年西藏民主改革以后，群培次仁一家的命运也随着时代的变迁悄然改变。拉琼不止一次听到父亲谈起当年的创业经历，他回忆说，民主改革后，村里来了解放军和汉族的施工人员，父亲凭着一股好学的精神和较强的悟性，在与他们共同工作的过程中学会了房屋建筑的基本技能。1982年中央政府专门召开西藏工作座谈会，对西藏实行了免征农牧业税等一系列促使农牧民休养生息的政策。也就是在这一年，西藏各地掀起一股新的建设热潮，群培次仁敏锐地捕捉到建筑业蕴藏的无限商机，他带领几个村民组建了一个农民施工队，专门承包土木结构的藏式传统建筑。创业之初施工队只有三辆手推车和一些简单的工具，运料全靠人背畜驮，但是施工队还是依靠勤劳和认真施工赢得了客户的认可。经过近三十年的发展，从前的小施工队如今已经成为固定资产达五亿多元的大型民营企业。

父亲数十年艰苦奋斗的坎坷经历对拉琼影响巨大，他说："父亲常对我说，一个农奴的后代能拥有和创造这么多的财富，这在50年前的西藏是不可想象的，达热瓦公司有今天的发展，除了我父辈的勤劳付出，更多的是依靠国家的各项扶持政策。父亲的亲身经历告诉我，在现在的西藏，只要肯努力，任何人的梦想都有可能实现。"

民主改革不但让农奴获得了自由，也让他们走上了富裕的道路。现在"达热瓦"的含义不再是被农奴主奴役的"牧马人"，而是响当当的西藏民营企业龙头。群培次仁也成为了西藏自治区工商联副主

↑ 拉琼富丽堂皇的家

席、日喀则工商联主席，同时还是自治区政协委员。达热瓦集团在发展建筑业的同时，近年来也不断开拓新的业务领域，从酒店、建筑、房地产，到酒厂、餐饮、驾校、游乐场以及特色产品营销，达热瓦集团的业务处处开花结果。

采访中拉琼带领记者参观了集团开设在日喀则市主干道珠峰路上的达热瓦大酒店。当记者走进酒店大厅的时候，立刻感受到一股浓郁的藏式风情扑面而来，精美的唐卡和独特的藏式木雕随处可见。酒店总经理罗布自豪地告诉记者："不单是在日喀则，这种纯藏式装修风格的酒店在目前在整个西藏也仅此一家。游客们都非常喜欢我们酒店的风格，尤其是一些外国游客更是对这种特色大加赞赏。"他说达热瓦大酒店近年来的生意蒸蒸日上，这在很大程度上得益于西藏旅游业

的日渐兴旺。他们也在激烈的市场竞争中找到了自己的发展路子，那就是以传统正宗的藏式风格吸引游客的眼球。

作为集团的一名中层管理者，罗布总经理还特地提到了员工们极强的凝聚力和向心力，因为人心齐，大家在工作中就能把劲儿使到一起，这是一种相互促进的良性循环。他说，只有把员工当作一家人看待，切实为他们办一些实事，才是真正人性化、真正会管理的企业。罗布举例说，达热瓦大酒店的员工80%都是当地仁布县的藏民农民，每到秋季庄稼成熟时，公司都会给一些员工放假，让他们回去秋收，公司内部也成立基金会，随时为员工解决燃眉之急。

而拉琼认为达热瓦集团能够有今天的成就主要是全体员工团结一致努力奋斗的结果。虽然员工们来自不同的民族，有藏族、汉族和其他少数民族，但是大家在日常的工作和生活中都能配合默契，亲如一

↑ 达热瓦酒店

家。拉琼说，集团里的高级工程师和负责人大部分都是汉族，他们不但是业务骨干，而且还会经常为集团的各民族员工组织培训、带领大家一起解决工作中遇到的难题等。整个集团的团结氛围一直非常好，大家平时吃住都在一起，相处融洽，就像一家人一样。

群培次仁在富裕之后并没有忘记自己家乡的父老乡亲，他的家乡仁布县地处雅鲁藏布江中上游，人多地少，生产生活条件差，群众收入低，过去是西藏自治区重点扶持的贫困山区。群培次仁经常说，国家给予他这样一个农民这么多的厚爱，所以他也要做一些力所能及的事情来回报社会，不辜负国家的重托。奉献社会、增加公益事业的投入、办企利民是群培次仁多年来矢志不渝的坚持。在公司内部，他明文规定，在工程技术人员和主要岗位上大力培养当地贫困户子女。在他的公司里，临时或打季节工的农牧民群众数不胜数。据介绍，从1996年以来，群培次仁每年承包二到三户贫困户，帮助他们盖新房，购买生产资料和良种牲畜，改善群众的生活水平，帮助群众脱贫致富。几十年来，他已向社会公益事业累计捐款捐物达五百多万元。

群培次仁小时候因为家庭原因失去了求学的机会，但是他对知识的重视却不亚于任何一位受过高等教育的家长。多年来，他用尽心力培养自己的儿女，就是希望儿女能将自己的事业继承下去，带领更多的人走向富裕。如

↑ 豪华的达热瓦酒店客房

今，拉琼兄妹六人全是大学生。拉琼说："我的父亲经常教育我们，在外面读完书后，一定要回到西藏家乡来做贡献。因此我在大学里努力学习各种知识，就是为了回到西藏来可以大展拳脚。"

谈到自己的工作，拉琼对他管理的西藏特色产品营销总公司的发展前景也是信心满满。拉琼说，内地公司与他们公司合作的意愿非常强烈，最近他就正在与上海、北京的几家公司商谈合作事宜。作为西藏最大规模的特色产品营销公司负责人，拉琼现在的最大目标就是通过与内地公司合作，为西藏的特色产品生产企业与内地市场搭建一个优质平台，将具有西藏特色的民族手工艺品、食品、酒类和藏药材等产品推广到更广阔的市场。相信在不久的将来，广大的内地消费者可以不用亲身前往雪域高原，在当地市场上就能买到达热瓦集团带来的各类品质优良的西藏特色商品。

西藏过去的50年是不断创造奇迹的50年。一场轰轰烈烈的民主改革为像群培次仁一样的藏族同胞提供了发展良机，一个改革与开放的时代又为"达热瓦"式奇迹提供了广阔空间。当奇迹不再是新闻，当神话天天上演，我们有理由相信，二百八十多万西藏人将用更多群培次仁和达热瓦的发展故事重新书写雪域高原的美丽。

↑ 在西藏随处可见刻有六字真言的玛尼石

安居乐业在林芝

↑ 尼洋河风光

在人们的印象中，西藏必定都是被草原、雪山所覆盖的苍茫景象，脑海里也总会想到雄伟的珠穆朗玛、美丽的藏北草原、神奇的布达拉宫。而在西藏的东部，却有着一个海拔只有2900米，被人称作是"东方瑞士"、"西藏江南"的美丽地方。

她就是林芝。

林芝藏语称尼池，意思是太阳的宝座。当记者一行人到达林芝时正好是清晨七点，在蜿蜒的山路上一轮红日喷薄而出，热烈而温暖地照耀着这片生意盎然的土地。与西藏其他地区不同的是，林芝没有人们印象中的满目苍凉、空旷荒芜，反而是一片河流交错、峰峦绵延、林海浩瀚、名山圣水交相辉映的浪漫奇景。尼洋河风光旖旎，清澈的河水如飞花碎玉，羊群如云朵一般点缀在原始森林和草场之间。

所有的美景中最吸引我们的还是沿途村寨里漂亮整洁的藏式房屋，砖石结构的房子飞檐翘角、雕梁画栋，红色的屋顶上飘扬着五彩的风马旗。进藏之前虽然已从各种渠道得知当地农牧民的生活水平早已今非昔比，不过当如此宽敞明亮的新居出现在眼前，还是令我们吃了一惊。

在林芝地委宣传部采访游胜苗部长时，他向我们介绍，这几年林芝地区的农牧民住房水平得到了空前的提高，这得益于当地政府重点

推动的农牧民安居工程建设。那么到目前为止，这项工程的实施究竟取得了怎样的成效呢？带着这个问号，记者走进了林芝地区林芝县尼西村村长土登的家。

土登村长家就在318国道边上，三层小楼靠山面水，远远望去如宫殿般华丽。说起两年前从山沟里搬进新居的过程，土登村长的话匣子一下就打开了："以前住的那个山沟里就尼西村一个自然村，信息闭塞，很穷很落后。2006年林芝县政府安排我去别的比较富裕的村庄看了一次，我才发现尼西村和别人的差距太大了，我们有那么好的政策没有用起来，太不应该了。"

从2006年起，西藏自治区在全区范围内推进农牧民安居工程，自治区财政和中央财政安排专项资金帮助农牧民改善居住环境和生产生活条件。面对这项惠及西藏80%的"幸福工程"，尼西村93户500多位村民也有自己的想法。村民们习惯了山沟里的生活，尽管路不通、吃水难，但毕竟故土难离。"村民的顾虑比较多，其中最主要的顾虑就是担心搬到山下不安全"，土登村长说，当时动员村民搬迁就花了一年多时间，但收效甚微。

面对土登苦口婆心的劝说，村里的年轻人也曾动过下山的念头，但是按照西藏的传统习俗，如果家里有老人健在，就必

↑↑ 土登村长展示他的弓箭　　　　　　　　　　↑ 土登的新家

须由老人来当家，而老人们却固守着旧的思想，他们认为在山下平坦的地方小偷、强盗横行，会为自己招来祸端。想让村民主动改变自己的生活方式，这是向旧观念旧方式发起的一个挑战，要打赢这一仗，更需要榜样的力量。作为村长的土登首先从山沟里迁到了公路边，并购买了汽车跑起了木材运输，第二年便花了四十多万元盖起了一栋三层小楼。

走进土登家的新居，40英寸液晶电视首先跃入眼帘，屋里的藏式家具精美绝伦，屋顶上的藏式装饰体现出厚重的藏族风俗文化；站在三楼阳台上，尼洋河的风景尽收眼底。土登告诉记者，建房时国家给了两万五千多元的补助款，购买液晶电视时用了九千多元，国家补贴了两千多，"就连买个茶几国家都会给补贴的"。

人们常说"榜样的力量是无穷的"，看到土登搬迁后的生活，住在山沟里的村民坐不住了。"有一天早晨我还在睡觉，忽然听到有人敲门，打开门一看，有几百个村民站在我家门口。他们一进门就很不好意思地说，他们想通了，也要在这里盖房子。我就对他们说，你们现在想通还不晚。"谈起这段往事，土登村长大笑。

走进现在的尼西村，一栋栋藏式小楼掩映在青山碧水之间，村里铺上了宽敞平坦的水泥路，喝上了干净卫生的自来水，用上了清洁环保的太阳能。村民利用便利的交通优势做起了运输业，目前尼西村人均年收入实际已超过一万五千元，是西藏林芝地区最富裕的村。土登最近正在忙着将村民组织起来，成立一个合作式农牧民运输车

↑↑ 林芝八一镇全景　　　↑ 雪山脚下藏民新居

队有限公司，他们正计划在拉萨成立分公司。

居之所安，业有所乐，安居方能乐业。安居工程让林芝地区的农牧民搬进了新家，但新家需要事业来支撑。作为西藏自治区东部发展最快的地区，林芝拥有着得天独厚的旅游资源。在这片广袤的土地上，勤劳勇敢的藏族民众用他们的智慧和激情孕育了这片土地浓郁的乡土特质和独树一帜的民俗风情。安居后的林芝农牧民将发展的希望放在了旅游业上。不过，与推进安居工程一样，林芝地区政府在扶持旅游业时同样遇到了群众观念滞后的问题。"在藏族民众的传统观念里，旅游服务业就是服侍人的工作，他们在观念上无法接受。"林芝地委宣传部长游胜苗说，让普通农牧民主动敞开大门发展旅游，最有效的办法莫过于让他们直接感受到旅游给他们带来的好处。"比如给游客介绍一下景点，就会有一些收入，后来大家都慢慢的自觉融入旅游业，现在林芝地区的家庭旅馆发展得非常好，把游客请到家里来，在家里吃藏餐，国内外的游客到西藏来就是为了体验当地的民族特色，而这些正是我们普通藏民们手到擒来的，他们自己能做，也愿意做。"游胜苗说。

从土里刨食到主动吃起"旅游饭"，农牧民从各地游客身上感受到了外面世界的气

↑ 现代的藏民住宅

息，在政府的大力扶持下开起的家庭旅馆，让林芝地区林芝县的公众村、工布江达县的阿沛新村如今已是远近闻名的旅游村。对于这些地区的农牧民来说，旅游带给他们的已不仅是生活方式的转变，更是经济发展的主要动力。林芝县公众村的村支书扎巴告诉记者："村里剩余劳动力全部参与到旅游开发行业上来了，一些无法开起家庭旅馆的贫困户也可以通过打扫卫生这样的工作获得收入了。村里以前人均年收入一千多元，现在可以达到六千多元。"

走过林芝地区的几个村子之后，我们最深切的感受是勤劳淳朴的农牧民们已经拥有了现代化的观念，同时也保留着他们那份传统而独特的生活方式。如果你也有机会来到西藏，来到林芝，请一定要到农牧民家里坐坐，他们一定会用最香浓的酥油茶、最热情的笑容、最洁白的哈达，欢迎你的到来。

↑ 尼洋河秋日

西藏："变"与"不变"五十年

    1959年3月28日，国务院颁布命令，宣布解散原西藏地方政府，由西藏自治区筹备委员会行使西藏地方政府职权，并实行民主改革。民主改革50年来，雪域高原在不变中承继传统，在变化中拥抱未来，"变"与"不变"如同两个轮子推动着西藏社会朝前迈进。

五十年的"巨变"

    1959年西藏进行民主改革时，日喀则仁布县仁布村村民群培次仁刚刚四岁，由于祖辈世代为领主放牧，人们把他们一家人称为"达热瓦"，寓意"农奴主的牧羊人"。"民主改革前，领主每年都要收走70%的收成，还有各种苛捐杂税，每一头牲畜都要交税。"拉琼是群培次仁的儿子，他多次从父亲口中听到民主改革前的凄惨生活。

    民主改革废除了封建农奴主土地所有制，群培次仁一家从此摆脱了世代为奴的命运，他们组建了施工队，为村民修建房屋谋生。上世纪80年代初中央政府对西藏实行免征农牧业税，农牧民手里的钱多起来，农牧区掀起了建新房的热潮。群培次仁抓住这个机会，组织村里的28名剩余劳动力成立了建筑公司，承包土木结构的藏式传统建筑。经过近二十多年的奋斗，原来只有二十几人的建筑队，逐步发展成为一个集建筑、房地产、服务业为一体的大型企业——达热瓦集团，群培次仁也成为西藏历史上首位亿万富翁。"达热瓦集团今天的成就得益于民族区域自治政策，它也是民主改革后，西藏人民发家致富的一个典型代表。"日喀则民族宗教局局长次旦久美说。

　　群培次仁是西藏率先富裕起来的农牧民之一，但如今这样的"亿万富翁"在西藏早已不是新闻。西藏民主改革特别是改革开放以来，藏族同胞也在建设新西藏大潮中过上了富裕、安宁的幸福生活，与旧西藏贫穷、落后，广大群众生存权得不到保障的悲惨状况形成了鲜明的对比。

　　1959年民主改革前，西藏首府拉萨常常可见冻饿倒毙于街头的无家可归者，人和狗抢食的场面屡见不鲜。而今，西藏民众不仅"耕有其田，居有其所"，而且无论是城市还是农村，都已初步建立起社会保障体系，真正做到了"鳏寡孤独废疾者皆有所养"。

　　随着经济社会不断发展，西藏群众的生活、消费观念也在逐渐发生着改变。以饮食起居为例：塑料酒罐、酒壶和玻璃酒瓶代替了陶制酒罐，电动搅拌器代替了木质酥油桶，电灯代替了油灯。在林芝地区

↑　藏族风格的新民居　　　　　　　　　↑↑　日喀则市全景

工布江达县，很多牧民都骑着摩托车听着MP3播放器去放牧，该县牧民扎西说，牧民都喜欢买声音大的摩托车，既可以用引擎声驱赶牛羊，又很时尚。

民主改革前，西藏林芝地区八一镇尼西村村民一直生活在偏远山沟里，交通不便、信息闭塞，老百姓大多生活在人畜共处的旧房子里。尼西村村长土登至今还存有旧房子的照片：低矮的屋顶、窄小的窗户，房间昏暗、潮湿，人与马猪等牲畜生活在同一房子内，卫生条件极差。"当时这些房子都是农奴主住的好房子，但好房子也就是这个样子。"土登指着照片说。

民主改革后，尼西村很多人购买了汽车，做起了木材运输生意，生活渐渐富裕起来。从2006年起，西藏设立专项资金推进"农牧民安居工程"，尼西村村民纷纷迁出深山，在公路旁盖起了木石结构的小楼。土登是村里第一个迁出深山的农户，他说："国家对建平房的村民每家补助1万元，建二层小楼的补助2万元，村民购买电器国家补助2000元，连买个桌子都要补助300元"。

得益于这场规模空前的改善农牧民住房条件的工程，西藏农村的面貌正在发生着巨大的变化。截至2009年初，西藏已有20多万户、100多万农牧民住进了安全适用的新房。

从"政教合一"到人民民主，因为半个世纪前发生在雪域高原的深刻社会变革，西藏创造了50年跨越上千年的发展奇迹。民主改革后，西藏百万农奴和奴隶翻身解放，旧西藏的法典被废除。按照新中国宪法，西藏人民同全国各族人民一样，成为国家的主人，享有法律所规定的一切政治权利。从1959年开始，西藏广大人民群众不再是"会说话的牲畜"，他们享有参与国家和地方管理事务的权利，人权首次走进了古老的雪域高原。

36岁的白丹措姆是西藏门巴族的全国人大代表，每年在北京举行的全国"两会"上，她都是海内外记者争相采访的对象。从49户147人的山南地区错那县麻玛乡走到世界瞩目的北京人民大会堂参与国家事务，白丹措姆说，她六年的从政经历是父辈们从来不敢想象的，"在第一年担任全国人大代表时，我向大会提出了关于勒布办事处供电和通路的两个建议，当年底这两个困扰多年的难题就圆满解决，乡亲们别提多高兴了。"

　　民主改革后，西藏妇女的地位发生了翻天覆地的变化，白丹措姆仅是其中一个代表。在旧西藏，妇女被视为是"不洁之物"的下等人，没有丝毫人权、自由可言，更何谈参政议政。"民主改革前，西藏妇女没有任何政治权利，妇女只是生儿育女的'工具'，民主改革使西藏妇女摆脱了政权、神权、夫权和族权的压迫，妇女在受教育、就业、参政议政等方面也享有和男子同等的权利。" 西藏民族宗教委员会副主任阿沛·晋源说。

　　50年前那场改变西藏命运的变革，为西藏社会的跨越式发展确立了崭新的起点。50年的沧桑巨变，西藏从封闭停滞的封建农奴制社会，走向文明进步的民主社会。50年的光阴是岁月长河中的一朵浪花，但正是这朵浪花洗去了西藏的黑暗与腐朽，写下了西藏历史上永远值得铭刻和回味的壮丽诗篇。

五十年的"不变"

　　民主改革50年来，西藏的政治、经济、文化等各领域发生着广泛而深刻的历史性巨变，西藏民众最直观的感受是公路变宽了，铁路修通了，生活变好了。但也有一些东西始终没变：民主改革50年来，西藏的民族文化、宗教信仰、环境依然不变；高原的天还是湛蓝的，水还是清澈的；藏族同胞的传统节日、风俗习惯依然在延续着。

　　西藏被称为"雪域圣地"，主要是因其浓郁宗教氛围和神秘而独特的藏族文化。民主改革50年来，布达拉宫、大昭寺、扎什伦布寺等宗教活动场所人流从未间断，信众可以自由出入寺庙朝拜，进行转

↑ 幸福自信的藏族妇女

山、转经、上供、斋僧布施、煨桑、诵经等宗教活动。"民主改革前，僧尼占据西藏三分之一的土地，藏传佛教是西藏上层统治群众的工具，民主改革让宗教回归了本源。" 西藏日喀则地区民族宗教局局长次旦久美说。

如今，西藏的各寺庙都在按照传统举行各种佛事活动，各寺庙均有民主选举的管理机构，自主地管理寺庙内部的事务，不受外界干涉。69岁的喇嘛次仁多吉十岁便到扎什伦布寺出家，见证了民主改革50年来寺庙的发展，"藏族百姓生活越来越富裕，给寺庙的布施也越来越多，国家还有专项拨款保护寺庙。寺庙现在的宗教活动很兴旺，每天来朝佛和转经的人很多。"

一项好的制度具有无穷的力量。西藏在民主改革后实施民族区域自治制度，西藏文化事业、产业也从无到有，从小到大，逐步繁荣发展，西藏优秀的传统文化并未消亡，而是得到广泛继承和发扬。

具有六百多年历史的藏戏被誉为"西藏文化活化石"，2008年，藏戏歌舞登上了北京奥运开幕式的神圣舞台。当悠远的藏戏唱腔响彻

↑ 次仁多吉和寺里的喇嘛

↑↑ 传统藏戏表演

整个"鸟巢"时，来自世界各国的宾客把目光投向了身着华丽藏戏服饰、带着吉祥面具的西藏民间艺术团藏戏表演队，那一刻，50年流浪艺人的"乞丐喧嚣"赢得了世界的掌声。

在旧西藏，很多优秀的民族民间文化只能靠师傅与徒弟之间的口传身授，处于"人走艺绝"的窘境。"民主改革以后，西藏传统文化保护工作受到中央、自治区政府的高度重视，尤其是改革开放后，国家对藏戏、藏医药等藏族优秀传统文化的保护力度逐年加大"，西藏自治区文化厅副厅长辛高锁说，"如果说50年来，西藏的民族文化上有什么变化，那就是保护的手段更加现代化，它所面对的舞台更加广阔了。"

民主改革实现了西藏社会制度上的跨越式发展，雪域高原从此吹进了现代气息，318国道、拉萨贡嘎机场、青藏铁路等项目的建成让普通藏族民众享受到了现代文明的成果。但50年来，在解决发展和环境保护的矛盾上，西藏严格落实"环保第一审批权"，始终把保护雪域高原的生态环境放在重要位置。青藏铁路在修建的过程中，专项用于恢复植被和为野生动物修建通道的费用就有15亿元，这在世界铁路史上是没有先例的。"青藏铁路的沿线都设置了摄像头，可以随时观测当地环境变化。"西藏自治区铁路办公室副主任巴桑介绍说。

截至目前，西藏从未发生过环境污染事故，也没有酸雨现象，基本保持了较为自然的原生状态。西藏依然是离天最近，离污染最远的地方。

民主改革50年，西藏有千年"不变"，也有时代"巨变"。说"不变"，它依然是世人心灵的净土、文化的天堂；说"巨变"，因为西藏发展了，人民生活越来越富裕，越来越幸福。

↑ 藏民新居

来自世界屋脊的藏药奇葩

神秘的雪域高原由于它独特的地理环境和资源优势，千百年来孕育了无数举世无双的奇珍异宝，神奇的藏医药就是其中之一。藏医药是中国医学宝库中一颗璀璨的明珠，要追溯它的发展历程，至少有两千多年的历史了。世世代代生活在雪域高原的藏族人民在与自然和各种疾病进行斗争中，积累了治疗各种疾病的经验，形成了独具特色的藏医药学体系。2006年5月，藏医药经国务院批准列入第一批国家级非物质文化遗产名录。近年来，传统的藏医药终于有机会渐渐走出雪域高原，揭开了它们神秘的面纱，在全国乃至全世界打开了一片属于自己的天地。

对于第一次进藏的记者一行人来说，藏医药基本上是新鲜而未知的事物。虽然近年来在内地一些城市的宣传媒体上已经可以见到部分藏医藏药活跃的身影，但想要认识和了解它，最好的方法自然是亲眼一睹它的风采。

由于文化认同、历史习俗等原因，藏民对藏医药的认可和喜爱程度非常高。一些有口碑的藏药在西藏供不应求，很多藏民都在颈上系着药囊，以备救急，甚至有"一粒药丸换一匹马"的说法。藏医药的独特魅力在于其所用药物大多采自高海拔、大温差、强日光、无污染的高原地带，其有效成分和生物活性大大高于其他同类药物，一般不会产生医源性和药源性疾病。

而在今天，从手工作坊到流水线生产，传统的藏医药生产加工已经融入了现代高科技，开始走向科学化、规模化和标准化，一批高技术含量的名优藏药品牌陆续问世，走向全国，走向世界。著名的藏药企业"奇正藏药集团"就是其中之一。

在西藏林芝地区，记者一行特地走访了奇正藏药集团总部和他们的藏药材资源保护与种植研究基地。在国

人对藏药的追捧日益升温的同时，藏药材的保护和培育就成为了迫在眉睫刻不容缓的工作。奇正藏药集团药材种植基地的负责人周生军告诉我们，奇正藏药在林芝地区的两个种植基地，虽然面积不大，却种植着不少珍贵稀有的藏药材，近年来在挽救和培育濒危藏药材方面作出了不小的贡献。他说："像藏菖蒲、翼首草这类的濒危藏药材，国家都有专项资金扶持，而且经过科研人员的探索和研究，这些濒危藏药材的种植技术都取得了很大的突破，也完全具备了推广

种植的实力。如果未来市场上的藏药材供应量不足，目前种植基地里的这些成功项目可以迅速推广开来。"

在这片基地参观采访的过程中，我们发现了一些黄色花朵的攀援植物，在高原明亮的阳光下闪烁着金子般的光芒，熠熠生辉。周生军介绍说，这就是他们基地重点培育的西藏特濒危药材之一——波棱瓜，主要用于治疗肝胆疾病。波棱瓜有一个突出的特性，就是雌雄异体，但在波棱瓜生长的前期，从种子、植物的性状、形态上是分辨不出雌株和雄株的，只有等到它开花后才能分出雌雄。而且波棱瓜的雄株相对比较多，雌株特别少，繁殖起来十分困难，产量也是呈现逐年下降的趋势。尽管在培育方面面临着极大的困难，但科研人员通过多年的细心研究，仍然找出了有效的解决途径。目前科研人员主要采取人工组培的方式繁育波棱瓜的雌株；另外，中科院工程研究所等机构也在尝试从基因研究方面，寻找并且控制波棱瓜雄株和雌株分化的相关基因。"我们还计划通过太空育种，上次'神舟七号'发射的时候我们已经做了相关的准备，但因为联系工作有点晚，没有成行，未来'神舟八号'升空的时候我们计划搭载波棱瓜的种子上天，尝试一下太空育种会不会带来新的突破。"周生军说。

事实上，奇正藏药的药材种植基地看起来就像是一个大型的农家菜园，有些药材的种植区甚至像一片荒地，我们要在工作人员的带领下弯腰低头仔细查看，才能在深一脚浅一脚的土地里发现那些珍贵药材的幼苗。工作人员告诉我们，他们之所以选择"放养"这些珍贵药材，就是为了还原它们一个

↑ 藏药波棱瓜

完全自然的环境。不过，这种自然的生长方式却需要工作人员更多的辛苦和汗水。在奇正藏药的种植基地里，每一名工作人员对每一株药材的生长位置和状态了如指掌，他们穿梭在这片其貌不扬的土地上，如同走在自家的菜园子里一样，数十种处在濒危边缘的药材幼苗更像他们的孩子，在他们的悉心呵护和照顾下茁壮成长。

与内地的大型医药企业相比，藏医药产业的探索、发展，可能正像眼前的土地一样，虽然看起来还不起眼，但充满着希望和力量。而当我们亲身前往奇正藏药集团在林芝的总部后才了解到，今时今日的藏医药早已不是我们想象中的神秘莫测，它经和现代化的制作工艺完美地结合在一起，成为医药市场上一支异军突起的新生力量。

奇正集团行政部经理卓嘎告诉我们，奇正集团的拳头产品"奇正消痛贴"的制贴仪器就是一种"药芯药贴一体机"，这是奇正集团技术部门自己研发的设备。在"药芯药贴一体机"问世前，公司在制作这种膏药时要进行剪刀、药芯、压贴等多个工序，而现在这些繁琐的工序全部合而为一，整个过程只需要一道工序就可以完成，简单方便，科学高效，既减少了人工成本，又节约资源。

高科技带来了高效率和高产量。藏药只是一粒黑丸子的历史一去不复返，奇正消痛贴膏在全国医药市场上一炮打红，获得国家科技进步一等奖，实现了西藏科技史上零的突破，被专家们评为"中国民族医药外敷贴剂的一场重大革命"。奇正消痛贴膏成为国内众多医院外用止痛药的首选，2008年，消痛贴膏单品销售达到3.57亿元，成为国内销售规模最大的藏药品种。

由于藏医药与其他医药在治疗方式上存在一些差异，加上长期以来藏医药只流传于雪域高原，并不为世人所熟知。要让不同文化背景的群众接受藏医药，首先必须让他们了解藏医药文化。为此，奇正藏

↑ 天然藏药

药在生产藏药的同时，一直想方设法传播弘扬藏医药文化。卓嘎介绍说："从2006年开始，奇正藏药集团每年都要投入几百万甚至上千万资金用于学术推广。公司有专门的理论研究机构，也会经常组织内地各大医院专家和学科带头人进行学术交流研讨。每一个营销人员也会利用一切机会告诉人们，什么是藏药，奇正为什么做藏药。"

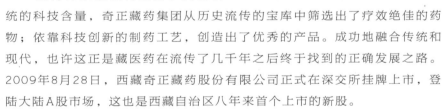

　　没有传承就没有创新。凭借传统的科技含量，奇正藏药集团从历史流传的宝库中筛选出了疗效绝佳的药物；依靠科技创新的制药工艺，创造出了优秀的产品。成功地融合传统和现代，也许这正是藏医药在流传了几千年之后终于找到的正确发展之路。2009年8月28日，西藏奇正藏药股份有限公司正式在深交所挂牌上市，登陆大陆A股市场，这也是西藏自治区八年来首个上市的新股。

　　"凡战，以奇胜，以正合。奇正之术，不竭于江河。"这是奇正集团总裁雷菊芳女士最欣赏的一句话，也是"奇正药业"名字的由来。从纯朴美丽的雪域高原，到高楼林立的改革开放"窗口"，奇正已经实现了一个跨越，愿它在这片更加广阔的新天地里开创新的辉煌！

　　↑　奇正藏药林芝总部

青藏铁路这三年

　　"那是一条神奇的天路，把人间的温暖送到边疆，从此山不再高，路不再漫长……"如今这首脍炙人口的《天路》已唱遍了大江南北，三年多来，正是青藏铁路这条神奇的"天路"引领无数人从内地进入西藏这片雪域高原。自2006年7月1日全线通车运营以来，青藏铁

路在素有"世界屋脊"之称的青藏高原已经安全运营了三年多。而这三年对于这条铁路的意义正如人生的头三年对一个人一生的特殊意义一般，举足轻重，不可取代。

　　在青藏铁路通车前，游客要想到西藏旅游，除了乘飞机只能选择

↑　雪域高原舞巨龙

长途汽车，飞机旅游成本太高，长途汽车则劳心费力。所以对于大多数内地人来说，长久以来到西藏旅游只是一个遥远的梦想。青藏铁路通车三年后，记者一行人在拉萨采访的最后一天风尘仆仆的来到世界海拔最高的火车站——拉萨站。站在清洁宽阔的月台上，我们每个人都惊讶于这里的规模和气势。这里有全国跨度最大最宽的站蓬和规模最大的货运站，看着两条从天边绵延而来的细细铁轨，我们难以想象三年来它给这片土地带来的机遇和变迁，以及所承载的关注和争议。

吉祥天路通过"安全"、"环保"两大考验

当2006年7月1日，青藏铁路全线通车宣告中国建成了世界一流的高原铁路时，国内外仍有不少专家及各界人士对青藏铁路安全运营的持久性

表示怀疑。而今，青藏铁路安全通过了"冻土"大考关键性的最初三年。一系列事实向世人证明，青藏铁路无愧于世界一流水平，中国在高原铁路建设领域走在了国际前沿。

青藏铁路经过的长达550公里的常年冻土区段，是对全线安全运营最大的考验。三年的运营实践和观测表明，多年冻土路基总体稳定。进出藏

的旅客列车运行时速达100公里，创造了高原冻土铁路运行时速的世界纪录。西藏自治区发展改革委员会副主任巴桑告诉我们，三年是一段足以证明实力的时间，事实胜于雄辩，青藏铁路是安全的这一事实已经不可否认。

冻土是青藏铁路安全运营的最大考验，但三年的运营中，自然灾害也在时刻考验着这条"天路"。2008年四川汶川的特大地震、2008年10月西藏当雄发生的里氏6.6级地震，青藏铁路都在地震范围内，而2006年通车至今，青藏铁路全年无休，安全运营了三年。"一直以来，青藏铁路在科研和技术上秉承的处理问题的方向和方法是正确的，这也是青藏铁路安全可靠性能的一个最有力证明。"巴桑说。

青藏铁路之所以引起全世界的广泛关注，除了它所经地区特殊的人文、历史背景，更由于它经过的青藏高原高寒缺氧，生态环境极其脆弱，同时这也是世界大气质量的一个重要采样点。青藏铁路环境保护的好坏，将直接影响这片高原净土的生态质量，进而对全球的大气质量产生深远影响。作为世界海拔最高的高原铁路，青藏铁路沿线分布着可可西里、三江源、色林错等三个国家级自然保护区和类型众多、面积广阔的自然湿地，全线还通过柴达木内陆河、长江、扎加藏布内陆河、怒江、雅鲁藏布江等五大水系，青藏铁路运营的环保工作经受着巨大考验。"上面火车跑，下面羊吃草"是青藏铁路建成运营后最为动人的场景。青藏铁路可以说是中国的第一条"环保型"铁路。据了解，为了

↑ 吉祥天路

最大限度地保证铁路沿线野生动物的正常活动，青藏铁路设置了野生动物通道33处。三年来的监测结果显示，青藏铁路运输没有对藏羚羊等野生动物的觅食、迁徙和繁衍造成影响。巴桑副主任告诉我们，每一个坐着火车到西藏来的游客都亲眼见证了铁路周边的环境状况，这是有目共睹的，比任何说辞都更具有说服力。事实上，三年来青藏铁路的良好运营对周边环境不但没有破坏，反而从某种程度上改善了这一地区的环境质量，"青藏铁路修起来之前，有部分水源比较紧张、水资源缺乏的地区，在铁路建设过程中也建起了一些水利工程配套设施，解决了饮用水的问题；另外，青藏铁路的沿线地区对于环境水平是没有统一监测的，现在在铁路沿线都设置了摄像头，随时观察沿线的环境变化。"当千里铁流逶迤于世界屋脊之上，他们不仅打破了国外权威断言的"铁路修不过昆仑山口"的神话，同时也向世界人民展示了中国铁路建设者们科学、文明、进步的崭新形象。

幸福天路带来安康

铁路的开通把西藏带入了"铁路经济"时代。西藏自治区人民政府副主任邓小刚深情地说："青藏铁路是高原各族人民的经济线、团结线、生态线、幸福线。"是啊！青藏铁路从根本上解决了西藏发展的运输"瓶颈"制约，铁路低廉的运输成本提高了青藏商品的价格竞争力，促进了青藏高原特色优势产业的发展，包括矿泉水、牦牛奶产品等高原特色农产品

↑ 幸福的一家

通过铁路抢滩内地市场，同时大量质优价廉的商品进入西藏，各种生活必需品、耐用消费品的价格都明显下降。巴桑说："青藏铁路的通车对维护西藏民族地区的稳定、加强民族团结，同样发挥了非常重要的作用。比如'3·14'事件后拉萨有关部门就通过铁路加强各方面物资的输入，这样使得西藏尤其是拉萨地区的物价在'3·14'以后并没有出现大的波动；同时青藏铁路也使'3·14'以后整个西藏的物资供应得到了保障。"

2007年3月，中共中央总书记胡锦涛提出了"最大限度地挖掘青藏铁路的巨大发展潜力，最大限度地发挥青藏铁路的强大辐射作用"两个要求。同年9月，当地政府就以最快的速度和最高的效率在西藏那曲动工建设"那曲物流中心"。该物流中心的规模和规格在全国范围都处于较高水准，建成之后将成为西藏具有代表性的现代化物流园区。那曲物流中心正是依靠青藏铁路的辐射作用，将西藏的昌都和阿里两个地区的矿业优势转化为经济优势。

谈到备受关注的青藏铁路支线建设，巴桑副主任满怀憧憬地说，青藏铁路从建设到开通运营虽然已经给西藏社会带来了巨大变化，但进一步挖掘它更多潜力和辐射作用就需要通过铁路的支线建设，以增加铁路的运量。接下来拉萨至林芝、拉萨至日喀则和日喀则至亚东三条青藏铁路支线已被列入国家《中长期铁路网规划》中，规划设计工作都在有序的进行中，所有项目都将在2020年前完工。支线铁路的加快建设，将使青藏铁路成为中国与南亚区域合作的新起点。

高路入云端，天堑变通途，百年的梦想之路，开启了铁路运输穿梭"世界屋脊"的历史，也打开了雪域高原走向繁荣发展的"幸福天路"。今天，青藏铁路这条"天路"已经使"世界屋脊"离我们不再遥远。我们更期待着翻山越岭的巨龙能够深入到青藏高原的更多角落，为更多的藏家儿女带来安康和吉祥。

↑ 高原通衢

采访手记

雪域高原上的心灵涅槃

西藏是一个纯净、美丽、神秘的地方，对我而言，那里是一个梦想，是一种情结。许多人都会将西藏之行当做一次心灵的净化过程，我也不例外。还记得在西藏的那些日子，每当看到那独有的湛蓝天空，一种神圣感便会油然而生。虽然极强的紫外线让我有些招架不住，但只有在那里我才真正明白了什么是离天堂最近，离尘世最远。至于令人谈之色变的高原反应，颇感不适的同时更是一次难得的人生体验。

关于西藏的文字和图片曾经看过太多太多，但是亲身来到这片神奇的土地上，它的美丽还是超乎了我的想象，也让我感到一种从未有过的深深震撼。采访组的几位记者都是第一次来到西藏，壮丽的雪域风光让我们如痴如醉。有句话说的好："在西藏人人都是摄影家。"随着一次次的快门按下，一张张如画般的照片就此产生，一不小心我们都过了一回"摄影家"的瘾。我们经常会为眼睛不够用，手不够快而感到惋惜。因为每一步都是风景，既看不够也拍不够。

到过西藏的人必定还会被这里的宗教气息深深吸引。在西藏的各个寺庙周围，总能看到许多五体投地磕长头的信徒。印象最深的是拉萨的大昭寺，每天围绕大昭寺转经的人群川流不息。他们中有许多人来自遥远的地方，风尘仆仆，历经艰险，向着拉萨的方向一路叩拜而来。这就是信仰的力量，他们是在用身体丈量着心灵与天堂的距离，这份虔诚让人感动，让人折服。

除了极其壮美的雪域风光和浓郁的宗教气息，更让我惊叹的是今日西藏的快速发展和群众的幸福生活。在日光城拉萨，大街上车来车往、人流密集，一家家商店鳞次栉比，我们看到的俨然就是一座现代化的都市。在拉萨经营茶庄的台商卜云初来乍到时就曾因满眼的繁华景象而倍感惊讶，她对记者说："来之前没想到西藏建设得这么好，生活用品很齐全，而且这里冬暖夏凉很舒服，我特别喜欢这里的生活。"在素有"西藏江南"之称的林芝，大部分农牧民都走出大山，住进了设施齐全的藏式小楼，人们以往印象中藏民落后的生活环境在这里已不复存在。我至今还清晰记得那些农牧民脸上荡漾的笑容，那是因幸福而生的喜悦和对未来美好生活的信心。在采访期间，我们最常听到用来形容这种变化的词就是"翻天覆地"。这四个字听起来似乎有些夸张，但只要亲身体验亲眼目睹后，就会觉得这个词实际上是多么的恰如其分。

　　短短半个月的采访行程里，我们还来不及尽览西藏这片神奇土地的无限美丽和50年来的巨大变化，但是这段经历注定将成为我们人生中最难忘的回忆。出席报道活动结束仪式的中华文化发展促进会秘书长辛旗就对记者们说："这次西藏之行对于你们是一次心灵的涅槃。"是的，当我们努力用手中的笔、录音机和照相机记录下采访中的无数个动人片段时，我们的心灵也一次次得到了升华。作为一名记者能有如此的人生体验，我感到无上光荣。

　　西藏，从此让我魂牵梦萦。祝福西藏，扎西德勒！　　　　　　　　| 吴 勇 |

↑　朝圣路上

读懂西藏的眼神

事实再次证明，当你没有真正置身于你所向往的那片土地之前，任何凭空臆想和猜测都是纸上谈兵无济于事。尤其是西藏。因为每个人心里都有一个西藏，传说中，那儿的人们有着与众不同的清澈眼神。所以当我翻阅了一大堆有关西藏的文字和图片资料，带着沉重的行李和忐忑的心情站在林芝机场的地面上时，我发现自己对西藏的认识才刚刚开始在一张白纸上着墨。仿佛从进入西藏的第一刻起，我的心就真正静下来了。虽然每天奔波在高原不同的角落，缺氧、日晒、温差、干燥，种种预料中的问题和困扰接踵而至，但我却并不介意且乐在其中，因为我从心底认同了这个地方，好像命中注定会来到这里。

当我在青藏铁路的终点站，看着翻山越岭的巨龙载着四面八方的人们呼啸而来，他们有着和我们一样惊奇而期待的眼神，单是为了见证这"世界上最后一块净土"，为了完成自己的夙愿，为了给自己的内心一个交待，他们也一定和我一样，不虚此行。但是我不仅仅满足于此，我想要更深切地了解西藏，来到这里，我不愿只是一个过客或是旁观者。

当我在日喀则手脚并用气喘如牛地登上了扎什伦布寺的后山，炽烈阳光下美丽的日喀则全貌尽收眼底，我看到绕山转经的人们有着虔诚而专注的眼神，他们守着祖祖辈辈传下来的信仰和坚持，我想起电影《可可西里》中说，"他们的脸和手都很脏，心里却很干净"。忽然间，某种感动或是震撼让我感受到这些虔诚和专注背后，蕴藏了一种怎样的神奇力量。

当我灰头土脸地钻进布达拉宫地下维修工程的施工现场，实地参观在布达拉宫总体结构中地位举足轻重的"地垄"，我看到以布达拉宫为家的人们有着执著而坚毅的眼神，在这里我真切地见识到了西藏人民的智慧和勇气，任何一个地方的文物保护单位要做到这种程度都不容易，更何况是在海拔四千多米的高原。勤劳灵巧的藏族同胞用他们的汗水和行动向全世界宣告，我们有能力保护中华民族灿烂的文化瑰宝，我们有实力全方位展示中华民族的多彩文化，并使它们绽放出更加耀眼的光芒。

当我带着探询和好奇的心情走进林芝那一排排风格独特的农家旅馆，双手接过洁白的哈达，品尝香浓美味的糌粑和酥油茶，聆听高亢嘹亮的藏族民歌，我看到生活早已今非昔比的村民们有着热情而渴望的眼神，他们在开放与变革中尝到了甜头，他们仍然是淳朴好客的藏族人，但却再也不是固守在山沟里不见天日埋头苦等的贫困人群，他们渴望与雪山之外高原之外的人交流沟通，渴望自己的生活和眼界能够更上一层楼，他们将继续迈开步伐走在充满阳光的康庄大道上。

　　一夜之间，我似乎读懂了西藏的眼神。

　　而当我怀着纷繁复杂的心情踏上归程，在飞机上俯瞰那片在短短十几天里带给我无数感触和畅想的神奇土地，我不知道自己是否有着眷恋和感激的眼神，我是何其幸运，能够为大型报道《跨越》尽一份自己的心力，让我有机会见证历史和时代在雪域高原上写下的美丽。这是我们一生中不可多得的亲身经历，是我们个人成长中弥足珍贵的宝贵经验，是我们工作职责的最高体现，是我们每个人记者生涯永远值得珍藏的美丽篇章。

在路上

总有一种力量让我们心向远方，总有一块净土令我们心驰神往。西藏恰恰就是这样一片拥有神奇诱惑力的土地。

离开西藏回到内地后，高原反应已渐渐远去，而回忆却慢慢清晰起来。壮美的高原风光、布达拉宫庄严的佛像、路上磕长头的朝圣者、拉萨河边沐浴的藏民……在西藏经历的一幕幕如梦一样虚幻，但当翻看相片时，它却又是如此的真实。

西藏，历来被视为旅游的终极圣地，辽远而神秘的雪域高原每年都吸引着数百万游客前往。作为普通游客，去神奇而又神圣的西藏旅游是我长久以来的梦想；而作为一名记者，西藏又是我心目中的"新闻富矿"，民主改革50年来的发展、藏文化的传承、西藏普通百姓的生活变迁……其中任何一项都足以让我心潮澎湃。

背起行囊的那一刻，我的内心中依然有一丝忐忑，生怕自己笨拙的手指无法写下优美的文字来记录西藏的美丽。抵达西藏后，这种忐忑并未消失，而是愈加强烈，因为眼前的西藏是想象之外的另一个西藏。它的天空比想象中的更蓝，宛如婴儿的眼睛一样纯净；它的山无法用视线来丈量，环绕的云雾更增添山的神秘；还有它的安静，耳畔除了潺潺流水和风走过经幡的声音，其余便是安静。壮美的风景常常让我充满对生命的感恩和对大自然的敬畏。

西藏的美丽不仅来自于绝美的自然景观，更来自于这里浓郁的宗教氛围。行走在西藏的路上，常常会看到许许多多的藏民行色匆匆地走在转经路上。茫茫荒野，也常常出现磕长头的人和朝佛的车队。我们用车轮碾过的道路，是朝佛者用身体丈量内心与佛国的刻度；我们用相机拍下的风景，是他们顶礼膜拜的神山与圣湖。无论是在大昭寺、布达拉宫、扎什伦布寺，还是在纳木措、冈仁波齐峰，在过去的50年中，藏族人朝圣的脚步并未停住，在西藏这片充满灵性的土地上，写满了佛教徒朝圣的足迹。

随着现代化的进程不断向前推进，拉萨、日喀则、林芝等高原城市的发展正在为西藏的"印象名片"添加新的注解。高跟鞋、牛仔裤与藏式服装"混穿"的转经人随处可见，制作唐卡、藏地毯的店铺与网吧相邻，古老的寺庙里用上了摄像头、互联网等现代科技。传统与时尚并存、历史与现代交织，这就是雪域城市的新变化。

在圆梦西藏之旅的征途中，我用记者的视线品读着西藏的风光、文化和经济发展的奇迹，也从普通游客的角度洗涤着心灵。

在路上，我常常问自己，为什么要来到西藏？也许是为了西藏天边的那一抹幽蓝，也许是为了大昭寺前那袅袅的桑烟，也许是为了记录藏族同胞50年的生活变迁……

无论哪种理由来到西藏，我都很庆幸寻找到了发生在这块土地上的故事，并将它呈现给更多的人，我也很庆幸实现了那个曾经被我遗忘的"去西藏"的梦想。再次回眸时，成长的足迹已经写在了那块离天最近的地方。│邹志伟│